MARLIES LÜER

ERDSÄNGERIN

Die Autorin:

Marlies Lüer wohnt mit ihrer Familie in Baden-Württemberg. Sie schreibt Romane und Kurzgeschichten, ist Verlags- und Indie-Autorin.

MARLIES LÜER

Erdsängerin

© Marlies Lüer Juni 2014

Vervielfältigung, Übersetzung und die Einspeicherung und Verarbeitung in elektronischen Systemen sind für Bild und Text untersagt.

Ähnlichkeiten von Romanfiguren mit realen Personen sind rein zufällig.

Lektorat: Marlies Lüer
Satz: Marlies Lüer
Grafiken und Titelbild: Isabell Schmitt-Egner

Kontakt: marliesluer@t-online.de

ISBN-13: 978-1499662306

ISBN-10: 1499662300

Inhaltsverzeichnis:

Der Tag beginnt..7

Kap. 1 – Wie der Stein ins Rollen kam............9

Kap. 2 – Es beginnt!...22

Kap. 3 – Das Tagebuch der Ahnin...................31

Kap. 4 – Mutter ruft an....................................50

Kap. 5 – Glenmoran Castle..............................57

Kap. 6 – The Lone Piper..................................75

Kap. 7 – Sommer-Namen.................................85

Kap. 8 – Tränen..102

Kap. 9 – Tosh gibt sein Ehrenwort................111

Kap. 10 – Der Ritt auf der Wahrheit..............125

Kap. 11 – Mondträumerin..............................137

Kap. 12 – Das weiße Marmorgefängnis.........148

Kap. 13 – Die unterste Schicht der Pralinen..163

Kap. 14 – Es regnet in Gretna Green..............193

Kap. 15 – Ein neues Geheimnis......................219

Kap. 16 – In Yggdrasils Labyrinth..................237

Kap. 17 – Seelenhunger..................................262

Die Nacht kommt..271

Glossar, Anmerkungen, Impressum 273

Anhang: Das vollständige Tagebuch von Isabell „Tibby" Rosehill, der Ahnin

Der Tag beginnt

Ich stehe am offenen Fenster und blicke ins Tal hinab. Vögel künden vielstimmig den Aufgang der Sonne an. Die Morgendämmerung verwöhnt meine Augen mit einem zarten Rosa, das das Nachtgrau in die Verheißung eines neuen Tages wandelt. Das Alter macht mir zu schaffen. Meine Kräfte schwinden. In mir wächst eine Erkenntnis heran, die sich nicht mehr beiseiteschieben lässt: Meine Tage als Erdheilerin sind gezählt. Aber, bei meiner Seele, ich tauge noch lange als Mentorin!

Zärtlich lausche ich den Schritten meiner Enkelin Ailith, sie schlurft schlaftrunken durch das Haus. Sie weiß noch nicht, dass dieser Tag ihr Leben verändern wird. Sie ist erst sechzehn Jahre alt. Ist es zu früh für die Wahrheit? Wird sie es verkraften? Sie stellt sich neben mich, legt ihren Kopf an meine Schulter.

„Und was ist so wichtig, dass ich mitten in der Nacht mit dir frühstücken soll, Oma Tibby?", fragt sie leise. Sie duftet noch nach Bettwärme und der Rosencreme, die ich für sie gemacht habe.

„Setz dich, Liebes. Der Tisch ist gedeckt." Zärtlich streichele ich über ihr seidiges Haar.

Ailith bemerkt ihre Lieblingsspeise und greift nach den Cheese Scones und dem scharfen Pflaumen-Chutney. Sie sieht müde, aber zufrieden aus.

„Ich habe heute ein Geschenk für dich", sage ich und lege einen länglichen, dick verpackten Gegenstand auf den Tisch. Ailiths Augen werden groß und folgen der Bewegung meiner Hände. „Aber zuerst will ich dir

etwas erzählen. Die Geschichte beginnt vor langer Zeit, es war Ende der sechziger Jahre. Ich war gerade achtzehn Jahre alt geworden …"

Kapitel 1 – Wie der Stein ins Rollen kam

Ich lag auf dem feuchten Rasen im Garten und suhlte mich in Selbstmitleid. Bei allen mir bekannten Heiligen schwor ich, mich nie wieder dermaßen zu betrinken. Beschwichtigend legte ich die Hand auf meine Magengegend. Es war einfach lächerlich, dass mir von einer einzigen Flasche Sekt dermaßen übel war. Nicht mal das konnte ich richtig machen. Ich feierte an diesem Tag die einsamste Geburtstagsfeier meines Lebens. Mutter hatte mir 500 £ für eine Party mit Freunden auf den Tisch gelegt, bevor sie mit ihrem aktuellen Lover auf Kreuzfahrt ging. Bloß hatte sie nicht daran gedacht, dass ich keine Freunde hatte. Jedenfalls keine, die ich in meine heiligen Hallen einladen würde. Das Geld war wohl eher eine Entschuldigung als ein Geschenk, weil sie an meinem achtzehnten Geburtstag nicht anwesend sein konnte. Besser gesagt, nicht wollte. Tja, so eine Kreuzfahrt war interessanter! Vor allem, wenn man als Endvierzigerin einen halb so alten Liebhaber vorzeigen konnte. Natürlich hatte der Zorro-Verschnitt es nicht auf ihr Geld abgesehen. Nein, natürlich nicht! Wie ich sowas nur denken könnte, hatte sie mich gefragt.

Ich griff immer wieder in die Schale, die neben mir stand. Die Erdbeeren waren süß und saftig. Und groß. Herrlich! Erschrocken zuckte ich zusammen, als es an der Haustür klingelte. *Bitte nicht so laut,* wimmerte ich innerlich. Mein Kopf dröhnte. Mir war schwindelig. Ich bedauerte, dass ich die Tabletten nicht eher abgesetzt hatte, dann hätte ich den Alkohol vielleicht besser vertragen. Ächzend raffte ich mich auf. Kaum dass ich stand, fiel ich auch schon wieder der Länge nach hin. Es klingelte erneut an der Tür.

„Ja, ja, ich komme ja schon", nuschelte ich ins Gras. Es kitzelte mich an meiner Nase. Direkt vor meinen Augen saß ein fetter Grashüpfer und schaute mich entgeistert an.

Vorsichtig richtete ich mich auf, ging mit unsicheren Schritten zur Tür und balancierte dabei mit den Armen. Bevor ich öffnete, warf ich einen prüfenden Blick in den großen Spiegel. Mir blickte ein fremdes Wesen entgegen, das eine gewisse Ähnlichkeit mit der Tibby hatte, die ansonsten im Spiegel zu sehen war: Dick, langweilig, pickelig. Das fremde Wesen, das sich irgendwie in den Spiegel geschlichen hatte, war ebenfalls dick, langweilig, pickelig und hatte zu allem Überfluss rote verquollene Augen, zerzauste Haare und war weiß wie die Wände im ganzen verdammten Haus. Ich strich mir ordnend über meine kupferfarbene Haarmähne, das einzige, das ich an mir mochte. Dann öffnete ich die Tür.

„Tantchen Charlie! Was machst du denn hier?" Ich lallte ein klein wenig.

Charlotte Wilkins, Vaters alte Sekretärin, strahlte mich an. Sie trug etwas Schweres unter dem Arm. Ich nannte sie seit Kindertagen liebevoll „Tantchen".

„Herzlichen Glückwunsch zum Geburtstag, Liebes!"

Verblüfft starrte ich sie an. Ich hatte sie seit sechs Jahren nicht mehr gesehen. Das letzte Mal war es auf Vaters Beerdigung gewesen.

„Was ist, darf ich reinkommen?"

Ich riss mich zusammen und lächelte sie an. „Aber natürlich, komm rein. Entschuldige bitte, ich wollte nicht unhöflich sein."

„Natürlich nicht. Du warst nie unhöflich, Kind. Und das wird sich bestimmt nicht geändert haben."

Zielstrebig durchquerte sie die überdimensionierte Diele und betrat das Wohnzimmer. Auch hier alles stylish in Weiß gehalten. Mit strategisch platzierten Farbtupfern in Pink und Silber. Mutter hatte dem Innenarchitekten eine Unsumme dafür bezahlt. Ich wollte meiner Besucherin gerade einen Platz anbieten, als mein Magen endgültig revoltierte.

„Wenn du mich bitte kurz entschuldigen würdest?"

Ich schaffte es noch rechtzeitig bis zur Kloschüssel. Die Erdbeeren fanden ein unrühmliches Ende im Abflussrohr. Nachdem ich mir den Mund ausgespült hatte, schlich ich ins Wohnzimmer zurück und ließ mich stöhnend auf das Sofa fallen. Sollte ich auf dem weißen Ungetüm Grasflecken hinterlassen, so war es mir egal.

Charlotte warf mir einen prüfenden Blick zu und runzelte ihre ohnehin schon runzelige Stirn.

„Du hast auch schon mal besser ausgesehen, Kind", sagte sie auf ihre direkte Art. „Oder muss ich jetzt *junge Dame* sagen? Immerhin bist du seit heute achtzehn Jahre alt."

Ich lächelte sie zärtlich an. „Wenn ich dich nicht *Mrs. Wilkins* nennen muss, dann darfst du mich gerne weiterhin *Kind* nennen. Du bist für mich immer mein liebes Tantchen Charlie gewesen, das weißt du doch. Aber du hast dich ganze sechs Jahre lang nicht blicken oder hören lassen. Warum kommst du heute?"

Ein kummervoller Ausdruck huschte flüchtig über ihr Gesicht. Er verschwand so schnell, wie er gekommen war. Charlotte war schon immer eine Meisterin der Selbstbeherrschung gewesen. Eloquent, ladylike, selbstsicher, mit vollendeten Manieren. Die perfekte Sekretärin für Vater. Er hatte sie sozusagen von seinem Vater geerbt. Sie war die gute Seele der Firma gewesen. Ich hatte ihr, als ich fünf Jahre alt gewesen war, den Namen Tantchen Charlie gegeben. Nur ich durfte sie so nennen.

„Wie wäre es, wenn ich uns einen Mokka mache? Mafalda habe ich heute frei gegeben, aber ich denke, das bekomme ich hin."

„Gern, und wenn es geht, dazu etwas Shortbread. Ihr habt doch hoffentlich was im Haus?", stimmte Charlotte hoffnungsvoll zu.

Sie liebte diese schottischen Kekse. In ihrem Sekretariat war ich immer auf der Suche danach gewesen. Ich wusste genau, dass sie welche für mich versteckte, damit ich sie finden konnte. Auf dem Weg zur Küche warf ich kurz einen neugierigen Blick auf die Holzkiste, die neben ihrem Sessel auf dem Boden stand. Wenn das ein Geburtstagsgeschenk war, warum gab sie es mir nicht? Ich bereitete flink unseren kleinen Imbiss zu und trug das Tablett leicht schwankend ins Wohnzimmer. Sie strahlte, als sie das Shortbread sah. Natürlich hatte ich welches im Haus! Sie hatte mich mit dieser Vorliebe unheilbar infiziert, damals, als ich noch auf ihrem Schoß saß und auf ihrer Schreibmaschine tippen durfte. Ich hatte gern Zeit mit ihr verbracht. Jeder Keks erinnerte mich an diese Momente der Geborgenheit. Mutter war immer sehr beschäftigt gewesen. Und wenn sie sich doch Zeit für ihre einzige Tochter nahm, dann war sie selten ganz bei der Sache. Oft nahm Vater mich in die Firma mit, so lange ich noch nicht zur Schule ging. Bei dem Gedanken an meine Schulzeit sauste mein heute ohnehin niedriger Wellness-Level in den Keller. Nein, sogar unter die Erde. Schnurstracks zu den Maulwürfen, die meinen Garten verunstalteten.

Wir nahmen einen Schluck zu uns. Köstlich, heiß, bittersüß.

„So, und nun sagst du mir, warum es dir heute so schlecht geht! Bist du krank oder deprimiert?", fragte Charlotte streng. Ich wusste, wenn sie in diesem Tonfall sprach, gab es für mich kein Entkommen. Es war, als hätte es die sechsjährige Funkstille nicht gegeben. Ich war erleichtert und dankbar, dass ich mich ihr anvertrauen konnte. So wie früher.

„Ich habe zum Frühstück eine Flasche Sekt getrunken. Schließlich bin ich jetzt fast volljährig und will endlich machen, was ich will."

Kaum hatten diese Worte meinen Mund verlassen, merkte ich, wie kindisch und trotzig das klang.

„Aber du nimmst doch diese Tabletten, du darfst doch gar keinen Alkohol trinken! Auch nicht dann, wenn du erst mal einundzwanzig und volljährig bist."

Mit grimmiger Genugtuung straffte ich meine Schultern und quetschte ein „jetzt nicht mehr" hervor. Das war meine ureigene Entscheidung, und daran würde auch sie nichts ändern.

Sie trank ihre Tasse leer, setzte sie vorsichtig auf die Untertasse und starrte in den Kaffeesatz, als wolle sie darin meine düstere Zukunft lesen, weil ich leichtsinnigerweise meine Medizin verweigerte. Was sie dann sagte, ließ mich aufhorchen.

„Du nimmst sie nicht mehr? Interessanter Zeitpunkt."

„Wie meinst du das?", fragte ich verblüfft.

Energisch wuchtete sie die Kiste auf ihren Schoß und schaute mich ernst und prüfend an. Mir wurde ein wenig mulmig. Wohl doch kein Geburtstagsgeschenk? Was war da drin?

„Diese Sachen hier solltest du schon zu deinem zwölften Geburtstag bekommen, aber deine Mutter hat es verhindert. In drei Jahren wirst du volljährig sein, es sei denn, sie ändern vorher noch die Gesetze. Ich habe da etwas läuten hören. Harriet kann dir zwar jetzt noch vieles verbieten, aber sie kann nicht alles verhindern. Vor allem nicht, dass du die Wahrheit über das Familiengeheimnis erfährst."

Mein Herz begann, Samba zu tanzen. Es war genauso tollpatschig wie ich und kam dabei ins Straucheln. Vielleicht hätte ich doch den Beipackzettel durchlesen sollen, ob man die Tabletten langsam ausschleichen musste. Ich stopfte mir zwei Stück Shortbread in den Mund und kaute hastig. Essen war gut für meine Nerven. Schlecht für meinen Umfang. Ich wischte mir die Krümel aus dem Mundwinkel und wappnete mich innerlich. *Familiengeheimnis? War Vater etwa nicht mein leiblicher Vater? Hatte Mutter während ihrer Ehe eine Affäre gehabt? Zuzutrauen wäre es ihr.*

„Ich bin ganz Ohr", sagte ich mit größtmöglicher Lässigkeit, aber irgendwie gelang es mir nicht so richtig. Dafür war meine Stimme zu piepsig gewesen. Auch das konnte ich nicht richtig. Ich war und blieb eine Null.

Charlotte zog ihre linke Augenbraue skeptisch hoch und sah mich scharf an. Sie stellte die Kiste wieder auf die Erde.

„Ich denke, wir sollten aber zuerst über dich sprechen. Magst du mir sagen, warum du deine Tabletten abgesetzt hast? Wie ich dich einschätze, hast du nicht den Arzt um Rat oder deine Mutter um Erlaubnis gefragt. Hast du keine Befürchtungen, die Halluzinationen könnten wieder auftreten?"

Ich schnaubte geringschätzig durch die Nase. Meine Hände ballten sich zusammen, denn die alte Wut kam wieder hoch. Das waren keine Halluzinationen gewesen! Doch Mutter hatte den Psychiater und auch Vater solange bearbeitet, bis alle der Überzeugung waren, ich wäre geisteskrank oder so etwas in der Art. Diese beschissenen Tabletten hatten mich müde gemacht, so müde, dass ich mich nicht mehr konzentrieren konnte und schon in der

Grundschule versagte. Und zwar gründlich. Trotzdem, ich war nicht dumm, und schon gar nicht behindert, wie Mutter immer befürchtete. Ich hatte es allein ihr zu verdanken, dass ich auf eine Privatschule kam, die sich auf gehandicapte Kinder spezialisiert hatte.

„*Tibby?* Bist du noch anwesend?"

„Entschuldige bitte, ich war in Gedanken. Eins will ich jetzt mal klarstellen: Ich hatte nie Halluzinationen. Niemals! Das war alles echt, ich habe sie wirklich gesehen und manchmal auch gehört. Bloß hat mir das keiner geglaubt. Alle dachten, ich hätte einen Sprung in der Schüssel. Natürlich habe ich mich deswegen aufgeregt, es war ja auch so ungerecht. Und dann wurde ich ruhiggestellt. Damit Mutter den Schein wahren konnte. Nur darum ging es. Es ging nie um mich und meine Fähigkeiten. Sogar Vater hat mich im Stich gelassen."

„Wen genau hast du gesehen und gehört?"

„Na, die Elfen! Ich habe es dir doch damals erzählt. Weißt du nicht mehr, dass ich kleine Elfengeschichten in deine Schreibmaschine getippt habe? Und damit du es weißt: Ich habe nicht nur Elfen gesehen, da gab es noch einiges mehr, was ich wahrnehmen konnte."

Charlotte lächelte wehmütig.

„Ach natürlich, Kleines. Ich erinnere mich. Sehr gut sogar. Die Geschichte vom Tanz unter dem Regenbogen habe ich sogar aufgehoben. Aber ich hielt es für deine Fantasie. Die prächtige, aber überbordende Fantasie einer Neunjährigen."

Sie schaute sich im Zimmer um und ihr Blick blieb an der Bar hängen.

„Weißt du, ich könnte jetzt was Stärkeres als Mokka vertragen. Darf ich mich bedienen?"

Ich nickte nur. Konnte vor Enttäuschung nichts sagen. Also hatte auch mein Tantchen Charlie mir damals nicht geglaubt. Und heute? Was dachte sie jetzt über mich? Sie kam mit einem doppelten, nein, eher dreifachen Whiskey pur in der Hand zurück an den Tisch. Trank das Glas auf einen Zug leer. Ich traute meinen Augen nicht.

„Ich werde nicht länger drumherum reden. Es wird dir nicht alles gefallen, was du jetzt erfahren wirst. Also!"

Sie machte eine kleine dramatische Pause und füllte erneut das Glas mit der goldbraunen Flüssigkeit.

„Damals, kurz bevor dein lieber Vater den Unfall hatte, haben deine Eltern sich heftig gestritten. Es ging um dich. Es war kurz vor deinem zwölften Geburtstag, und dein Vater wollte dir diese Kiste schenken, mit all den Hinterlassenschaften der ersten Tibby. Sie war deine Urgroßmutter. Es gibt ein Familiengeheimnis. Soweit bin ich im Bilde. Allerdings nicht darüber, worin genau es besteht. Deine Mutter hat an diesem Tag ein Heidentheater gemacht. Mitten in der Firma! Man konnte sie noch in der Buchhaltung hören, so hat sie deinen armen Vater angeschrien."

Ihre Abneigung gegen meine cholerische Mutter war Charlotte deutlich anzusehen. Sie hatte ja keine

Ahnung, wie oft meine Eltern sich lautstark gestritten hatten. Meistens hatte Vater nachgegeben und brachte am Tag danach ein teures Geschenk für Mutter mit. Dann schnurrte sie wie ein Kätzchen. Gab sich unterwürfig und sanft. Bis zum nächsten Streit. Ich hatte das nie verstanden.

„Dein Vater hat mir diese Kiste nach dem Streit anvertraut, damit du sie später bekommst. Er hat mich sogar schwören lassen, dass ich sie dir gebe, sobald du das Alter von achtzehn Jahren erreicht hast. Ich sollte sie bei mir zuhause aufbewahren, denn Harriet hatte darauf bestanden, dass er den Inhalt vernichtet. Du weißt, dass ich deinen Vater und auch seinen Vater verehrt habe. Feine Männer, Gentlemen, alle beide! Ich habe so gern für deine Familie gearbeitet. Aber das war leider bald darauf vorbei. Die Firma wurde nach der Beerdigung verkauft und ich altes Fossil musste gehen. Deine Mutter verbot mir übrigens den Kontakt zu dir, hat sich sogar eine gerichtliche Verfügung besorgt. Mit irgendeiner obskuren Begründung. Ich darf mich dir nicht nähern." Charlotte kicherte. „Ich bin jetzt also eine Kriminelle, wenn du so willst. Wenn Harriet nicht verreist wäre, hätte ich dich heute unter einem Vorwand hier herausgelotst, da wäre mir schon etwas eingefallen. Ehrlich gesagt, habe ich euch beide in letzter Zeit regelrecht ausspioniert. Ist der glutäugige Kerl wirklich nur halb so alt wie sie? Ach, lassen wir das! Es geht ja um dich. Nur um dich."

„Mutter ist daran schuld, dass ich dich all die Jahre lang nicht gesehen habe? Wie konnte sie mir das antun?", jammerte ich.

Charlotte zuckte mit den Schultern. „Nun, ich sagte ja, es wird dir nicht alles gefallen, was ich dir zu sagen habe."

Sie schwenkte ihren Whisky und schnupperte mit geschlossenen Augen. Dieses Mal leerte sie das Glas weniger hastig. Charlotte schaute kurz auf die Kiste, so als würde sie sich wundern, was sie da auf ihrem Schoß hatte.

„Nimm sie! Sie ist dein. Und alles was darinnen ist, wird dich über deine Familie aufklären. Dein Vater sagte, es seien vor allem Tagebücher. Sie seien nur für dich bestimmt. Für die zweite Tibby. Du trägst den Namen deiner Ahnfrau. Irgendwie schön, oder? Es stand im Testament deiner Ahnfrau, dass nur ein Mädchen der Familie das Erbe antreten kann. *Das Erbe der Erdsängerin*. Was auch immer das sei."

Ich stand ein wenig unter Schock. Mit weichen Knien ging ich zu der Frau, die für mich immer mein liebes Tantchen sein würde, und nicht nur eine ehemalige Angestellte. Ich streckte meine Hände nach der Kiste aus. Sie war unerwartet schwer.

Charlotte erhob sich und griff nach ihrer Handtasche.

„Darling, ich werde dich jetzt damit allein lassen. Schau es dir in Ruhe an. Ich bin noch zwei Tage in London, bevor ich zu meiner Reise aufbreche. Jedenfalls rate ich dir dringend, deiner Mutter nichts von alledem zu sagen, wenn sie von ihrer Kreuzfahrt zurückkommt. Hat sie eigentlich immer noch diese Model-Agentur?"

Ich nickte nur. Diese Models hatten alles, *waren* alles, was ich nicht war. Und das ließ Mutter mich spüren, selbst dann, wenn sie es nicht wollte.

„Danke, Tantchen Charlie. Dafür, dass du da warst."

Mehr brachte ich nicht heraus. Sie verstand mich und tätschelte mir die Wange.

„Ach ja, fast hätte ich es vergessen." Charlotte wühlte in ihrer Handtasche und drückte mir dann einen Zettel in die Hand. „Hier ist die Adresse von einer guten Freundin, falls dich das Bedürfnis überkommt, dieses absurde Deko-Desaster in weiß, pink und silber hinter dir zu lassen." Sie machte eine allumfassende, übertriebene Geste und ich musste unwillkürlich lächeln. „Du wirst mich in den nächsten Wochen dort antreffen können. Ich verbringe jedes Jahr einige Wochen in Schottland."

Dann klappte die Tür zu und ich war wieder allein im Haus.

Kapitel 2 – Es beginnt!

Ich ging in mein Zimmer und stellte die Kiste auf mein Bett. Bevor ich sie auspackte, fütterte ich meine Goldstaub-Taggeckos. Wenn ich sie rief, krabbelten sie auf meine Hand. Es reichte auch, dass ich mir vorstellte, dass sie zu mir kommen. Aber nur, wenn sie gut gelaunt waren. Unser Hausmädchen staunte immer, wenn sie das sah. Hin und wieder entkam mir bei der Fütterung das eine oder andere Heimchen. Mafalda lief dann immer zur Höchstform auf und drohte mit Kündigung. Die kleinen Biester raubten einem wirklich mit ihrem Gezirpe den Nachtschlaf und den letzten Nerv. Plötzlich bekam ich Heißhunger. Das war immer so, wenn ich aufgeregt war. In meiner Nachttischschublade lag stets ein Notvorrat an Schokolade, Nüssen und Chips. Ich stopfte mir eine Handvoll Erdnüsse in den Mund und machte es mir dann auf meinem Bett gemütlich. Erwartungsvoll hob ich den Deckel von der Kiste hoch. Es müffelte. Die Sachen waren wirklich alt. Ich sah mehrere Kladden. Hübsch verziert mit kleinen Zeichnungen von Blumen und Kräutern. Zum Teil erkannte ich sie auf Anhieb. Liebstöckel, Lupinen, Mohn, Sauerampfer. Auch im Innenteil drehte sich alles um Grünzeug. Alles Pflanzliche war meine Leidenschaft. Davon zeugte auch mein Zimmer. Mafalda nannte mein Zimmer *die grüne Hölle* und Mutter drohte oft mit dem Kammerjäger. Sie hasste nicht nur entlaufene Heimchen, sondern auch die Geckos. Das mochte daran liegen, dass sie einmal ein entlaufenes Gecko-Junges fast verschluckt hätte, weil es sich in ihrem Zahnbecher verborgen hatte.

Ich fand einige Zeichnungen von sonderbaren Geschöpfen vor, einer skurrilen Fantasie entsprungen. Zwei von ihnen kamen mir seltsam bekannt vor. Ganz unten lag ein großes Buch mit schwarzem Deckel. *Rezepturen von Alasdair Rosehill* stand darauf geschrieben, in länglichen, steifen Majuskeln. Ich nahm es heraus und blätterte eine Weile darin. Das meiste war in Latein geschrieben und mir unbekannt. Den exakten, teils winzigen Maßeinheiten zufolge, schien es sich um ein echtes Apothekerbuch zu handeln. Erstaunt nahm ich dann eine Art Schriftrolle in die Hand. Ein Wachssiegel an einer Kordel baumelte daran. Die sah so richtig offiziell aus. Ich legte sie beiseite, denn da war noch ein augenscheinlich selbstgemachtes Buch, das ich mir näher ansehen wollte. Neun weitere entdeckte ich, etwa in derselben Größe, doch mit gänzlich anderen Schutzhüllen. Das Selbstgemachte entpuppte sich laut Aufschrift als Tagebuch. Lauter einzelne Blätter, zusammengenäht und mit zwei Pappdeckeln versehen, die mit klassischem Tartanstoff verschönert worden waren. Liebevolle Handarbeit. Ein kleiner roter Stein lag auf dem Boden der Kiste. Dann war da noch ein weiteres Buch, mit einem komischen Buchstaben drauf. Die Seiten waren leer, aber hübsch. Kleine goldfarbene Fäden waren in das Papier eingewoben. Bestimmt handgeschöpft! Das könnte ich als Notizbuch verwenden. Es fühlte sich seltsam an. War das nun ein Ledereinband, oder nicht?

Doch zuerst öffnete ich die Vollmilch-Nuss-Schokolade und vertilgte sie in Windeseile. Ich biss von ihr ab, wie von einer Scheibe Brot. Dann griff ich mir die Chipstüte und riss sie auf. Der Duft, der ihr entströmte, war verheißungsvoll. Ein starkes Verlangen nach diesem unvergleichlich knusprigen Geräusch und dem salzigen Geschmack überkam mich. Und ich gab ihm willig nach. Meine Finger und mein Mund waren bald schon fettig. Meine Haut in den Mundwinkeln brannte vom Paprikapulver. Krümel lagen auf der Bettdecke, auch in der Kiste meiner Ahnfrau, und sie starrten mich höhnisch an. Und dann, wie aus heiterem Himmel, fing ich an zu weinen.

Was tat ich nur wieder? Nein, die Frage musste lauten: Was tat ich *mir an*?

Das Hochgefühl war verflogen und hinterließ Selbstekel und Verachtung. Ich schlich mit hängenden Schultern ins Bad und wusch mir Hände und Gesicht. Einen Blick in den Spiegel vermied ich. Dann griff ich zum Handstaubsauger und ließ die Krümel verschwinden. Nachdenklich betrachtete ich das surrende Ding in meiner Hand, während es seine Arbeit tat. Es war seltsam, aber auch aufschlussreich, dass ich so ein Gerät ständig in meinem Zimmer hatte. Ich kam mir vor wie eine Kriminelle, die ihre Spuren verwischt. Oder wie eine Säuferin, die ihre Flaschen versteckt. Entmutigt hockte ich mich im

Schneidersitz auf mein Bett und lehnte mich in die dicken Kissen zurück. Da lagen sie vor mir, die Relikte aus der Vergangenheit, und harrten auf ihre Erforschung durch die Erbin, mich. Was hatte Tantchen Charlie gesagt? Das Erbe der Erdsängerin? Vielleicht war meine Urgroßmutter eine Art Opernstar gewesen. Gab es denn Wald und Wiesen-Opern? Oder war sie damals auf der ganzen Erde bekannt gewesen?

Ich fragte mich, was war so brisant an diesen Sachen, dass meine Eltern sich deswegen in aller Öffentlichkeit angeschrien hatten? Und was hatte das mit mir zu tun? Irgendwie fühlte ich mich unwürdig. Wegen meiner Fresserei. Wegen meiner Unwissenheit. Ich zögerte, die Tagebücher zu öffnen. Es musste für meine Ahnfrau wichtig gewesen sein, nur einer weiblichen Nachfahrin diese Sachen zukommen zu lassen. Doch warum nicht einem männlichen Nachkommen?

Ich überlegte, was besaß ich selbst von Wert? Was würde ich vererben wollen? Suchend ließ ich meinen Blick durch mein Zimmer schweifen. Meine heißgeliebten Pflanzen waren denkbar schlecht geeignet, sie zu vererben. Meine Drachensammlung hatte da schon ein anderes Potential. Ich hatte von Anfang an eine Vorliebe für diese wunderbaren Fabelwesen gehabt. Meinen ersten Drachen bekam ich von Vater zum ersten Geburtstag geschenkt. Ein Kuscheltier, aus Leder genäht. So alt und abgegriffen, wie er damals schon war, konnte er nur ein Familienerbstück sein, weitergereicht von Generation zu Generation. Oder ein Sperrmüllfund. Aber nein, das passte nicht zu Vater. Blöder Gedanke. Dann war da noch der Messingdrache im chinesischen Stil. Die sieben holzgeschnitzten kleinen Drachen aus Taiwan, wie Orgelpfeifen, einer winziger als der andere. Der größte etwa so lang wie mein kleiner Finger. Der keltische Drache, der auf einer Wanduhr saß und dessen Schwanz den Takt der Zeit vorgab, den liebte ich am meisten. Ich hatte ihn auf einem Flohmarkt in Notting Hill entdeckt. Der rosa Drache mit dem lila Haarschopf und der goldenen Harfe in seinen Klauen war furchtbar kitschig, aber ich liebte auch ihn heiß und innig. Dann war da noch das Bild eines pummeligen, fröhlich grinsenden Drachen mit Wikinger-Hörnern, der Marshmallows auf den langen Stacheln seines Schwanzes stecken hatte. Er röstete sie über einem Lagerfeuer. *Das* waren meine Freunde! Und natürlich meine Bücher.

Allen voran die Magiyamusa-Fairytales, antiquarische, wundervolle Bücher, die mich einiges an Taschengeld gekostet hatten. Es war eine neunbändige Reihe, leider restlos vergriffen. Ich hatte zu meinem größten Bedauern nur vier davon im Regal stehen. Diese Geschichten aus einer magischen Welt waren mein größter Schatz. Der Autor hieß Jeremiah Midirson. Ich hatte meinen Buchhändler des Vertrauens Recherchen durchführen lassen. Aber er hatte nur herausfinden können, dass die Bücher erstmals 1901 in Schottland erschienen waren, in kleiner Auflage, nur hundert Stück. Ich hatte die Bücher so oft gelesen, dass ich sie im Schlaf hätte nacherzählen können. Sie waren ein wenig zerfleddert, trugen die Spuren meiner Leseleidenschaft. Am liebsten mochte ich die Geschichte von dem Waisenkind Celia im Anderland, das seine Eltern befreite. Und auch die Troll-Gedichte. Unglaublich komisch! Ein eher finsteres, aber sehr spannendes Kapitel war das von der Hagedornkönigin, die, geistig umnachtet, ihren treuesten Soldaten mit einem mächtigen Blitz aus der Welt der Magie verbannte und ihn auf die Erde schleuderte.

Ich wollte gerade erneut zu den Zeichnungen greifen, da kam die Übelkeit wieder zurück. Ein zweites Mal an diesem Tag fand mein Mageninhalt ein unrühmliches Ende. Als ich nur noch Galle hochwürgte, geschah etwas mit mir. Es war, als würde sich ein Schalter umlegen. Als meldete sich eine andere Persönlichkeit zu Wort. Ich ahnte, dass der heutige Tag eine Wendezeit einläutete. Mein Leben würde sich grundlegend ändern, das spürte ich tief in mir. Ich starrte auf meine zitternden Hände. Schaute wieder in den Spiegel. Das fremde Wesen, die selbstkritische Tibby, war immer noch da. Sie forderte mich heraus.

Sieh. Dich. An.
Sag mir, was du siehst!

Das hielt ich nicht aus. Ich rannte aus dem Haus und suchte Zuflucht im Garten, meinem zweiten Refugium. Ich riss mir die Sandalen von den Füßen und ging jedes freie Fleckchen Erde ab. Meine Fußsohlen hätten gejubelt, so schön war dieses Gefühl der feuchten, krümeligen, weichen Erde, wenn sie denn hätten jubeln können. Mutter konnte es nicht leiden, wenn ich barfuß lief. Aber Mutter war nicht da. Mutter konnte bleiben, wo der Pfeffer wächst und Zorros heißblütigen Tango tanzen!

Ich blieb im Garten, bis die Dämmerung überging in die erste Stunde der Nacht, dieses Zwitterwesen aus erlöschendem Abendrot und Schattendunkel. In meiner Wahrnehmung war eine Klarheit, wie ich sie nicht kannte. So war es also ohne dieses chemische Zeug im Blut. Ich konnte mich noch deutlich erinnern, wie ich als Kind gewesen war. So fröhlich, begierig auf jeden neuen Tag. So freudvoll in der Begegnung mit den tanzenden, spielenden Naturwesen. Sie waren meine ersten Freunde. Und zwar alles andere als imaginäre Freunde! Mutter fand es erheiternd, so lange ich ein kleines, ja geradezu elfengleiches Mädchen war. Ihre Freundinnen beneideten sie um mich, weil ich so zart war und hüftlange, kupferfarbene Haare hatte, die Mutter jeden Morgen zu einem Ährenzopf flocht. Die perfekte Tochter.

Bis zu dem Tag, als meine Lehrerin meine Eltern dezent darauf hinwies, dass ich nun lernen müsse, meine Fantasie zu zügeln. Sie stünde meiner intellektuellen Entwicklung im Wege. Auch meine Mitschüler fingen irgendwann an zu tuscheln. Weil ich auf dem Schulhof mit den Bäumen sprach. Es dauerte nicht lange, da wurde ich regelrecht gemieden. Dabei ich hatte gar nicht mit den Bäumen geredet, obwohl ich das konnte, wenn ich wollte. Ich unterhielt mich vielmehr mit den großen Baumgeistern, die ihnen zeitweilig innewohnten. Sie haben mich vieles gelehrt über die Kreisläufe in der Natur, über das große Zusammenspiel all dessen, was lebt, kreucht und fleucht, über das Gedeihen und Vergehen. Außerdem wohnten auf dem Schulhof unter den Holunderbüschen kleine Feen. Ich sah ihnen so gerne zu, wie sie im Holunder auf- und abflogen und jauchzend in die Höhe schossen, nur um das Fallen zu genießen.

Natürlich hatte ich irgendwann gemerkt, dass niemand außer mir die Welt vollständig wahrnehmen konnte. Abgesehen von Julies kleinem Bruder. Er mochte vor allem die Feuergeister. Leider führte das dazu, dass er zündelte, um ihnen zu begegnen. Es gab so selten offene Feuer. Schließlich zündelte er über ein gesundes Maß hinaus. Ich glaube, seine Eltern haben ihn in ein Heim gesteckt. Eines Tages war er von der Bildfläche verschwunden. Tja, ich verschwand im Grunde genommen auch. Bloß, dass ich auf eine Privatschule kam, die sich den „schwierigen Fällen" widmete. Es war ein Fehler gewesen, darauf zu beharren, dass ich sie wirklich sehen und hören konnte. Aber warum hätte ich lügen sollen? Ich weiß, ich war damals ein sehr aufgebrachtes Kind und neigte zu einer gewissen Hysterie. Die eines Tages darin gipfelte, dass ich mich von Mutters Hand losriss und blindlings auf die Straße lief. Keine gute Idee, so mitten in London. Der arme Autofahrer - ich würde mich heute gern bei ihm entschuldigen. Niemand möchte Kinder anfahren, die dann mit gebrochenen Beinen und einer schweren Gehirnerschütterung auf dem Asphalt liegen. Ich weiß noch genau, wie der Kinderpsychiater gerochen hatte, der mich kurz vor der Entlassung aus der chirurgischen Klinik aufsuchte. Der Geruch stieg mir erneut in die Nase. Sozusagen glitt er über Neuronen und Synapsen aus der Dunkelkammer des Gedächtnisses in das Tageslicht meines Bewusstseins. Tabak, süßlich. Und nasser Hund. Genauso hatte er gerochen. Und ein Hauch ranzige Butter.

Die Jahre danach waren deprimierend. Sie zwangen mich, Psychopharmaka zu schlucken. Wenn ich sie ausspuckte, schlug Mutter mich. Wenn ich sie nahm, aber nicht runterschluckte, sondern später ins Klo warf und wegspülte, erwischte Mutter mich meistens. Ich glaube, sie konnte es auch an meinen Augen ablesen. Trüb = brav. Hellwach = ungehorsam. Manchmal ließ sie auch den Arzt kommen, und der gab mir eine Spritze in den Hintern. Das brach meinen Willen mit Sicherheit. Vater bekam von alldem nicht so viel mit. Er war ja in der Firma, zwölf, vierzehn Stunden am Tag. Und am Wochenende traf er sich mit wichtigen Leuten zum Golf spielen. Manchmal schaute er mich an, ein trauriges Lächeln auf den Lippen, und strich mir sanft übers Haar. Nannte mich „sein armes Pummelchen". Es war eine der Nebenwirkungen des Mittels, dass ich immer dicker wurde.

Ich holte tief Luft und kam mit meiner Aufmerksamkeit in die Gegenwart zurück. Es war kühl geworden. Die ersten Sterne zeigten sich, und auch der Mond ließ sein fahles Licht scheinen. Zeit, ins Haus zu gehen und die Tränen abzuwischen. Kurz bevor ich die Terrassentür erreichte, stolperte ich über meine Sandalen. Ich knickte um und fiel der Länge nach hin. Schon wieder! Leise fluchend rappelte ich mich auf und rieb mir mein wehes Knie. Und dann sah ich es.

Zwischen Pfefferminze und Melisse tanzte wild wirbelnd eine winzige, hellrot glühende Lichtsäule.

Kapitel 3 – Das Tagebuch der Ahnin

Das rote Licht schien mich zu rufen, ich fühlte einen Sog von ihm ausgehen. Es dehnte sich aus, flackerte, schrumpfte und erlosch. Ich gab einen leisen Laut der Enttäuschung von mir. Aber dann hörte ich tief in mir einen leisen Singsang. Es war meine eigene Stimme. Ja, ich erinnerte mich! Und ich spürte einen unbändigen Drang zu tanzen. Meine Beine zuckten förmlich. Also richtete ich mich auf und gab mich den Erinnerungen aus meinen frühen Kindertagen hin. Ich war vielleicht vier oder fünf Jahre alt gewesen, hatte staksige Beinchen und trug lange Zöpfe. *Tanzen! Immer rechtsherum, kleine Schrittchen. Wie die Sonne über den blauen Himmel tanzt.* Die Arme hielt ich in die Höhe, so als wollte ich einen großen Ball in meinen Händen halten. Lächelnd gab ich mich der inneren Melodie hin. Ich tanzte ein Spiralmuster, meine Erinnerung wurde immer klarer, meine Tanzschritte sicherer. Es war, als würde sich ein Vorhang zurückziehen und Licht aus der Vergangenheit in das Dunkel der Gegenwart einlassen.

Plötzlich krümmte mein Kinder-Ich sich zusammen. Mutter lief auf mich zu, ihr Gesicht vor Wut verzerrt! Warum war sie auf mich wütend? Ich hatte nichts Schlimmes getan. Sie schlug mich! „Du sollst das sein lassen! Ich habe es dir schon so oft verboten. Böses Mädchen!" *Noch ein Schlag. Wieder einer. Tränen.*

Geschrei. Mein Vater kam auf mich zu, nahm mich auf den Arm. Vaters starke Arme. Ich schlang meine Ärmchen um seinen Hals und weinte bitterlich. „Ich will zu meiner alten Mama!" „Oma ist nicht da. Ich bringe dich jetzt ins Bett, mein Blümchen." „Neiiiin, nicht Oma! Ich will zur alten, dicken Mama!" Vater klopfte mir beruhigend auf meinen verschwitzten Rücken. Er trug mich fort. Fort aus dem Garten, fort von meiner kreischenden Mutter. Was schrie sie ihm hinterher? „Du weißt doch, was aus deiner Schwester geworden ist!" *Durch meine Tränen hindurch sah ich, wie sie ihre Arme erbost in die Hüften stützte und uns hinterherstarrte. Ihre Augen waren voller Zorn. Oder war es etwa Angst, was ich sah?*

Ich schnappte nach Luft und tauchte aus der Vergangenheit wieder auf. Als hätte ich in einen prall mit Erbsen gefüllten Sack ein Loch gerissen, strömten nun noch mehr alte Erinnerungen hoch. Das war nicht der einzige Vorfall dieser Art gewesen. In mir wuchs ein Gefühl heran, das ich lange, viel zu lange nicht mehr gespürt hatte. Grimm. Wut. Über all diese Ungerechtigkeiten. Über die Zumutung, diese Pillen schlucken zu müssen - nur, damit ich endlich still war. Keine Verrückte mehr war. *Oh, ich war nie verrückt gewesen, Mutter. Ich war begabt. Ich hatte eine echte Gabe!* Konzentriert überlegte ich, wen ich damals wohl mit „alte Mama" gemeint hatte. Mir kam ein Begriff in den Sinn. Geha? Gaja? Wie war das Wort nochmal? Oma Gerda meinte ich damals ganz bestimmt nicht, denn sie war zart und klein gewesen. Und diese alte Mama war dick und rund gewesen. Mal runzlig, mal jung. Ich fühlte, wie dieses Rätsel in mir steckte und nach oben drängte, raus wollte. Aber es steckte mitten in meiner Brust fest. Dort war es ganz eng ums Herz. Ich traf notgedrungen die Entscheidung, die Lösung des Rätsels auf später zu vertagen. Jetzt hatte ich anderes zu tun!

Denn ich würde mir nun das rote Licht zurückholen. Ich war mir auf einmal ganz sicher, dass ich das konnte. Mit neu erwachtem Selbstbewusstsein tanzte ich abermals die Spirale, ließ die Kreise immer ein wenig größer werden. Meine Arme anmutig erhoben, den Blick nach innen gerichtet. Ich summte die kleine monotone Melodie von damals. Mit jeder Umkreisung des imaginären Mittelpunkts wuchsen Kraft und Entschlossenheit. Heute würde es niemand wagen, mich zu bestrafen. Über meiner Magengegend begann es zu kribbeln, Wärme strömte in meinen Bauch. Mein Herz wurde weit. Freude! Ein Lachen wie Glöckchen! Und dann war es wieder da. Ich drehte mich abschließend einmal links herum, um die Verbindung zu verankern, aber woher wusste ich das? Ich ließ die Arme sinken und blieb stehen. Die kleine Lichtsäule flackerte wieder auf und wuchs kräftig in die Höhe. Sie streckte sich auf ungefähr sechs Fuß und formte ein immer deutlicher werdendes Bild. Ein altertümliches Schwert! Um die Schneide oben ringelte sich ein rotglühender Drache, sein Maul hatte sich in den Griff des Schwertes verbissen. Ich hörte ein Kinderlachen. Es schien aus weiter Ferne zu kommen. Hörte ich es, oder erinnerte ich es? Es war unheimlich. Atemlos starrte ich die

Erscheinung an. Das war keine Erinnerung, das war Gegenwart! Ich fühlte eine enorme Hitze von dem Drachen ausgehen. Wieder ging ein Sog von dem roten Licht aus, diesmal stärker. Es war, als würde der feurige Drache mich zu sich ziehen wollen. Wie in Trance streckte ich meine Hand nach dem Schwertgriff aus. Der Drache riss sein Maul auf und schnappte warnend nach meinen Fingern. Rasch zog ich meine Hand zurück. Mein Herz klopfte wild und ich begann zu schwitzen. Dann schrumpften Licht-säule und Drachenschwert blitzartig zu einem kleinen, tiefrot glühenden Punkt. Mit einem leisen Zischen verschwand dieser ins Nichts. Lange noch starrte ich ins zunehmend dichter werdende Dunkel der Nacht. Mein Herz klopfte kraftvoll, kampfbereit. Ich hatte das Bedürfnis, dieses Schwert zu ergreifen und eine Schneise zu schlagen. Raus aus dieser Enge, raus aus meinem erbärmlichen Leben. Aber es war weg. Ich war nicht schnell genug gewesen. Wieder hatte ich versagt! Ich tanzte noch drei Mal die Spirale, aber nichts geschah. Ich gab meine Bemühungen mit Tränen in den Augen auf.

Ein wenig zittrig ergriff ich meine Sandalen, betrat das Haus und schloss sorgfältig die Glastür hinter mir. Der Garten lag ruhig im Schein der Mondsichel, als wäre nichts geschehen. Barfuß ging ich nach oben in mein Zimmer, warf die Sandalen achtlos in die Ecke und ließ mich auf mein Bett fallen. Plötzlich war mir kalt, das Adrenalin in meinen Adern war verpufft. Was genau war eigentlich geschehen? Vielleicht hatte Mutter ja doch Recht und ich war geisteskrank. Der rosa Drache mit der goldenen Harfe schien mich vorwurfsvoll anzusehen. Hätte er jetzt in die Saiten gegriffen, wäre sicherlich ein Misston erklungen. Nein, mein Geist war klar! Daran wollte ich nicht rütteln. Was geschehen war, musste zur Realität gehören. Zu *meiner Realität*. Mein privates Universum war einfach größer als das anderer Menschen. Plötzlich verlangte es mich nach etwas Reinem, Ursprünglichem. Ich lief wieder die Treppe hinunter und suchte in der Küche nach Essbarem. Mafalda wollte erst morgen wieder einkaufen, aber irgendwas musste doch da sein? Ich fand schließlich einige Äpfel und Kirschsaft. *Mafalda könnte mir wieder mal Reissuppe mit Kirschen und Cashewkernen kochen, am besten mit etwas Entenfleisch drin,* dachte ich bei mir. Auf dem Weg nach oben mit meiner Beute fiel mir auf, dass meine Füße schmutzig waren und überdeutliche Spuren auf dem kühlen, weißen Marmor hinterlassen hatten. Nun, ein wenig echte Gartenerde konnte diesem sterilen Haus nicht schaden. Ich beschloss, alles so zu lassen. Sollte doch Mafalda sich darum kümmern!

Trotzig ging ich mit schmutzigen Füßen ins Bett und fühlte mich wie der Rebell des Monats. Ich sollte ein Foto von meinen Füßen machen, es rahmen und in die Eingangshalle hängen. Darunter ein Schild: „Hier lebt ein echter Mensch." Ich stellte mir Mutters Gesicht vor. Verächtlich verzog ich meine Mundwinkel. Vermutlich wäre das für sie kein Anlass zum Umdenken. Entschlossen verdrängte ich alle

Gedanken an meine allgegenwärtige Mutter und widmete mich wieder der Kiste meiner Ahnin.

Die Zeichnungen waren mit Bleistift gemalt. Sehr seltsame Geschöpfe tummelten sich auf den vergilbten Blättern: im Wald, am See, in der Luft. Ihr Anblick begeisterte mich und nährte meine Seele, die es liebte, sich in Fantasien zu ergehen. Ein Blatt zeigte offenbar ein Reittier, denn es war gesattelt. Ein stämmiges kleines Wesen, rundlich wie ein Nilpferd, kräftige Beine, ein dünner Schwanz, der sich am Hinterteil ringelte. Mit seiner dicken Quaste hätte er besser zu einem Löwen gepasst, dachte ich. Der Kopf dieses Tieres passte allerdings überhaupt nicht zum Körper. Er hatte große Ähnlichkeit mit einem Kaninchenkopf, abgesehen von dem niedlichen Elefantenrüssel. Große dunkle Augen, sanft im Ausdruck. Putzige lange Ohren. Die Streifen des wolligen Felles erinnerten ein wenig an einen Tiger.

Auf dem nächsten Bild war ein seltsamer, in sich selbst verdrehter Baum verewigt. Er sah aus, als würde er tanzen! Hunderte Schmetterlinge umflatterten ihn. Oder waren das seine Blätter? Hinter ihm hatte der Zeichner ein Tal angedeutet. Der Baum schien eine Art Wegmarke zu sein, oder gar ein Wächter des Tales. Das dritte Bild berührte mich tief, ohne dass ich wusste, warum. Es zeigte ein Paar Männerhände, die sich wie eine Schale öffneten, und in den Händen saß ein großer Schmetterling. Die Tupfen auf seinen Flügeln waren asymmetrisch, runenähnlich und schienen willkürlich angeordnet zu sein. Er strahlte Würde aus. Ich hätte nicht sagen können warum, doch es war so. Die Hände, die ihn bargen, waren langgliedrig und kräftig. Hände, die zupacken, aber auch zärtlich sein konnten. Ich stellte mir den dazugehörigen Mann vor: Hochgewachsen, zuverlässig, intelligent, humorvoll, mit Sinn für Schönheit und doch kampfbereit. Ein Krieger? Ein Fürst? Schließlich griff ich zum letzten Bogen Papier. Er zeigte einen hellen Schwan, umgeben von dunkleren Artgenossen. Die anmutigen Vögel schwammen in einem großen See, in dessen Mitte ein Pavillon auf einer kleinen Insel stand. Er war überwuchert von einer Kletterpflanze, die mich an Blauregen erinnerte. Erst nach einer Weile entdeckte ich den kleinen Wasserkobold, der sich entspannt auf dem Rücken durchs Wasser treiben ließ.

Eine Erinnerung zerrte an mir. Wo hatte ich das schon einmal gesehen? Plötzlich stand es mir klar vor Augen. Und wieder lief ich die Treppe hinunter, nahm zwei Stufen auf einmal. So viel Bewegung wie an diesem Tag hatte ich lange nicht gehabt. Meine nackten Füße machten laute, patschende Geräusche im nachtstillen Haus. Vor Vaters Arbeitszimmer hielt ich inne. Nur sehr selten wurde von uns dieses Zimmer betreten. Mutter hatte es unverändert gelassen. Es sah so aus, als würde er eigentlich gleich wieder zurückkommen, sich an seinen Schreibtisch setzen und nach Mafalda klingeln, damit sie ihm eine Kanne Oolong-Tee kocht. Mafalda war seit seinem Tod die Einzige, die regelmäßig sein Zimmer aufsuchte. Jemand musste ja dort staubwischen und lüften. Erwartungsvoll drückte ich die Klinke herunter und schaltete die Beleuchtung an. Dort hing es! Vater hatte mir dieses Ölgemälde zu meinem zehnten Geburtstag geschenkt. Wir hatten es in einem Antiquitätengeschäft in der Portobello Road entdeckt. Ich quengelte so lange, bis er nachgab. Weil es sehr teuer gewesen war, bestand Mutter darauf, dass es nicht in meinem Kinderzimmer aufgehängt wurde. Und so fand es seinen Platz hier in diesem Raum. Irgendwie gehörte es wirklich hierher. Es machte das Zimmer zu etwas Besonderem. Ich ging näher heran und suchte das Bild ab. Im rechten unteren Quadrat war ein auffallender Baumstamm mit einer großen Krone abgebildet, er streckte seine obersten Zweige quasi über das ganze Gemälde. In der Baumrinde konnte man das Gesicht eines alten Menschen sehen, wenn man wusste, wonach man sucht. Winzige bunte Gestalten tanzten lebhaft Ringelreihen um den Baum. Aber ihre Gesichter waren nicht alle fröhlich. Alles war wilder Wald, ein magischer Wald, der mit der Leinwand verschmolz. Ein seltsames Nicht-Licht lag über dieser Landschaft, die dennoch auf ihre Art von innen heraus dezent leuchtete. Viel zu lange schon hatte ich das Gemälde nicht mehr betrachtet. Man konnte darin versinken und Zeit und Raum vergessen. Aber heute wollte ich mich nicht darin verlieren. Ich suchte nach dem Pavillon. Und ja – dort oben in der linken Ecke war er abgebildet. Dieselbe Anzahl an Säulen, derselbe Blauregen, die großen Vögel, die Schwänen so sehr ähnelten, aber doch irgendwie anders waren. Sogar der Wasserkobold schwamm dort seine Runden. Er war so winzig, dass ich Mühe hatte, ihn zu sehen. Wie kam der Entwurf für diese Szene, wenn er denn einer war, in die Kiste meiner Ahnin? Waren beide vom selben Künstler? Hatte sie selbst etwa das alles gemalt? Ich suchte nach einer Signatur, aber das Licht reichte nicht aus. Ungeduldig wühlte ich in Vaters Schublade nach der Taschenlampe. Sie lag tatsächlich noch immer in der zweiten Schublade von oben. Ob die Batterie noch Saft hatte? Ich machte die Probe aufs Exempel und hatte kein Glück. Sie war leer. Ich rannte in die Küche, wühlte dort in der großen Schublade, bis ich Ersatz fand. Na bitte. Ging doch! Fiebrig suchte ich nach einer Signatur und fand sie schließlich innerhalb einer Baumwurzel, ganz winzig: *Midirs Sohn.* Wie ungewöhnlich!

Nachdenklich ging ich wieder nach oben in mein Zimmer. Ich war einem Geheimnis auf der Spur, so viel war mir klar. Ein *Familiengeheimnis,* hatte Charlotte gesagt. Ich hockte mich wieder auf mein Bett und starrte vor mich hin. Wie hing das alles zusammen? Charlotte kommt und bringt mir diese Kiste. Plötzlich habe ich eine Verbindung zur Vergangenheit, zur Familie meines Vaters. Lauter Bücher und Bilder. All diese heftigen Erinnerungen an meine Kindertage. Meine Gabe. Das Bild in Papas Zimmer. Vor allem aber die Vision des Drachenschwertes! Was hatte das zu bedeuten? Wie in Trance räumte ich die Kiste wieder behutsam ein, ließ aber eins der handgebundenen Bücher draußen. Mir fiel die Signatur wieder ein. *Midirs Sohn.* „Midir" kam mir irgendwie bekannt vor. Dann fiel es mir ein: Die

Fairytales aus Magiyamusa – es gab eine Geschichte über das Anderweltwesen Midir, wie er aus Erbsenschoten eine Flotte von Kriegsschiffen für die Iren zauberte.

Ich steckte meine schmuddeligen Füße unter die Bettdecke, knipste die Nachttischlampe an und machte es mir gemütlich. Das Büchlein entpuppte sich als Tagebuch meiner Urgroßmutter, das sie als Neunjährige zu schreiben begonnen hatte. Es strotzte nur so vor Rechtschreibfehlern, was sie mir gleich sympathisch machte. Sie malte vor jeden neuen Eintrag ein zierliches Blümchen.

* Mama hat mir Schreiben gelernt. Da war ich sieben Jahre. Ich konnte da mein Namen schreiben und wo wir wonen. Jetzt bin ich neun. Darum kann ich jetzt fiel meer schreiben. Mama hat mir ein Tagebuch geschenkt. Das ist eine Belonung sagt sie. So wie mein Lederdrache, den sie mir zu meinem zweiten Geburtstag genäht hatte. Ich soll ühben. Papa sagt, Rechnen muss ich auch ühben. Das am meisten.

An dieser Stelle horchte ich auf. Sie hat einen Lederdrachen gehabt? War das etwa derselbe wie meiner, der so uralt war?

* Großonkel sagt ein Datumm gehört auch zum Tagebuchschreiben. Also: heute ist der älfte März. Ich versuche jeden Sonntag was zu schreiben. Zwischen Frühstück und Kirche. Da darf ich nie raus zum Spielen. Weil mein Kleid sonst schmutzich wird sagt Mama. Papa sagt ich bin eine wilde Fee. Mama macht dann ein ärgerliches Gesicht. Großonkel ist mit Großtante heute bei uns zu Besuch. Er sagt Datumm

schreibt man mit einem „m". Also: Datum! Und schmutzich mit g: schmutzig!
* *Heute hat Mama geweint. 9. April. Habe lange nicht im Tagebuch geschrieben. Aber darum ist sie nicht traurich. Traurich vielleicht auch mit g?*

* *Papa darf mir keine Gutenachtgeschichten mehr erzehln. Mama verbietet es. Sie sagt, er soll mir keine Flausen in den Kopf setzen. Was sind Flausen und wie tut man sie in einen Kopf? 18. April.*
* *Dritter Mai. Mama ist über Nacht bei Großtante, weil die sehr krank geworden ist. Sie kann den rechten Arm und das rechte Bein nicht mehr bewegen. Papa kann mir darum entlich wieder eine Gutenachtgeschichte erzehln. Ich habe mir die von der Farn-Fee die Blaubeerwein machen wollte gewünscht. Und weil ich dann immer noch wach war, hat Papa mir noch vom Wassakobold erzelt, der nicht mehr schwimmen wollte.*
* *Ich mag nicht jeden Sonntag schreiben. Elfter Juni. Nicht älfter!*

Hier hielt ich inne. Ich kannte auch eine Geschichte von einer Fee, die Blaubeerwein machte. Entweder hatte Vater sie mir erzählt, als ich noch klein war, oder sie war aus einem meiner Bücher. Wenn es denn dieselbe Fee war! Geschichten gab es ja viele. Meine Ahnin schien mit ihren Eltern ähnliche Probleme gehabt zu haben: Eine Mutter, die verbietet, und ein Vater, der sich was verbieten lässt. Meine Augenlider wurden schwer, aber ich zwang mich weiterzulesen.

* 22. August. Habe lange nicht mehr in mein Tagebuch ~~geschriben~~. Geschrieben. Wir haben jetzt in der Nachbarschaft eine Lererin wohnen. Sie hat mit mir, Ainsley, Carson und Eoghan schreiben geübt. Weil unsere Eltern das Schulgeld nicht zahlen könn. Miss Fenella, ich mag sie gern. Ich habe eine Liste machen müssen von den Wörtern, die ich immer falsch schreibe. Zuhause soll ich damit weitermachen, wenn ich welche im Tagebuch finde. Sie sagt, Tagebuch schreiben ist gut für mich. Also: erzählen, Datum, endlich, schmutzig, wohnen, üben. Und immer diese – ich und –ig-Wörter! Das verstehe ich nicht. Klingt doch alles gleich. Traurig, schmutzig, trotzig (ich bin das sagt Mama), Honig, gierig, sonnig, heftig, König. Aber: wirklich, herrlich, pünktlich, ängstlich, weiblich, nützlich, freundlich.

* 8. September. Wir haben eine lange Wanderung gemacht. Waren auf dem Berg bei der Kwelle und dem Wasserfall, und dann zurück durch das Felsental, wo die Schafe grasen. Eoghan hat Tilly mit einem Stein beworfen. Miss Fenella hat ihm eine Ohrfeige gegeben. Ich habe der Lehrerin gezeigt, wo Mama und ich Heilkräuter für Großonkels Apotheke sammeln. Tilly darf jetzt mit Eoghan, Carson und mir und Ainsley üben. Miss Fenella giebt uns zwei Mal in der Woche Unterricht. Mama macht dafür ihre Kleider umsonst heile.

Heilkräuter! Meine Ahnen waren Heilkundige gewesen! Es hatte sogar einen Großonkel mit einer eigenen Apotheke gegeben. Das gefiel mir. Ich stopfte mir zwei weitere Kissen in den Rücken, damit ich nicht Gefahr lief, beim Lesen einzuschlafen.

14. September. Wir sollten als Hausaufgabe schreiben, was uns bei der Wanderung am besten gefallen hat. Ich mochte am liebsten den Wassageist in der Kwelle. Er ist eine sie. Sie hat mir zugewunken. Miss Fenella sagt: keine Geschichten erfinden! Aber wenn es doch wahr ist! Miss Fenella sagt, das hieße dann Nümfe und nicht Wassageist. Und auch: Wasser (!) Und dann habe ich mich wieder mit ihr gestritten! Denn: Quelle. Nymphe. Wer schreibt denn solche Wörter? Dann müsste man doch Kuelle sagen und Nimp-he. Warum darf man nicht so schreiben wie man spricht?

* 15. September. Papa hat wieder sein Gesicht gemacht als ich ihm von der Nümfe (jawoll!!!) erzählt habe. So, als wolle er was dazu sagen. Aber wenn Mama dabei ist, tut er es nie.

Jetzt war ich hellwach. Die kleine Tibby hatte einen Wassergeist gesehen! Hatte ich meine Gabe von ihr geerbt? Aber ja, von wem denn sonst? Es lag also in der Familie, Naturwesen in ihrer ätherischen Gestalt zu sehen. Ob Vater das gewusst hatte? Wäre doch möglich gewesen, dass auch er die Tagebücher gelesen und all das andere Zeug auch gesehen hatte. Aber wenn das so war, hatte er nie ein Wort darüber verlauten lassen. Ich musste unbedingt Charlotte fragen, ob er ihr jemals etwas Genaueres über die Kiste gesagt hatte.

* 29. September. Eoghan hat Carson geschubst. Carson ist mit dem Kopf an einen Fels gefallen und hat geblutet. Als er wieder stand, hat er gekotzt. Dann ist Eoghan weggelaufen. Miss Fenella hat Carson ins Pfarrhaus getragen. Sie ist ziemlig stark. Meine Freundin Ainsley und ich haben durchs Fenster geschaut. Sie haben Carson einen dicken Verband um den Kopf gemacht. Dann hat Miss Fenella einen Jungen zu seinen Eltern geschickt. Und einen zu Eoghans Vater.
* 4. Oktober. Carson ist immer noch zuhause und ziemlig krank. Eoghan nicht. Keiner kann ihn finden. (Für meine ig/ich-Liste: ziemlich!)
* 7. Oktober. Wir gehen gleich in die Kirche. Heute Morgen habe ich im Herdfeuer was gesehen. Ich glaube, Papa auch. Gibt es Feuer-Nümfen? Im Garten hinterm Haus haben wir einen großen Haselnussstrauch. Das Haselmännlein hat gestern zum ersten Mal mit mir gesprochen! Mama habe ich das nicht gesagt. Er wünscht mir schöne Träume.

Das wurde ja immer besser. Nicht nur Wasserwesen, auch Feuerwesen konnte sie sehen. Und das Allerbeste war: mit einem Haselmännlein sprechen! So wie ich als kleines Schulkind den Baumgeistern gelauscht hatte. Na, und ob konnten die mit Menschen reden, nur nicht mit allen! Aber das wollte mir ja nie einer glauben. Ach, und wie ich damals die schönen Holunderfeen bewundert hatte! Das waren noch gute Zeiten gewesen, bevor ich die Scheißtabletten nehmen musste. Hätte ich man bloß für immer und ewig den Mund gehalten.

* 11. Oktober. Eoghan ist wieder da. Er hatte sich in der Fraser-Höhle versteckt. Aber dann war der Hunger stärker als die Angst geworden, hat er gesagt. Sein Vater hat ihn grün und blau geschlagen zur Strafe. Jetzt hat er wieder mehr Angst als Hunger. Eoghan sagt, er will ein Guardsman bei den Scots Guards werden. Er kennt den Wahlspruch, und wenn er ihn ~~feler~~frei –fehlerfrei!- aufsagen kann, müssen sie ihn aufnehmen. Sagt Eoghan. Der Spruch heißt: Nemo Me Impune Lacessit. Das soll bedeuten: Niemand reizt mich ungestraft. Ich glaube aber nicht, dass die Soldaten Elfjährige in die Armee nehmen. Auch nicht, wenn sie so groß und stark wie Eoghan sind. Mit Miss Fenella üben wir jetzt Komma machen. An den richtigen Stellen.
* 18. Oktober. Ich habe wieder die Träume von der Großen Mama.
* 19. Oktober. Fantasie ist, wenn man sich was ausdenkt. Träume sind, was mein Kopf sich nachts ausdenkt. Erinnerungen sind, was man wirklich mal erlebt hat. Aber manchmal träumt man, was man eigentlich erinnert, und das darum wirklich ist!*

Das hatte die Kleine aber schön gesagt, „manchmal träumt man, was man eigentlich erinnert, und das darum wirklich ist". Es war für mich etwas seltsam, dass sie meinen Namen Tibby trug, beziehungsweise ich den ihren. Genau genommen war mein Name die schottische Kurzform von Isabella. Träume ... das war auch so eine Sache. Ganz früher hatte ich noch geträumt, manchmal ziemlich wild sogar und gelegentlich machte mir damals die ‚Echtheit' meiner

Träume Angst. Die Natur brachte auch dunkle Wesen hervor, die sich von feinen Holunderfeen unterschieden wie die Nacht vom Tage und der wilde Eber vom zarten Frischling. Manchmal versuchten sie, mich unter die Erde zu locken oder sie häuften Stein und Fels über mich an. Aber wenn ich um Hilfe rief, kam immer Gäa oder schickte mir ein hilfreiches Wesen zu meiner Rettung.

Gäa? Der Name war mir jetzt einfach so in den Sinn gekommen. Nicht Geha oder Gaja – Gäa! Mir fiel ein, dass ich mal in einem Buch über weibliche Göttinnen – ein Schulprojekt in der Abschlussklasse - den Namen der Mutter Erde gelesen hatte: Gäa. Moment Mal! Eine *Göttin* war mir des Nachts zu Hilfe geeilt? Es gab sie wirklich und sie sprach mit mir? War ich denn nicht viel zu unbedeutend? Langsam wurde mir dieser Tag zu viel. Ich war jetzt fix und alle. Obwohl es eine Sommernacht war, fröstelte es mich. Ich beschloss, nur noch einen Abschnitt zu lesen und dann zu schlafen.

* 28. Oktober. Onkel Gowans jüngster Sohn Kiron ist jetzt in der Schule. Onkel Gowan ist Schmied. Er kann das Schulgeld zahlen. Papa war früher auch Schmied. Bis das mit seiner Hand passiert ist. Er konnte lange nichts arbeiten und wir sind arm gewesen. Sehr arm. Großonkel und Großtante haben uns geholfen. Und Mama hat viele Kleider genäht. Als Papa dann die Arbeit im Rathaus bekommen hatte, wurde alles etwas besser. Er schreibt dort viel und räumt Akten auf, macht Botengänge und anderes. Sein Weg in die Stadt runter ins Tal ist sehr weit. Abends ist er oft müde, vor

allem im Winter. Mama sagt, er schuftet für einen Hungerlohn. Aber jetzt sind wir nur noch arm, nicht mehr sehr arm.

* 30. Oktober. Die Große Mama kommt seit kurzem jede Nacht zu mir. Wir singen Lieder. Und manchmal singen die Pflanzen und Tiere auch mit uns. Das sind schöne Träume. Wenn die Mama an meinem Bett steht, stehe ich immer schnell auf, weil ich mich auf unsere Spaziergänge freue. Meinen Körper lasse ich dann im Bett. Ich habe zwei Körper. Einen richtigen und einen ganz dünnen, wie Luft, für die andere Welt. In der anderen Welt ist es immer hell und warm. Als ich mit Papa heute aus der Kirche kam, habe ich ihm davon erzählt. Er glaubt mir jedes Wort. Aber er sieht auch irgendwie besorgt aus. Mama war heute nicht in der Kirche, sie ist wieder bei Großtante Maisie.

* 2. November. Papa und ich waren auf der Bergwiese. Ich habe ihm ein paar Lieder und Töne vorgesungen, die die Große Mama mir beigebracht hat. Er sagt, die Große Mama heißt eigentlich Gäa. Er hat mir das buchstabiert, damit ich es richtig schreiben kann. Überhaupt kann ich viel besser schreiben als früher. Miss Fenella ist sehr zufrieden mit mir, sagt sie. Auf der Wiese war es sehr kalt. Papa hat mir Tanzschritte gezeigt. Er sagt, wenn ich die Bewegungen richtig mache, dann kann ich, wenn ich älter bin, Dinge mit den Pflanzen machen. Ihre Farbe ändern und so. DAS kann ich kaum glauben. Ich denke, Papa nimmt mich auf den Arm!

* 2. Dezember. Heute fiel die Zeit bei Miss Fenella aus. Wir haben einen Schneesturm. Ich habe angefangen,

Papas Gute-Nacht-Geschichten aufzuschreiben. Heute die von den blauen Schwänen und dem einen weißen.
* 8. Dezember. Großtante Maisie ist gestorben. Überübermorgen wird sie beerdigt. Wir sind alle traurig.
* 11. Dezember. Letzte Nacht war Mama Gäa wieder bei mir. Wir sind diesmal aber nicht spazieren gegangen. Sie hat mir gezeigt, wie aus einer Raupe ein Schmetterling wird. Sie sagt, mit Großtante Maisie ist es auch so, und mit allen Menschen, ohne Ausnahme. Auch aus uns wird mal ein schönes, federleichtes Wesen, leichter noch als die kleinste Feder. Sie sagte, wir sind dann frei und glücklich und ein hell klingender Ton im Lied der großen, heiligen Engel.

Aus dem einen Abschnitt waren dann doch fünf geworden. Lesen strengte mich immer an, ich hatte Kopfschmerzen bekommen. Das war aber nicht nur vom Lesen, das war auch wegen diesen unglaublichen Übereinstimmungen mit meinem eigenen Leben. Tibby schrieb, als wäre es das normalste von der Welt, so zu sein wie sie, schrieb Sachen über ‚zwei Körper', sie wusste wie man Gäa richtig schreibt, ebenso wie ihr Vater. Woher wusste ein einfacher Schmied etwas über Göttinnen? Und das Unfassbarste war: Er selbst hatte seiner Tochter Tanz-schritte beigebracht, ‚um Dinge mit Pflanzen machen zu können'! Das war so gruselig für mich, wo ich doch heute erst meine eigenen Tanzschritte erinnert hatte. Die mich dann ein gruseliges Ding aus

Feuer, Drachenkopf und glühendem Metall hatten sehen lassen.

Nein, ich wollte nun nichts mehr hören, nichts mehr lesen, nichts mehr denken. Nur noch schlafen. Ich langte hinüber zur Nachttischlampe und machte das Licht aus. Das Tagebuch ließ ich vorsichtig auf den Fußboden gleiten. Ich wünschte mir, ich wäre ein ganz normales Mädchen aus einer ganz normalen Familie.

Kapitel 4 – Mutter ruft an

Das erste, was ich am nächsten Morgen nach dem Aufwachen spürte, war ein unangenehmes Jucken auf der Haut, das mir vertraut vorkam. Ich seufzte, als ich erkannte, dass ich nicht wirklich alle Chipskrümel gestern erwischt hatte. Ich schwor mir, nie wieder Chips auch nur in meine Nähe zu lassen und setzte mich auf. Unten hörte ich Mafalda werkeln. Es musste also nach 8 Uhr sein. Vorher verließ sie nie ihre kleine Wohnung unter dem Dach. Als nächstes fiel mir auf, dass ich heute noch klarer im Kopf war. Wie ein Blinder, der sehend geworden war, schaute ich mich mit großen Augen in meiner grünen Hölle um. Sogar das satte Grün von Efeu, Spiral-Aloe, Nestfarn und Kaladie war noch intensiver geworden, die Orchideen blühten noch prächtiger. Ich hörte die Füßchen meiner Geckos trappeln! Meine Wahrnehmung war unglaublich intensiv. Sogar Mafaldas Maiglöckchen-Parfüm konnte ich riechen. Ich öffnete das Fenster und atmete tief ein und aus. In mir prickelte das Leben pur. So hatte ich mich noch nie gefühlt. Als ich dann zwanzig Minuten später unter der Dusche hervorkam, hatte sich meine Wahrnehmung auf ein normaleres Maß reduziert, aber sie war immer noch deutlicher als in all den Jahren zuvor.

Ich hob das Tagebuch vom Fußboden auf und begann darin zu blättern. Mir war, als hätte ich in der Nacht geträumt. Aber ich konnte mich nur noch an das Gefühl des sich Vorwärtsbewegens erinnern.

Keine Bilder, keine Inhalte. Träumen und das Erinnern daran, war ich auch gar nicht mehr gewohnt. Das war auch so eine Nebenwirkung der Tabletten, vermutete ich. Etwas lustlos blätterte ich in Tibbys Notizen herum. Ich traute mich nicht so recht weiterzulesen. Was würde ich noch über meine Familie erfahren? Ich linste vorsichtig in den Eintrag vom 19.12. Sie sprach über das Wetter und häusliche Arbeiten. Das klang ja ganz normal.

19. Dezember. Das Wetter ist besser, wir gehen wieder mehr nach draußen. Ich helfe Mama auch oft beim Nähen. Ich bin schon ganz gut darin. Manchmal gehe ich zu Großonkel Russel und helfe ihm, die Wohnung und die Apotheke sauber zu halten.

1. Januar 1878. Hogmanay ist vorbei. Wir sind ganz schön müde. Mama hatte einen prächtigen Haggis gekocht und Black Bun gebacken. Die Graupensuppe war auch lecker. Papa isst ja nur selten und wenig Fleisch, aber Mama, Großonkel Russel und ich, wir haben es uns schmecken lassen! Mama sagt, früher hat Papa gar kein Fleisch gegessen. Und früher hätte er viel Whiskey trinken können, aber nachdem er uns gefunden hatte, nicht mehr. Mama war ganz schön betrunken. Ich glaube, sie hat Unsinn geredet. Wann hat er uns denn jemals gesucht und gefunden? Wir sind doch immer alle da.

28. Januar. Der Winter ist sehr streng. Ich habe wieder viel Zeit, Papas Geschichten aufzuschreiben. Eoghan wohnt jetzt beim Pfarrer. Weil: sein Vater hat sich totgesoffen.

2. März. Ich war wieder bei Großonkel Russel. Wir haben die Apotheke aufgeräumt. Ich habe gemerkt, dass er langsam zu alt wird. Er verwechselt die Kräuter. Ich habe sie umgefüllt, ohne dass er es gemerkt hat. Mama hat ein ganz ernstes Gesicht gemacht, als ich es ihr erzählte. Vielleicht kann er auch nur nicht mehr richtig lesen. Ich habe kaum noch Zeit für mein Tagebuch! Ich muss Mama beim Nähen helfen und wir passen auch auf Großonkel Russel auf. Papa meint, die Trauer macht seine Augen und sein Denken schwach. Papa hat ein anderes Wort für Trauer benutzt, aber das weiß ich nicht mehr genau, es klang wie „Dullitschin".
* 5. März. Eoghan hat mir gesagt, beim Pfarrer hat er es immer warm und die Haushälterin kocht gutes Essen. Allerdings muss er sich jetzt jeden Tag waschen.
* 9. März. Mama hat Papa angefaucht. Er soll mir doch keine Flausen in den Kopf setzen. Inzwischen weiß ich ja, was das bedeutet. Ich will aber Papas Geschichten alle hören, alle! Und ich schreibe sie auch auf. Ob Mama nun will oder nicht. Ich bin doch kein Baby mehr. Ich weiß, was echt ist und was nicht. <u>Ich kann mit den Pflanzen singen, auch mit dem Haselmännlein hinterm Haus. Das ist echt.</u>

Da war es wieder, das Haselmännlein, und sie singt mit den Pflanzen. Dick unterstrichen - es war ihr also sehr wichtig. Das tat ich auch. Wenn ich meine Blumen goss und streichelte, sang ich ihnen immer kleine Liedchen vor. Eigentlich mehr Tonfolgen, keine richtige Musik. Und dann bemerkte ich den Unterschied zwischen ‚singt mit den Pflanzen' und ‚ich singe meinen Pflanzen etwas vor'. Wenn ich Tibbys Eintrag wörtlich nahm, hieße das, dass Pflanzen selber singen. Ich konnte mich nicht erinnern, jemals was von ihnen gehört zu haben. Sie fühlten sich für mich unterschiedlich an, das ja. Jede gab mir ein anderes Gefühl. Aber Klang? Nein. Konnte ich nicht behaupten. Oder hörte Tibby, was ich fühlte? Nahmen wir mit verschiedenen Sinneskanälen dasselbe auf? Ein zu schwieriger Gedanke für mich vor der ersten Tasse Kaffee.

Ich wollte gerade weiterlesen, als Mafalda an meine Zimmertür klopfte.

„Miss Tibby, aufwachen! Frühstück ist fertig."

„Danke, ich komme gleich runter, Mafalda."

Frühstück. Der beste Moment am Morgen. Unser Hausmädchen buk mir morgens Pfannkuchen. Ich ertränkte sie dann immer in flüssiger Butter und Ahornsirup. Als ich schließlich am Tisch saß, war mir der Magen plötzlich wie zugenagelt. Der Duft der Butter widerte mich an und ich schob meinen Teller zurück. Mafalda quittierte das mit einem langen, skeptischen Blick auf mich.

„Bist du krank, Miss Tibby? Oder sind heute Nacht die Aliens gekommen und haben mein großes Mädchen ausgetauscht?"

„Kann ich bitte etwas Leichteres haben? Ich fühle mich tatsächlich nicht wohl."

Mafalda, die seit elf Jahren bei uns den Haushalt führte und meine Gewohnheiten besser als meine eigene Mutter kannte, nahm gelassen den Teller vom Tisch und mixte mir eine Bananenmilch mit einem

Hauch Muskatnuss und geriebenem Ingwer. Sie zögerte kurz, gab dann noch zwei Esslöffel Chrushed Ice hinzu und einen dicken Strohhalm.

„Schirmchen sind aus", meinte sie lakonisch.

Ich dankte ihr und ging mit dem Getränk in den Garten. Am Strohhalm nuckelnd schlenderte ich durch mein Reich und dachte darüber nach, was ich über meine Vorfahren erfahren hatte. Gerade noch rechtzeitig entdeckte ich, wie unsere Nachbarin, die Klatschbase vom Dienst, ihr Domizil verließ und in meine Richtung kam. Bevor sie mich entdecken konnte, machte ich auf dem Absatz kehrt und verschwand im Haus. In diesem Moment klingelte das Telefon und ich griff mit meiner freien Hand nach dem Hörer.

„Ja?"

„Du sollst dich doch mit Namen melden, junge Dame."

Mutter! Und ihr erster Satz war gleich eine Zurechtweisung. Na toll.

„Sorry, Mutter. *Hier bei Rosehill, der Agentur für unterernährte Kleiderständer.*" Ich wusste, das war fies von mir, aber mir war grad danach zumute.

„Isabella! Je älter du wirst, umso kindischer wirst du. Eigentlich wollte ich dir zum Geburtstag gratulieren."

„Mutter? Der war gestern."

„Oh."

In der Telefonleitung knisterte es. Von wo sie wohl anrief? Rio? Fortaleza oder schon Teneriffa? Ich genoss den peinlichen Moment und wartete, dass sie weitersprach.

„Das tut mir leid, Tibby. Ähm, ich bin wegen der Zeitzonen etwas durcheinander, gestern war noch nicht heute, hihi... Also: Alles Gute zum Geburtstag! Dann eben nachträglich. Julio lässt auch grüßen. Hattest du eine schöne Party?"

Na sicher doch, dachte ich verärgert. *Vor allem ist es toll, dass du mich für völlig verblödet hältst, denn zwischen Rio und London liegen nur zwei Stunden Zeitunterschied.*

„Mutter, die Party war unvergesslich. Vor allem die Geschenke." Und letzteres war nicht mal gelogen. Die Kiste von meiner Urgroßmutter war das Beste, was ich jemals an einem Geburtstag bekommen hatte. Mal abgesehen von dem Ölgemälde zum Zehnten.

„Schätzchen, hör mal zu."

Wenn sie mich *Schätzchen* nannte, wollte sie etwas von mir. Da war ich nun aber gespannt. Was konnte ich ihr geben, das Julio und die Kreuzfahrtschiffe dieser Welt ihr nicht geben konnten?

„Wir haben an Bord tolle Leute kennengelernt, aus der Mode-Branche. Sie haben uns eingeladen, einige Zeit auf ihrer Hazienda zu verbringen. Wäre es für dich in Ordnung, wenn ich meinen Urlaub etwas verlängere, so zwei oder drei Wochen? Du bist doch alt genug, um auch eine längere Zeit ohne mich auszukommen, meinst du nicht auch?"

Im Hintergrund hörte ich, wie Julio, ihr aktueller Zorro, etwas zu laut flüsterte, sie solle sich beeilen, die Drinks würden warm werden. Und da durchfuhr mich ein Geistesblitz, angesichts der Broschüre, die neben dem Telefon bei der Post lag.

„Na klar doch, Mutter. Bleib ruhig so lange wie es dir dort gefällt. Weißt du, ich wollte dich gerade fragen, ob es für dich in Ordnung ist, wenn ich eine Weile wegfahre? Es gibt da eine Art Studienfahrt nach Northumberland, historische Burgen usw. Darf ich da mitfahren? Und darf ich mich dafür an deinen unterschriebenen Schecks aus dem Tresor bedienen?"

„Sicher doch! Eine hervorragende Idee. Tu was für deine Allgemeinbildung. Und wenn ich wieder zurück bin, reden wir mal über deine berufliche Zukunft. Vielleicht magst du ja doch in meine Firma einsteigen. Abseits des Laufsteges gibt es viel zu tun. Ich finde sicher was Passendes für dich, irgendwas Einfaches."

„Gut, Mutter. Danke! Das ist echt nett von dir", säuselte ich. Ich hörte dann noch, wie sie kicherte und zu Julio sagte ‚nimm die Finger da weg' und dann war unser Gespräch beendet. Überaus zufrieden legte ich den Hörer auf.

„Mafalda? Hilfst du mir bitte beim Kofferpacken?", rief ich laut. „Ich verreise morgen."

Allerdings war mein Ziel nicht Northumberland.

Kapitel 5 – Glenmoran Castle

Es goss in Strömen, als das Taxi vor Glenmoran Castle hielt. Ich gab dem Fahrer reichlich Trinkgeld, weil er sich größte Mühe gegeben hatte, mich auf der langen Fahrt mit Sagen und Liedern von kampflustigen Helden und Clanführern zu unterhalten. Leider verstand ich davon, wenn es hoch kam, nur die Hälfte, denn auf den schottischen Dialekt war ich nicht vorbereitet gewesen. Die Gegend war eintönig und gab nicht viel für das Auge her: Nur nichtssagende Berge, Gestrüpp und jede Menge grauer Himmel. Hier und da dösten ein paar Baumgruppen im Nebel. Mir kam der Verdacht auf, dass mein Trinkgeld zu reichlich gewesen sein könnte, denn der Taxifahrer wehrte sich mit Händen und Füßen dagegen. Aber schließlich gab er nach und trug mein Gepäck zum Eingang.

Tantchen hatte mir nicht gesagt, dass sie in einem richtigen Schloss residieren würde. Oder hatte sie hier so eine Art Rentner-Ferienjob? Für einen Moment erwog ich, den Dienstboteneingang zu suchen und bückte mich zu meinen Taschen herunter. Die Entscheidung wurde mir abgenommen, denn die schwere Eichenholztür, auf der eine geschnitzte Distel prangte, wurde geöffnet. Ich erstarrte mitten in der Bewegung, denn in der Tür stand ein junger Mann. Er hatte die schönsten blauen Augen, die ich je gesehen hatte.

„Ist sie das? Sag schon, Junge, ist das mein Mädchen aus London?"

Charlottes Stimme drang aus der dunklen Vorhalle an mein Ohr. Bevor er ihr antworten konnte, schoss sie hervor und fiel mir begeistert um den Hals.

„Tibby, meine Liebe, ich hatte mir so sehr gewünscht, dass du den Mut hast zu kommen!"

Aus dem Augenwinkel sah ich, dass Mr. Blau-Auge seinen Schirm aufspannte. „Ich geh' dann mal", nuschelte er. Tantchen zog mich aufgeregt in das alte Gemäuer.

„Lass dein Gepäck stehen. Der Butler wird sich darum kümmern."

„Sehr wohl, Madam."

Ich zuckte zusammen, denn wie aus dem Nichts erschien ein waschechter Butler. So wie die, die man immer in diesen Hollywood-Filmen sehen kann. Jackett, Fliege, Weste. Die war allerdings kariert, nicht gestreift, dazu blankgewienerte Schuhe, schwarz wie Schörl, und eine undurchdringliche Miene. Der in meinen Augen schon alte Mann, distinguiert bis zum Abwinken, nickte höflich und begrüßte mich wie einen geehrten Gast. Dann trug er den Rucksack und meine beiden Taschen hinein und schwebte mit ihnen den Treppenaufgang hoch. Zumindest sah es so für mich aus. Für sein Alter war er erstaunlich gut beisammen. Ich riss mich von dem faszinierenden Anblick los und begrüßte nun endlich meinerseits Charlotte.

„Da bin ich. Hallo, Tantchen! Du hast aber interessante und reiche Freunde. Oder ist deine Freundin die Frau des Butlers?"

Sie lachte laut auf und meinte, ich wäre wohl zu Scherzen aufgelegt – *Jenkins und verheiratet?*

„Komm und begrüße Annella, die Herrin von Glenmoran Castle. Danach kannst du nach oben gehen und dich frisch machen."

***

Einige Zeit später saß ich dann mit Charlotte und Lady Annella im „Kleinen Salon" bei Shortbread und einem starken, schwarzen Tee. Die Hausherrin musste Humor haben, denn der Salon war alles andere als *klein.* Lady Glenmoran selbst war eine weißhaarige, ungemein füllige Frau. Ich musste zugeben, dass sie dennoch eine gutaussehende alte Dame war. Ihre Bekleidung war von ausgezeichneter Qualität, maßgeschneidert, zweckdienlich und kleidsam. Das Blau ihres Kostüms stand ihr gut, und sie hatte in den Augen diese Art von Blau, wie ein klarer Sommermorgen sie mit sich bringt. Ob der Junge mit dem Regenschirm ihr Enkel war?

Erheitert schaute ich zu, wie beiden alten Damen ihren Tee großzügig mit Whisky würzten. Sie schwatzen fröhlich miteinander und schienen mich vergessen zu haben. Entspannt sah ich mich im Raum um. Ich war noch nie zuvor in einem schottischen Castle gewesen. Hoffentlich bekam ich noch Gelegenheit, es ausführlich zu besichtigen. Mutter würde mich nach meiner Rückkehr sicher mit Fragen löchern. Die Wandteppiche sollte ich dann erwähnen. Die waren wirklich eindrucksvoll und bestimmt sehr alt. Und die keltische Harfe, die da am Fenster stand. Im Kamin loderte ein kleines Feuer. Das machte den

Raum gemütlicher, aber leider nicht wärmer. Ich wünschte, ich hätte mir wärmere Strümpfe angezogen. Der gepolsterte Stuhl auf dem ich saß, war sehr bequem. Mir wurden die Augenlider schwer. Das Flackern des Feuers tat ein Übriges, und so entspannte ich mich noch mehr. Der Junge aus der Schule fiel mir wieder ein. Ob er immer noch zündelte, um Feuergeister sehen zu können? Mir war, als ob auf einem der Holzscheite eine Flamme hin und her wanderte, sie verhielt sich anders als die anderen. Ich starrte sie mit leerem Geist an und es fehlte nicht viel, dann wäre ich eingeschlafen. Charlottes Stimme riss mich zurück. Ich nahm einen tiefen Atemzug und setzte mich aufrechter hin.

„Was hast du eben bitte gesagt? Entschuldige, ich war in Gedanken woanders."

„Ich fragte dich, was deine Mutter dazu sagt, dass du hier bist."

Oha. Wie sollte ich darauf antworten, ohne zu lügen, aber auch, ohne die ganze Wahrheit zu sagen?

„Mutter ist der Meinung, dass mir eine kleine Reise und etwas mehr Allgemeinbildung gut tun würden. Sie freut sich über mein Interesse an alten Burgen."

Lady Annella hakte nach. „Was genau an alten Gemäuern interessiert Sie denn, junge Dame?"

„Nun", ich zögerte ein wenig und suchte nach den richtigen Worten, „mich interessiert vor allem die Geschichte des Hauses und seine Bewohner." Ich war heilfroh, dass die Dame des Hauses ein halbwegs

verständliches Englisch sprach. Dieser schottische Dialekt hatte es in sich.
Offenbar zufrieden mit meiner Antwort lehnte sich die alte Dame zurück und griff zu einer kleinen Glocke. Das Bimmeln brachte Jenkins sofort herbei, der im Nebenraum mit Silberputzen beschäftigt war. Jedenfalls schloss ich das aus dem Zustand seiner weißen Handschuhe.

„Sie haben geläutet?"

Fast hätte ich durch die Nase geschnaubt, denn wenn sie nicht geläutet hätte, hätte er doch keinen Grund zum Erscheinen gehabt! Aber ich beherrschte mich. *Was für ein vornehmes Getue*, dachte ich mir.

„Jenkins, wenn wir mit unserem Tee fertig sind, führen Sie bitte unseren Gast aus London durch die Ahnengalerie und beantworten Sie ihre Fragen zur Geschichte der Burg."

„Selbstverständlich. Es wird mir eine Freude sein."

Jenkins verneigte sich vor seiner Lady leicht und wendete sich dann an mich direkt, was mir irgendwie peinlich war.

„Sie finden mich nachher in der Küche."

Ich murmelte einen Dank und lief leicht rot an. Wie verhielt man sich denn einem Butler gegenüber? Mir fiel zum Glück noch ein, dass ich mich für die Gastfreundschaft allgemein bei Lady Glenmoran bedanken musste.

„Haben Sie denn schon mehr von Schottland gesehen als Landschaft und Regenwolken, mein Kind?"

„In der Tat, das habe ich." Ich versuchte, meinen Tonfall anzupassen. Normalerweise hätte ich etwas wie *ja, klar doch, habe ich'* gesagt. „Ich habe auf der Fahrt hierher in Glasgow Halt gemacht. Mein Interesse galt dort den Botanischen Gärten. Die australischen Baumfarne mochte ich besonders gern. Ich liebe alles Pflanzliche, müssen Sie wissen."
Charlotte unterbrach mich an dieser Stelle.

„Das war ja schon damals so, als du noch im Büro auf meinem Schoß gesessen hast. Weißt du noch, wie du meine Begonien und den Philodendron gerettet hast? Du warst nur ein Dreikäsehoch, aber du hast instinktiv gewusst, was ich bei der Pflege falsch machte."

„Ja, das weiß ich noch. Ganz zu schweigen von den Orchideen, die du fast umgebracht hast mit deiner ständigen Gießerei."

„Sag, wenn du auch in Glasgow warst, dann hast du ja auch übernachten müssen. Du bist doch noch minderjährig, gab es da keine Probleme?"
Ich zuckte mit den Schultern. Es hatte eben seine Vorteile, wenn man etwas älter aussah, als man war. Außerdem hatte ich im Voraus bezahlt, wer fragt dann noch, ob man achtzehn oder einundzwanzig Jahre alt ist?

„Nein. Mich hat keiner nach meinem Alter gefragt. Ich habe übrigens in einem alten Gasthof übernachtet. Er heißt „Zum Feuerteufel". Die Inhaberin hat mir erzählt, dass früher dort auch ein Gasthof gestanden hat, namens „Weißer Schwan", und der ist um 1863 herum abgebrannt bis auf die Grundmauern. Angeblich ist damals der Teufel höchstpersönlich erschienen, um sich die Seelen der Brandopfer zu holen. Ganz schön gruselig. Ach ja, und es soll dort der Geist einer Küchenfrau spuken. Der Teufel konnte ihre Seele nicht mitnehmen, weil sie gerade am Knoblauch schneiden war. Aber er soll auch eine Jungfrau aus den Flammen gerettet haben."

„Oh, das Land ist voll von Geschichten. Aber diese war mir bis jetzt unbekannt. Wir hatten in Glenmoran Castle früher auch einen Geist. Jedes Castle, das auf sich hält, hat oder hatte einen. Noch etwas Shortbread?" Lady Annella deutete energisch auf die dreistöckige Porzellan-Etagere. Es klang mehr wie ein Befehl, als ein Angebot. Da ich hungrig war, langte ich beherzt zu. Das Gebäck war köstlich. Als sie mir auch noch Whisky für meinen Tee anbot, schritt Tantchen energisch ein.

„Sie darf keinen Alkohol trinken, weil sie Tabl..., äh, weil sie minderjährig ist. Ihre Mutter steigt mir aufs Dach, wenn ich das zulasse, Annella."

„Ach, Mumpitz, die jungen Leute von heute werden alle verweichlicht."

Ich hielt die Luft an, fast hätte Charlotte sich verplappert und von den Tabletten erzählt. Wortlos bat sie mich um Entschuldigung, und ich nickte leicht. Dachte sie denn, ich würde die Dinger jetzt doch wieder nehmen? Außerdem, vom Alkohol ließ ich lieber die Finger! Obwohl ich die Zeit im Kleinen Salon als angenehm empfand, wünschte ich nun doch, ich könnte endlich allein mit ihr sprechen.

***

Zwei überaus lange, besser gesagt langweilige Stunden später hatte ich die Burgführung überstanden. Jenkins war zur Hochform aufgelaufen. Er kannte die Geschichte der Burg und ihrer Bewohner genau. Die Ahnenreihe war lang und illuster. Ich machte Dank seiner Erzählkunst eine Zeitreise durch vier Jahrhunderte. Sogar der Poltergeist fand seine Erwähnung. Das letzte Ölgemälde zeigte den Laird von Glenmoran und seine Gemahlin in ihren besten Jahren. Sie war damals schon füllig gewesen, ganz im Gegensatz zu ihrem Ehemann, der hager und hochgewachsen war. Er trug einen mächtigen Bart. Ein Dudelsack lag zu seinen Füßen, ebenso ein riesiger Hund, der zum Fürchten war. Allein die Geschichte vom Geist, der vor gut hundert Jahren Glenmoran Castle heimgesucht hatte, konnte mich während dieser Führung wach halten.

Ich war so müde! Mit brennenden Augen ließ ich mich auf das Bett fallen. Ich war schon fast in den wohlverdienten Schlaf gesunken, als es an der Tür klopfte und Tantchen Charlotte hereinkam.

„Wollen wir reden?"

„Unbedingt."

Tantchen ließ sich am Fußende nieder und schaute mich erwartungsvoll an.

„Nun sag die Wahrheit, Mädchen, jetzt sind wir unter uns. Hast du deiner Mutter überhaupt etwas gesagt, oder bist du einfach so verschwunden?"

„Sie glaubt wirklich, dass ich auf Bildungsreise bin. Allerdings wähnt sie mich in Northumberland. Ich durfte mich sogar an ihren Schecks bedienen.

Mafalda habe ich gesagt, dass ich zwei, vielleicht drei Wochen lang unterwegs sein werde. Sie muss sich ja um die Geckos und meine Pflanzen kümmern und den Garten gießen."

Ich setzte mich auf und konnte meine Aufregung nicht verbergen. Mir war klar, dass Charlotte eigentlich etwas über den Inhalt der Kiste hören wollte.

„Sie war genau wie ich!", platze ich heraus. „Meine Urgroßmutter konnte sie sehen, alle! Wasser- und Feuergeister, und sie hat mit den Pflanzen gesungen. Nachts ist sie mit Gäa in der ätherischen Welt unterwegs gewesen und ihr Vater hat ihr die Tanzschritte gezeigt, stell dir mal vor!"

„Moment mal, langsam. Ich komme nicht mit. Was für Tanzschritte? Und, verstehe ich das richtig, deine Urgroßmutter hatte auch diese ..."

Charlotte suchte nach dem richtigen Ausdruck, das sah ich ihr an. *Sag ja nicht Halluzinationen,* bettelte ich in Gedanken.

„... diese Visionen von Elfen? Stand das in ihren Tagebüchern? Und stand da auch was über das Erbe der Erdsängerin?"

„Nicht direkt. Sie schrieb, dass sie *mit den Pflanzen singt*, und einmal erzählte sie, dass sie nachts in der Begleitung der Göttin Gäa mit Tieren und Pflanzen singen würde. Worin das Erbe besteht, weiß ich noch nicht. Ich habe ja erst mit dem Lesen angefangen. Die Bücher sind ziemlich umfangreich. Die erste Tibby hat auch jede Menge Gute-Nacht-Geschichten aufgeschrieben, die ihr Vater ihr heimlich erzählte.

Und sie hatte Zoff mit ihrer Mutter. Kommt dir das bekannt vor?"

„Und was ist mit diesen Tanzschritten? War da was Besonderes?"

Sollte ich es ihr sagen? Ich beschloss, die Vision vom Drachenschwert vorerst noch für mich zu behalten. Am Ende hätte sie es mir ausgeredet, an die Echtheit zu glauben. Zeitweise zweifelte ich selbst daran. Möglicherweise war das nur eine Entzugserscheinung, eine Art Verwirrtheit gewesen?

„Die Schritte? Ach, sie tanzte auch gern Spiralen, so wie ich damals. Weiter nichts. Auf jeden Fall liegt es in der Familie, dieses Sehen und Anderssein. Sag mal, hatte mein Vater auch diese Gabe? Du kanntest ihn doch viel länger als ich."

„Dein Vater? Nein. Aber seine Schwester war ... anders, sehr still."

Charlottes Miene verdunkelte sich. „Deine Familie hat so manche Geheimnisse. Amber war ihr Name, sie ist schon in jungen Jahren in die geschlossene Psychiatrie gekommen. Sie war stark selbstmordgefährdet. Es wurde nicht darüber gesprochen."

„Ich hatte eine echte Tante? Meine Eltern haben mir nie etwas darüber gesagt. Was sie mir wohl noch alles verschwiegen haben? Und sie kam in eine Klinik? Wie schrecklich!"

„Darf ich dich fragen, was dir die Kraft gegeben hat, deinen goldenen Käfig mal zu verlassen?"

„Du meinst wohl den pink-silber-weißen Käfig?", konterte ich und grinste sie an. „Ich hatte mich über Mutter geärgert. Das war's."

„Das war alles? Glaubst du doch selber nicht! Aber egal", Charlotte winkte lächelnd ab, „ich denke, dein Leben wird jetzt eine Veränderung erfahren. Es war deinem Vater sehr wichtig, dass du die Kiste bekommst. Nun fang was damit an und geh deinen Weg, Liebes. Er hat dich sehr geliebt."

„Wie lange darf ich hier bleiben? Was sagt deine Lady Annabella denn dazu, dass du mich eingeladen hast?"

„Lady *Annella,* nicht Annabella. Annella ist das schottische Anna, wenn du so willst. Sie meinte, zehn oder zwölf Tage wären kein Problem. Allerdings wirst du zum Ende deines Besuches auf unsere Gesellschaft verzichten müssen, wenn du wirklich zwei Wochen bleibst. Annella hat mich zu einer Luxus-Zug-Rundfahrt durch ganz Schottland eingeladen. Jenkins kann sich aber um dein Wohl kümmern, und Tosh ist ja auch noch da."

„Wer ist denn Tosh? Noch ein Butler?"
Tantchen lachte laut. „Nein, Darling, das ist der Großneffe von Annella. Tosh Warrington. Du hast ihn bei deiner Ankunft kurz gesehen. Er kommt jeden Sommer hierher und verbringt Zeit mit seinen alten Freunden."

„Gibt es denn auch einen Mr. Lady Annella?", fragte ich und gähnte herzhaft.

„George, *der Laird of Glenmoran,* und nicht „Mr. Lady", du vorlautes Gör", Charlotte zwinkerte mir vergnügt zu, „ist ständig auf Achse. Die Glenmorans sind Pferdezüchter, und er nutzt jede Möglichkeit, seine Pferde unter die Leute zu bringen. Er verdient ein kleines Vermögen mit ihnen."

Charlotte sah mich nun scharf an. „Geht es dir denn wirklich gut ohne die Tabletten? Sag mir die bitte die Wahrheit."

„Es ging mir nie besser. Ich bin wieder richtig klar im Kopf. Würdest du mich bitte zum Dinner entschuldigen? Ich bin noch ganz satt vom Shortbread, und vor allem bin ich jetzt hundemüde."

In der Tat konnte ich kaum noch die Augen offen halten und schief ein, kurz nachdem Charlotte das Zimmer verlassen hatte.

***

Stunden später wachte ich mit Herzklopfen auf. Ich hatte schlecht geträumt. Die Schattenwesen waren wieder da. Sie hatten versucht, mich in einen Stollen zu zerren und warfen mit Steinen nach mir. Ich tastete nach der Nachttischlampe und fand mit zitternden Händen den Schalter. Ein heller Lichtkegel fiel über mein Bett. Ich war sehr deprimiert. Nun konnte ich endlich wieder träumen, und dann kamen die Dunklen zu mir, und nicht Gäa! Mir war zum Heulen zumute. An Schlaf war nicht mehr zu denken. Ein Blick auf meine Uhr sagte mir, dass es 2:28 Uhr war. Um mich abzulenken, schlüpfte ich aus dem warmen Bett und wühlte in der kleinen Reisetasche nach dem Tagebuch. Ich bekam das falsche Buch in die Hand. Doch als ich es aus seinem groben Umschlag befreite und aufschlug, war die Freude groß. Ein Magiyamusa-Fairytales-Buch! Eines von denen, die mir noch fehlten. Die Dunklen waren mit einem Schlag vergessen. Ich kippte die Tasche auf der Bettdecke aus und nahm alle in Augenschein. Vor mir breitete sich schließlich die komplette neunbändige Reihe aus. Teilweise waren sie in einem besseren Zustand, als die vier Exemplare zuhause in meinem Zimmer. *Ach, Tibby, du hast dieselben Bücher geliebt, wie ich!* In Gedanken sandte ich einen Herzensgruß an meine Ahnfrau. Ich stellte mir vor, wie sie auf meinem Regal mit den Lieblingsbüchern aussehen würden. Dennoch siegte meine Neugier über die Begeisterung, und ich griff doch zum Tagebuch. Ich wollte wissen, wie es mit Tibby weitergegangen war:

* 16. März. Ich habe entdeckt, dass ich auch mit den getrockneten Heilkräutern in der Apotheke singen kann. Sie lassen mich fühlen und sehen, für welche Krankheiten sie gut sind. Großonkel hat ein großes Buch über Heilkunde. Es sind sehr interessante Bilder drin. Vom Inneren der Menschen. Wie guckt man denn in einen Menschen hinein? Großonkel wollte es mir nicht sagen.

* 22. März. Es ist etwas Schreckliches geschehen.

An dieser Stelle war der Eintrag verwischt. Es sah so aus, als ob sie Tränen auf das Papier hatte fallen lassen. Was mochte so Schreckliches vorgefallen sein?

* 24. März. Mama ist ganz müde und traurig. Sie redet kaum noch mit mir.

* 29. März. Miss Fenella schaut mich ganz komisch an, wenn sie denkt, ich merke es nicht.

* 12. April. Mama hat mich angelogen. Ich weiß das von Eoghan. Und der hat es heimlich mitgehört, als der Pfarrer mit Mama und Miss Fenella sprach. Papa ist nicht einfach nur verschwunden – Papa ist im Gefängnis!

* 13. April. Ich kann nicht glauben, dass mein Papa etwas Böses tut! Mama sagt, der Bürgermeister hat ihn reingelegt. Er hat ihn etwas Besonderes malen und schreiben lassen. Und das hat andere Leute geärgert, als sie es gemerkt haben. Mama hat gesagt, das, was Papa gemacht hat, nennt man Urkundenfälschung. Sie jammert immer wieder: Wäre er doch nicht so na-iehf! (Ich will Miss Fenella noch fragen, was das Wort bedeutet, mit Mama kann man gar nicht mehr reden) Großonkel Russel meinte, sie solle froh sein, dass seit Juni 1857 die Deportation nach Australien aufgehoben sei. Aber das hat Mama nicht getröstet! Als sie das hörte, hat sie nur noch mehr geweint. Und ich hab gleich mitgeweint. Wann kommt Papa denn wieder? Die Großen wollen es mir nicht sagen.

* Datumme sind doof! Ich will keine mehr schreiben. In meinem Buch mache ich, was ich will. Erwachsene sind auch doof!

* Im Gasthof wohnen jetzt drei Prosspektohren. Mama sagt, das sind Goldsucher. Sie werden den Berg ausweiden wie eine Gans und ihm seine Schätze stehlen. Ich würde so gerne mal Gänsebraten essen!

* Mama weint viel in letzter Zeit. Dann wieder schimpft sie auf Papa. Inzwischen weiß ich ja was naiv bedeutet und wie man es schreibt. Miss Fenella hat es mir

erklärt. Warum man dafür eingesperrt wird, konnte sie mir nicht wirklich begreiflich machen.

* Onkel Gowan war neulich zu Besuch. Er war aufgeregt, als er Mama von der Sprengung der alten Mine erzählte. Die Goldsucher würden jetzt mutiger. Es hätte einen Erdrutsch an der anderen Seite des Berges gegeben, sagte er. Und dann hat er geflüstert: „Das Schwert wird möglicherweise freigelegt". Mama sagte: „Das darf Tibby nicht wissen", und machte das Fenster zu. Tja, da hatte ich es aber schon gehört, weil ich zufällig genau unterm Fenster draußen gehockt hatte. Was für ein Schwert denn? Und warum darf ich nichts davon wissen?

* Wenn meine Sehnsucht nach Papa zu groß wird, dann hole ich mir Stift und Papier und schreibe noch mehr Gute-Nacht-Geschichten auf, und manchmal denke ich mir welche aus. Weil: Ich habe jetzt alle Geschichten von Papa im Buch, an die ich mich erinnern kann. Die, die ich selber schreibe, werde ich ihm vorlesen, wenn er wieder zuhause ist.

* Heute war ich wieder in den Bergen. Allein. Ich finde dort Vogeleier, essbare Kräuter und Beeren. Seit Papa im Gefängnis ist, reicht das Geld nicht mehr fürs Essen. Ich wachse so schnell und brauche neue Kleidung, Schuhe und das alles. Mama arbeitet sich halbtot und es kommt wenig bei rum. Wir müssen nämlich auch Papas Essen im Castle Jail bezahlen. Den Garten hinter unserem Haus pflege ich auch. Wenn Mama nicht aufpasst, spreche ich mit den Geistern der Pflanzen und sie zeigen mir, was sie brauchen, um gut zu wachsen. Ich kann mit Stolz sagen, dass unser Kohl, unsere

Rüben, größer und süßer sind als die von anderen Leuten. Das Haselmännlein hat mir gesagt, dass heuer der Winter früh kommen wird, und er wird kälter sein als sonst. Darum habe ich mir was ausgedacht: Ich werde auf die Jagd gehen! Jetzt muss ich mir nur noch überlegen, mit welcher Waffe ich das mache und wo ich sie herbekomme.

Ich war erschüttert. Sie war etwa zehn Jahre alt und war so in Not, dass sie auf die Idee kam, auf die Jagd zu gehen. Jagen! Womit denn? Etwa mit Pfeil und Bogen? Auf was wollte sie denn Jagd machen, Rehe vielleicht? Das musste doch gefährlich sein, und sie war doch noch ein kleines Mädchen. Mein Ur-Ur-Großvater war also im Gefängnis. Meine Güte! Meine Familie hatte wirklich viele Geheimnisse. Mir dämmerte, dass ihre Kindheit ein jähes Ende gefunden hatte. Sie war so viel selbständiger als ich. Gebannt las ich weiter.
* *Letzte Nacht hatte ich einen Traum. Von einem blauen Licht. Und einem Zwerg. Als ich morgens aufwachte, fiel mir alles wieder ein. Ich war noch ganz klein gewesen, da war Onkel Gowan auch zu Besuch da. Mit einem großen Schwert! Und das hatte nach mir gerufen und mich in ein blaues Licht eingesperrt. Ich hatte Angst. Richtig schlimme Angst. Dann war ich auf einmal irgendwo anders gewesen und sah zum ersten Mal die große Zauber-Mama. Sie war dick und rund, hatte Blumen im Haar und lachte gern. Wir haben Lieder gesungen und auf einer Wiese gespielt. Damals hatte das angefangen, mit der großen Mama, jetzt*

weiß ich wieder alles, und zwar ganz genau! Das mit dem Schwert hatte ich irgendwie vergessen, als ich größer wurde.
* Ich hätte es wissen müssen. Hätte ich bloß nicht nach dem Schwert gefragt! Mama hat ihr böses Gesicht gemacht. Sie behauptet, es wäre gar nichts passiert, als ich klein war. Und sie hätte mit Onkel Gowan neulich über ganz was anderes gesprochen. Was mir denn einfiele, Erwachsene zu belauschen? Und ich soll aufhören, an die große Mama zu glauben. Sonst wird der liebe Gott ganz traurig und der Pastor böse. Das wäre alles heidnischer Unsinn. Ich muss jetzt jeden Sonntag nach der Kirche noch in die Sonntagsschule gehen. Den Katteschissmus lernen und die zehn Gebote. Wenigstens ist Miss Fenella auch manchmal da und macht den Unterricht, wenn der Pastor nicht da sein kann. Weil Hochzeit ist oder Beerdigung. Kiron kommt auch. Und sein großer Bruder Lachlan ist auch dabei. Wenn die Sonntagsschule aus ist, bringen die beiden mich nach Hause. Wie eine Eskorte. Vermutlich, damit ich nicht wieder allein in die Berge gehe. Das hat Mama mir jetzt auch verboten!

Ein Schwert! Etwa dasselbe, das ich im Garten gesehen hatte? Ihr Schwert hatte also auch nach ihr gerufen. Leider hatte sie es nicht näher beschrieben. Doch das musste sie auch nicht. In mir war eine tiefe Gewissheit, dass die Schwerter identisch waren. Ich zerbrach mir den Kopf darüber, was es von ihr gewollt haben konnte, und was der ‚Zwerg' mit allem zu tun hatte, denn Zwerge waren nun wirklich keine typischen Schwertträger. Kein Wunder, dass die Erwachsenen das unheimliche Ding dann im Berg versteckt hatten. Ich stellte mir vor, wie schlimm das für alle gewesen sein musste, als das Kind in dieses blaue Licht gezogen wurde. Und wie war sie da wieder rausgekommen? Und was hatte das mir ihr gemacht? Und dann merkte ich, dass ich alles wie selbstverständlich für bare Münze nahm. Jeder andere Mensch hätte gelacht und gesagt: So ein Quatsch, das alles, so ein ausgemachter Blödsinn! Aber ich wusste, Tibby sprach die Wahrheit. Und dennoch: *in ein Licht gezogen?* Was konnte ich mir darunter vorstellen? Tibbys Worten zufolge war sie in diesem Licht einer ‚Zauber-Mama' begegnet. Ich konnte nur vermuten, dass dieses Wesen eine Botin von Gäa war, oder gar die Erdgöttin selbst. Ob Tibby einen Tagtraum gehabt hatte, eine Vision? Ich überlegte, ob ich jetzt lieber zum Magiyamusa-Fairytales-Buch greifen sollte. Es lockte sehr. Doch dann lockte der Schlaf noch mehr und mir fielen die Augen zu.

Kapitel 6 – The Lone Piper

Am nächsten Tag fand ich mich abends nach langer Fahrt zu meiner großen Überraschung in Edinburgh wieder. Und zwar auf der Esplanade, dem Platz direkt vor Edinburgh Castle. Lady Annella und ihr Gefolge, also Jenkins, Tosh, Charlotte und ich, erlebten das diesjährige Military Tattoo. Es war eine Riesenveranstaltung und auf den Tribünen saßen wir sehr eng beieinander. Ich war eingequetscht zwischen Charlotte und Tosh. Tosh und Jenkins wiederum hatten die Lady zwischen ihren Männerschultern und verschafften ihr etwas mehr Platz.

„Warst du jemals hier zur Zeit der Musikparade?", wollte Charlotte von mir wissen.

„Nein. Meine Eltern waren nie mit mir in Edinburgh."

„Eine Schande. Du hast wirklich was verpasst. Die Parade findet seit 1950 jedes Jahr im August statt. Genau hier. Früher gab es ausschließlich Militärmusik zu hören. Die ist immer noch die Hauptsache, aber es gibt auch Gesang und Tanz. Ich liebe es!", rief Charlotte laut und strahlte übers ganze Gesicht. „Es waren übrigens die Römer, die den Dudelsack nach Alba brachten", fügte sie belehrend hinzu.

„Was für Tanz denn?", brüllte ich zurück. Der Lärm der Menge war beachtlich.

„Die Highland Spring Dancers zum Beispiel", erwiderte sie. „Achtzig Tänzerinnen, die traditionelle schottische Tänze zeigen. Zum festen Programm

gehören auch Auftritte von Massed Pipes and Drums, das sind etwa hundertachtzig Dudelsackspieler und Trommler. Ich kann's nicht fassen, dass deine Eltern dir das vorenthalten haben! Du magst doch schottische Musik?"
Ich zuckte mit den Schultern. „Ich mag die Beatles."
Charlotte verdrehte die Augen.

„Es sind auch internationale Bands und Kapellen dabei", brachte Tosh sich ein. „Insgesamt sind es ungefähr tausend Musiker und Tänzer. Es geht los, wenn die Fackeln entzündet werden. Müsste gleich soweit sein, es ist dunkel genug."
Ich nickte nur. Meine Schüchternheit Jungs gegenüber verfluchte ich nicht zum ersten Mal. Tosh hatte nicht nur sagenhaft schöne Augen, seine dunkle Stimme weckte etwas Neues in mir. Nachdem er sich bei seiner Großtante erkundigt hatte, ob sie es auch warm genug hatte, wandte er sich wieder mir zu, und mein Herz flatterte. Oder waren es die berühmten Schmetterlinge im Bauch, die ich noch nie zuvor in meinem Leben gespürt hatte?

„Gegen Ende der Aufführung spielt noch der *Lone Piper*. Das ist Tradition, er spielt auf den Zinnen der Burg. Damit werden die Gefallenen der britischen Armee geehrt. Das übrige Programm wechselt jährlich, darum wird es nie langweilig. Ich nehme immer im August meinen Jahresurlaub. Das hier verpasse ich um keinen Preis."
Toshs Augen leuchteten wie die Fackeln, die jetzt an den Mauern ihr Licht verbreiteten. Die massige Burg gab eine prächtige Kulisse für dieses Spektakel ab! In

mir machte sich nun auch Vorfreude breit. Und dann ging es los! Die erste Kapelle marschierte auf den Platz. Anfangs fand ich die Musik noch ‚quakig', aber ich gewöhnte mich dann doch recht schnell an diese ungewöhnlichen Klänge. Ich war begeistert von den wechselnden Formationen, die die Musiker einnahmen. Die machten nicht nur Musik, sie hatten auch eine richtige Choreografie einstudiert. Die Trommler wirbelten ihre Trommelstöcke durch die Luft und fingen sie mit sicherem Griff wieder auf. Die schottischen Regimenter in ihren prachtvollen Uniformen waren eine Augenweide. Ich verlor das Zeitgefühl und tauchte ganz und gar in das Geschehen ein. Zuletzt kam der Auftritt des Lone Pipers und mit Erstaunen nahm ich eine Veränderung in Charlotte wahr. Ihr Gesicht wurde ganz weich und ihre Augen schimmerten wie schwarze Kohlen.

Tosh stupste mich in die Seite. „Das ist ein Freund von mir." Er deutete eindeutig nach oben. Ich wunderte mich. Der Mann auf den Zinnen war ein massiger, älterer Mann, der mich in seiner typisch schottischen Militärkleidung stark an einen Bären erinnerte. Fragend schaute ich Tosh an und er nickte heftig. Ich schaute mich um. Überall ergriffene Gesichter, die dem Dudelsackspieler konzentriert lauschten. Ich selbst war auch innerlich berührt. Diese Musik trug etwas Ursprüngliches, Magisches in sich. Als der Applaus für den Lone Piper verklungen war, traute ich mich, eine Frage direkt an Tosh zu richten. Charlotte war nämlich damit beschäftigt, mit einem Spitzentaschentuch ihre Augen abzutupfen. So rührselig kannte ich sie gar nicht. Also fragte ich lieber Tosh.

„Was ich nicht verstehe ist, was das alles mit einem Tattoo zu tun hat. Haben die sich alle was auf die Schulter tätowieren lassen, oder wie?"

Tosh brach in schallendes Gelächter aus und erntete dafür einen strafenden Blick seiner Großtante. Bevor ich vor lauter Scham unter die Tribüne sinken konnte, antwortete Jenkins.

„Miss Rosehill, das Missverständnis beruht auf einer sprachlichen Verballhornung des holländischen ‚Tap toe'. Die Wörtchen bedeuten so viel wie *Hahn zu* und gemeint ist hier der Zapfhahn. Wenn es kein Bier mehr gab, wurde der Zapfenstreich gespielt. Eine kleine Melodie, wehmütig ihrer Natur nach."

Ich konnte sehen, wie Jenkins hinter seiner Butler-Maske sein Amüsement über meine Dummheit verbarg. Lady Annella gab Tosh einen Klaps auf den Hinterkopf, weil er immer noch vor sich hin kicherte.

„Sei still. Jetzt kommt „Auld Lang Syne"."

Anschließend sangen wir „God save the Queen". Tosh zwinkerte mir freundlich zu. Ich nahm das als Entschuldigung und nickte leicht. Zum Ausmarsch wurde „Scotland the Brave" gespielt, und dann war es vorbei. Ich musste zugeben, die Beatles hatten nie diese Art der Gänsehaut bei mir hervorgerufen. Wir verließen inmitten der Menschenmasse, es mussten wohl Tausende sein, den Platz vor dem Edinburgh Castle und strebten der Old Town zu und ließen den Abend in einem Pub ausklingen, bevor wir uns in ein B&B Gasthaus zur Nachtruhe zurückzogen.

Die nächsten drei Tage waren Charlotte und Annella allein unterwegs. So hatte ich viel Zeit zum Spazierengehen und Lesen. Jenkins nahm sich die Zeit, mit mir zu den Ställen zu fahren. Das Zuchtareal lag etwas außerhalb, und so verging mit dem Ausflug fast ein ganzer Tag. Die Pferde waren herrlich. Sie hatten große, freundliche Augen, waren eher klein, vom Boden bis zu Schulter mochten es wohl 140 cm sein. Jenkins nannte die Ponys „Highland Garron". Er hatte für Pferde nicht viel übrig, wusste dennoch einiges über sie. Schließlich gehörten sie seinem Arbeitgeber. Er sagte mir wörtlich, was für die Herren von Glenmorans wichtig sei, sei auch für ihn wichtig. Ich vermutete, auch seine Begeisterung für Geschichte hatte mit seinen Pferdekenntnissen zu tun, denn wie er stolz erzählte, waren diese kräftigen, treuen Pferde auch in der Schlacht von Culloden dabei gewesen. Leider wären sie danach von den Briten geraubt, und auch von der hungernden Bevölkerung geschlachtet worden. Es hätte nicht viel gefehlt, und sie wären ausgestorben. Eigentlich waren die Ponys für die Landwirtschaft gezüchtet worden. Die Crofter brauchten sie für die Torfschlitten. Schon die Pikten hätten ähnliche Pferde besessen. Und so weiter, und so fort! Wenigstens wusste ich, wer die Pikten waren. Jenkins erzählte mir noch viel mehr über diese Pferderasse, aber nach einiger Zeit hörte ich nur noch mit halbem Ohr zu. Ich hatte nämlich am Morgen in Tibbys Tagebuch weitergelesen und auch zwei Geschichten aus den Fairytales gelesen. Ich wollte mehr! Tibby hatte tatsächlich zu jagen gelernt, aber nicht wie vermutet, mit Pfeil und Bogen, sondern ganz archaisch mit einer Steinschleuder. Eoghan hatte sie in diese ‚hohe Kunst' eingewiesen, wie er das angeberisch nannte. Ich fragte mich, wie es ihm beim Pfarrer erging, der nun die Vaterstelle einnahm. Tibby schrieb nichts darüber. Auch nicht darüber, wie sie ihren Sonntagswächtern Lachlan und Kiron entkam.

„Miss Rosehill, möchten Sie vielleicht die Gelegenheit nutzen für einen Ausritt?"

Jenkins riss mich aus meinen Gedanken. *Ausritt? Ich?*

„Nein, vielen Dank. Das ist ein freundliches Angebot, aber ich kann gar nicht reiten."

„Nun." Jenkins kratze sich am Kopf und sah ein wenig überrascht aus. „Sicher fehlte es Ihnen nur an Gelegenheit. Ich kenne nur reitende Damen. Aber bei den jungen Ladies mag das heutzutage anders sein. Wenn Sie im Wagen auf mich warten wollen? Ich muss noch kurz Rücksprache mit dem Stallmeister halten."

Leicht verstimmt schlenderte ich zum Geländewagen. *Der ist geistig noch nicht in der Gegenwart angekommen,* dachte ich bei mir. Ich kannte keine einzige Gleichaltrige, die reiten konnte. Abgesehen davon, dass ich ohnehin nicht viele Freundinnen hatte. Eigentlich und genau genommen, gar keine. Mafalda und Charlotte kamen für mich dem Begriff *Freundin* am nächsten, wusste ich. Ich wünschte, es wäre anders.

Als wir endlich wieder im Castle waren, lief ich sogleich die Treppe hoch und schnappte mir meinen

Lesestoff, um mich unten im Kleinen Salon am Fenster niederzulassen. Den gut gepolsterten Ohrensessel hatte ich zu meinem Lieblingsplatz erkoren. Ich vertiefte mich zuerst ins Tagebuch. Tibby schrieb immer noch über die Winterzeit.

* *Mit Kiron und Lachlan habe ich einen Handel abgeschlossen. Sie lassen mich gehen wohin ich will, und dafür sage ich keinem, dass sie es waren, die aus Versehen die Scheune vom alten Bixby angezündet haben.*

* *Jetzt, wo langsam unsere Vorräte zur Neige gehen, sagt Mama nichts mehr gegen die gejagten Schneehasen und Moorhühner, die ich manchmal erwische. Heute hat sie mir sogar Wasser heißgemacht, damit ich meine blaugefrorenen Füße aufwärmen konnte. Ich wünschte, ich hätte bessere Schuhe. Der letzte Bleistift wird immer kleiner. Hoffentlich kann Miss Fenella mir einen neuen schenken.*

* *Der Winter hat in seiner Kraft etwas nachgelassen. Die Sonne heute Mittag hat richtig gut getan. Wir haben einen Berg Wolle geschenkt bekommen. Mama zeigt mir, wie man spinnt und Strickgarn daraus macht. Ich kann das schon ganz gut. Aber was ich besser kann ist, mit Großonkel Russel Kräutertees mischen und wie man aus Pulver richtige Pillen macht, hat er mir auch schon gezeigt. Er sagt immer: ‚Wenn du bloß kein Mädchen wärst'. Mädchen dürfen nämlich keine Apotheke führen, auch nicht, wenn kein Mann als Nachfolger im Haus ist.*

* *Mama weint nicht mehr. Dafür schweigt sie. Und dann hat sie Tage, wo sie immerzu über Papa redet. Sie*

erzählt dann auch viel von früher, als sie noch in Glasgow bei Celia Fraser im Schwanen-Gasthof gearbeitet hat. Dort hat sie Papa kennengelernt. Sie sagt, er hätte ganz lange Haare gehabt, wie eine Frau. Nur schöner, weil sie tiefblau waren. Mama redet viel Blödsinn in letzter Zeit. Ich glaube nicht, dass es ihr gut geht. Habe angefangen, Johanniskraut in ihren Abend-Tee zu mischen. Onkel Russel hat mir das erlaubt. Wenn es mit ihr schlimmer wird, soll ich es ihm sagen. Dann gibt er mir etwas Stärkeres.

* Heute Abend sind wir satt und warm ins Bett gegangen. Onkel Gowan und Tante Amelia waren gestern hier. Ich nenne sie so, obwohl sie nicht meine richtigen Onkel und Tante sind. Sie haben uns einen Sack Erbsen und eine Speckschwarte mitgebracht. Mama hat leise geweint. Sie ist ganz dünn geworden, obwohl ich jagen gehe. Aber ich schaffe es nun mal nicht, jeden Tag was zu fangen. Onkel und Tante haben lange mit ihr geredet, während ich auf dem Dachboden war. Dort habe ich Papas Gute-Nacht-Geschichten versteckt. Auf dem Dachboden ist es dunkel. Aber ich brauche die Geschichten auch nicht lesen, ich kenne sie alle auswendig. Ich habe mein Ohr über den Spalt im Holzboden gelegt und gelauscht. Die beiden haben mit Engelszungen geredet. Großonkel Russel möchte, dass Mama und ich zu ihm ziehen, so lange Papa im Gefängnis ist. Mama hat irgendwann zugestimmt. Ich glaube, sie war unendlich müde und wollte die beiden nur loswerden.

* *Habe mich geirrt. Drei Tage später sind wir bei Großonkel Russel eingezogen. ‚Nur bis zum Frühjahr' hat Mama gesagt.*
* *Ainsley hat eine neue Puppe bekommen. Sie ist sehr schöhn. Aber ich spiele nicht mehr mit Puppen. Ich weiß jetzt nicht: schön mit oder ohne h? schön, schöhn, schöön? Sieht alles seltsam aus. Ich muss wen fragen, wie es richtig heißt.*

***

Der Winter aus der Vergangenheit schien sich vorwitzig in den Kleinen Salon zu schleichen. Jedenfalls fröstelte ich. Es war zwar Ende August, aber dieses alte Gemäuer schirmte die spärliche Sommersonne gründlich ab. Ich schielte zum Kamin rüber, wo Jenkins neue Holzscheite für die Abendstunden aufgeschichtet hatte. Bei mir zuhause gab es eine richtige Heizung. Am Heizungsventil drehen – und fertig. Hier aber war die Zeit stehengeblieben. Gedankenverloren starrte ich das Holz an und wünschte, es würde brennen. Ich hatte nämlich keine Ahnung, wie man ein Kaminfeuer anmacht, und Jenkins wollte ich nicht behelligen, der hatte heute schon genug Zeit mit mir vertan. Ich stellte mir vor, wie Flammen an den Scheiten leckten und Wärme sich ausbreiten würde. Mir fielen die Augen ein wenig zu, denn der Ausflug zur Weide oben in den Bergen hatte mich ermüdet. Ich wünschte mir Wärme und ein knisterndes, gemütliches Feuer. Dazu noch Gebäck, Tee und einen Plausch mit Charlotte und Lady Annella. Plötzlich hörte ich ein ganz leises

Geräusch. Müsste ich es beschreiben, würde ich sagen: ein zischendes Kichern ...

Dann passierte zweierlei: Tosh kam zur Tür herein und im Kamin entfachte sich ein Feuer. Einfach so. *Wusch!*

Es dauerte eine Weile, ehe Tosh und ich uns rührten. Wir waren beide wie paralysiert, denn wir hatten etwas beobachtet, das gar nicht geschehen sein *konnte.*

„Ich wollte dich fragen, ob du irgendwas brauchst", brachte er zögerlich hervor und schaute mich irritiert an.

Was Tosh eigentlich sagte, wenn auch nicht hörbar, war: *Ich habe doch gesehen, was ich gesehen habe! Hast du was damit zu tun?* Und was ich sagte, ohne zu sprechen, war: *Ich wollte es doch nur ein wenig wärmer haben, bitte sag mir, dass ich kein Freak bin!*

Eine steile Falte bildete sich auf seiner Stirn. Ich sah, wie es in Tosh arbeitete. Dann schien er einen Entschluss gefasst zu haben, denn die Falte verschwand und er sah mich prüfend an.

„Hättest du Lust, mich heute Abend zu begleiten?"

„Ja, gern. Wohin soll es denn gehen?"

„Zu einem Freund."

Das Kaminfeuer loderte auf und mäßigte sich dann wieder. Mir war, als würde es zufrieden schnurren.

Kapitel 7 – Sommer-Namen

Der Land Rover hielt mitten in der Wildnis. Kein Haus weit und breit. Es wurde langsam dunkel. Was zum Teufel sollte das? Führte Annellas Großneffe etwas im Schilde? War ich wieder mal zu vertrauensselig gewesen?

„Ab hier müssen wir zu Fuß weiter."
Erleichtert stieg ich aus. War wohl doch alles im ‚grünen Bereich'? Tosh öffnete den Kofferraum und nahm eine große Taschenlampe heraus, prüfte sie auf Funktionsfähigkeit und griff sich den Beutel, der daneben lag. Munter schritt er aus und ich folgte ihm, so gut es ging.

„Willst du nicht den Wagen verriegeln?"

„Wozu? Außer uns ist niemand hier."

„Wenn niemand hier ist, wen besuchen wir denn dann in dieser gottverlassenen Gegend?"

Tosh wandte sich um und schaute mich belustigt an. „Du meinst wohl in dieser gotterfüllten Gegend? Gott ist da, wo das Leben ist. Und die Highlands strotzen nur so vor Lebendigkeit. Aber das kann eine Londonerin vielleicht nicht verstehen. Ich sagte dir doch, wir besuchen einen Freund. Du hast ihn sogar schon einmal gesehen. Er wohnt hinter dieser Hügelkette. Ich hoffe, du bist gut zu Fuß."

Sein Grinsen nahm ich ihm übel. Der hatte gut reden! Er war hier sicherlich aufgewachsen und groß und stark. Wenn ich das geahnt hätte, dass er mich auf eine echte Wanderung mitnimmt, hätte ich seinen Vorschlag abgelehnt und weitergelesen. So etwas wie das hier war ich einfach nicht gewohnt. Schnaufend folgte ich ihm und verfluchte mein Übergewicht. Nach einer Weile merkte ich, dass das stetige Voranschreiten mich entspannte. Was ich auch bitter nötig hatte, denn diese Sache mit dem selbst-entzündenden Feuer beschäftigte und beunruhigte mich stark.

„Ab hier können wir nebeneinander gehen." Tosh winkte mich heran und verlangsamte seine Schritte, damit ich aufholen konnte.

„Was machst du eigentlich, wenn du nicht bei deiner Großtante Ferien machst?"

„Ich studiere im letzten Semester Astrophysik an der Royal Holloway University of London."

„London? Ist ja irre, da hätten wir uns in der City oder irgendwo sonst über den Weg laufen können. Vielleicht haben wir uns schon gesehen und wissen es nur nicht!"

„Und was machst du so?"
Shit. Mit der Gegenfrage hätte ich rechnen müssen, als ich ihn zuerst fragte. Ja, was machte ich eigentlich so? Chips und Schokolade vertilgen, Unkraut rupfen, meine Mutter enttäuschen …

„Ich war auf einer Privatschule und habe jetzt ein freies Jahr, bevor ich mich entscheiden muss, was ich mit meinem Leben anfangen will. Ich mag Pflanzen, weißt du? Am liebsten würde ich Gärtnerin werden. Aber das will meine Mutter nicht. Kennst du Harriet Rosehill's Agentur „Roses with Faces"? Ich soll dort mit einsteigen."

Auf seinen skeptischen Blick hin, fügte ich hinzu: „In der Verwaltung."

„Und würde dir das Freude machen?"
„Nein."
„Warum ziehst du es dann in Erwägung?"
„Weil ... ach, ich weiß auch nicht. Das ist für mich alles nicht so einfach."

Tosh hakte nicht weiter nach, wofür ich ihm dankbar war. Den langen Weg versüßte er mir mit Anekdoten über den Laird of Glenmoran, der in seiner Jugend wohl das gewesen war, was man einen Tausendsassa nannte. Lady Annella war allerdings auch kein Kind von Traurigkeit gewesen, wie ich hörte. Ich merkte an der Art wie er über die beiden sprach, dass er sie wirklich gern hatte. Er hatte seit seinem achten Lebensjahr jeden Sommer hier oben verbracht. Und als er hörte, dass ich nicht reiten konnte, ließ er mich schwören, dass ich beim ihm Unterrichtsstunden nehmen würde, denn ein Leben ohne Pferde wäre kein echtes Leben. Daraufhin ließ ich ihn schwören, dass er sich von mir in das bunte Leben der Pflanzen einweisen lassen würde. Er könne nicht einmal Petersilie von Schnittlauch unterscheiden, behauptete er.

Dann tat sich vor uns ein Tal auf. Ich sah in der Abenddämmerung einen Adler kreisen. Die Sonne schickte ihre letzten Strahlen aus. Der Anblick war wunderschön. Ich entdeckte weiter hinten eine Herde von Galloways. Tosh lenkte mit einem Fingerzeig meinen Blick nach rechts. Dort sah ich Rauch aus einer Holzhütte aufsteigen. Etwas dahinter lag ein altertümliches Steinhaus. Typisch für Highland-Crofters, das wusste ich noch aus meiner Schulzeit.

„Das ist unser Ziel."

Jetzt mussten wir noch ein letztes steiles Wegstück zurücklegen. Tosh reichte mir aufmerksam die Hand, als er meine Unsicherheit bemerkte. Dankbar nahm ich seine Hilfe an und beschloss im Stillen, mich öfter zu bewegen. Andererseits – wäre ich fit gewesen, hätte ich jetzt nicht seine Hand halten können, was mir, ehrlich gesagt, sehr gefiel. Seine Hauttemperatur war mir sehr angenehm. Ich fragte mich, ob er am restlichen Körper auch so ... und prompt wurde ich rot, das fühlte ich allzu deutlich. Nur gut, dass es schon dunkelte, vielleicht fiel es Tosh nicht auf. Und wenn doch, hätte er es als Anstrengung deuten können. Eins war mir klar: Ich war dabei, mich in ihn zu verlieben. Schließlich näherten wir uns den Gebäuden, und ich freute mich, endlich am Ziel angelangt zu sein. Über den Rückweg wollte ich lieber nicht nachdenken.

„Sieh nur!" Tosh schaute zum Himmel auf und ich folgte seinem Blick. Der Adler kreiste jetzt direkt über uns, ziemlich tief sogar. „Das ist ungewöhnlich."

Tosh lenkte seine Schritte nicht zum Haus, sondern zur Holzhütte. Als wir näher kamen, sah ich ein grob gezimmertes Schild über der Tür hängen: ‚Zutritt nur für Kobolde und andere Witzbolde' war ungelenk ins Holz geritzt. Etwas kleiner darunter: ‚Zutritt verboten für Werwölfe, Nereiden und Beamte'. Zu meiner Überraschung öffnete sich die Tür wie von allein. Ein warmes Licht fiel uns entgegen, das von einem Kaminfeuer ausging. Ich folgte Tosh hinein und sah zuerst den Mann, breitschultrig und massig wie ein Bär, den Rücken zu uns gekehrt, dann erst das zart gebaute Mädchen, das uns die Tür geöffnet hatte.

„Du hast jemanden mitgebracht."

Eine Feststellung, keine Frage, fiel mir auf. Die Stimme des Mannes war tief.

„Cormag, darf ich dir Tibby Rosehill vorstellen? Tibby, das ist Cormag MacIntyre. Du kennst ihn aus Edinburgh."

Ich war verwirrt. Diesen bärtigen Hünen hätte ich sicher nicht vergessen, wäre ich ihm begegnet. Tosh grinste schon wieder, anscheinend genoss er mein Unbehagen. *Witzbold*, dachte ich, *du passt richtig gut in diese Koboldhütte.* Der Hausherr drehte sich langsam zu uns um und betrachtete nicht länger seine Feuerstelle, sondern mich, und zwar in aller Seelenruhe, was mir sehr unangenehm war.

„Der Lone Piper", ergänzte Tosh und stellte mich dann dem Mädchen vor, Ilysa McCreadie war ihr Name. Sie trug eine auffallend schöne Eulen-Brosche am Kragen ihrer Jacke.

„Sei mir willkommen, Tibby Rosehill. Nenn mich einfach Cormag. Was führt ein junges Mädchen wie dich in meine bescheidene Hütte?"

Ich war irritiert. Was meinte der denn mit ‚ein junges Mädchen wie mich'? Ich schätzte den Mann auf mindestens fünfzig Jahre. Sein mächtiger Vollbart war von grauen Strähnen durchzogen. Um den Hals trug er eine versilberte, klobige Kette mit einem auffallenden Anhänger: Ein Adler mit ausgebreiteten Flügeln.

„Tosh hat mich eingeladen, einen Freund zu besuchen. Und da bin ich. Ich hoffe, es ist Ihnen auch recht, dass er mich einfach mitgebracht hat?"

Der Hüne hielt meine Hand für meinen Geschmack etwas zu lange. Er warf Tosh einen seltsamen Blick zu und lud uns dann mit einer großen Geste ein, am Tisch Platz zu nehmen.

„Der Adler kreiste. Und ich soll dich von Ignis grüßen", sagte Tosh wie beiläufig zu Cormag und warf ihm einen bedeutungsvollen Blick zu, ganz kurz nur, aber ich bemerkte es doch. Komische Typen, alle beide. Ich fing an zu bereuen, dass ich mitgekommen war. Das Mädchen, das mir gegenüber saß, schien diese Männergeheimsprache zu verstehen, denn ihr leerer Gesichtsausdruck wandelte sich urplötzlich in eine Art alarmiertes Interesse. Sie starrte mir ungeniert in die Augen, als würde sie ein Gemälde betrachten, und nicht einen lebendigen Menschen. Ihr linkes Auge war seltsam, die Iris war fast weiß und ich sah keine Pupille. Es sah blind aus. War das etwa ein grauer Star, so wie die alte Katzensammlerin ihn hatte? Aber bei der waren beide Augen krank, und sie war steinalt. Ich bekam ein schlechtes Gewissen bei dem Gedanken an unsere Nachbarin vom Ende der Straße. Ich hatte sie viel zu lange nicht mehr besucht, um mich von ihrem Wohlergehen zu überzeugen und dem ihrer zwölf Katzen. Falls es nicht schon mehr waren ...

„Kaffee?", fragte der Hausherr. Er stellte einige Becher auf den Tisch und schenkte ein. „Milch und Zucker habe ich nicht."

Während er uns Kaffee einschenkte, sah ich mich ein wenig im Raum um. An der Wand gegenüber hing eine Fotogalerie. Lauter Bilder von ihm in der prächtigen Uniform eines Drum Majors inmitten von Trommlern und Dudelsackspielern, an lauter verschiedenen Orten. Offenbar waren auch einige Bilder im Ausland gemacht worden. Viele der Aufnahmen waren vom Military Tattoo in Edinburgh, mit handschriftlichen Jahreszahlen. Mittendrin in der Galerie hing auch eine Aufnahme von jungen Leuten, Cormag in deren Mitte, groß und breit. Er wirkte irgendwie väterlich. Wenn ich mich nicht täuschte, war auch Tosh unter den Jugendlichen, nur eben einige Jahre jünger als heute. Zwischen Wand und Schrank lag ein zusammengerollter Schlafsack, obendrauf eine Reisetasche, die ihre besten Jahre offensichtlich hinter sich hatte. Neben der Feuerstelle stand ein Tisch mit viel Krempel. Der Hausherr hatte zwischen all dem Zeug auch einen holzgeschnitzten Drachen dort stehen, etwa so groß wie ein Truthahn. Das brachte ihm ein paar Sympathiepunkte meinerseits ein. Zu Füßen der Figur lagen lauter schwarze Steineier, vermutlich Turmalin oder Onyx. So genau konnte ich das von meinem Platz aus nicht sehen. Daneben eine Schale mit Federn. Adlerfedern? Unter der Decke hingen viele getrocknete Kräuterbündel. Noch mehr Sympathiepunkte!

„Kommen die anderen auch noch?", wollte Tosh von Ilysa wissen.

„*Blaubeere* und *der Barde* wollten kommen, sie bringen *Tanzendes Reh* mit", antwortete sie. „Ich frage mich, warum unser lieber *Lichtlauscher* eine Fremde heute hierher bringt. Nichts für ungut", fügte Ilysa an mich gerichtet hinzu, aber ihr Blick verbarg nur unzureichend ihren Ärger.

„Nun, *Mondträumerin*, der liebe *Lichtlauscher* hat seine Gründe und muss dich auch nicht um Erlaubnis bitten."

Am liebsten wäre ich dem Holzdrachen unter die ausgebreiteten Fittiche gekrochen. Was zankten die sich auf einmal wegen mir, und warum gaben sie sich so seltsame Namen? Ich verstand gar nichts mehr und wollte weg.

„Danke für den Kaffee. Ich denke, es ist doch wohl Zeit für mich zu gehen. Ich danke ebenfalls für Ihre Gastfreundschaft, aber Charlotte vermisst mich möglicherweise schon."

„Setz dich, Mädchen. Und sei so gut und halte dieses Drachen-Ei in deinen Händen warm. Und du, Ilysa, wo bleiben deine Manieren? Heute ist Geschichtenabend. Je mehr Zuhörer, umso besser."

Tosh zwinkerte mir zu und schloss meine Finger um den Stein in Eiform, den Cormag mir in die Hand gedrückt hatte. „Wer weiß, vielleicht schlüpft heute Abend ja ein kleiner Drache aus dem Ei. Sei nicht besorgt wegen Charlotte und Annella. Die beiden kommen eh erst Morgen gegen Abend zurück."

Knarrend ging die Tür auf und drei Personen traten ein. Zuerst ein leichtfüßiges Mädchen mit haselnussbraunen Augen und ebensolchen Haaren, sie hatte einen Schlafsack unterm Arm. Mit ihr kamen eine blonde, stämmige Frau, die ich auf Ende Zwanzig schätzte, und ein Mann, fast so groß und breit wie Cormag, wohl Mitte Dreißig, langhaarig, aber bartlos. Sie grüßten, setzten sich zu uns an den Tisch und bekamen ihren Kaffee. Offenbar waren sie erwartete Gäste. Tosh griff zum Beutel, den er an seinen Stuhl gehängt hatte und murmelte was von Vergesslichkeit. Dann stellte er mit zufriedener Miene eine Flasche Whisky auf den Tisch, die mit Applaus begrüßt wurde. Ich hielt meine freie Hand über meinen Becher, als Tosh reihum einschenkte. Sollten die anderen ruhig Alkohol in ihren Kaffee schütten – für mich kam das nicht infrage. Ilysa verneinte auch.

„Wer ist mit Erzählen dran?", fragte der Langhaarige.

„*Tanzendes Reh* wird uns heute mit einer Geschichte unterhalten, dann gebe ich noch eine zum Besten, zu Ehren unseres Gastes." Cormag lächelte mir zu. „Hat Tosh dir von den Sommer-Namen erzählt?"

„Im Grunde hat er mir gar nichts erzählt", verneinte ich.

„Das stimmt allerdings." Tosh mimte Zerknirschung. „Entschuldige bitte, Tibby, ich hole das sofort nach. Wir kommen seit Jahren jeden Sommer hier zusammen. Es ist unsere Auszeit vom Rest des Jahres, vom grauen Alltag, wenn man so will. Wir haben uns Spitznamen gegeben, unseren Fähigkeiten oder Besonderheiten nachempfunden. *Tanzendes Reh* zum Beispiel hat Rehaugen und tanzt wunderschön, vor allem wenn sie meint, es schaut niemand hin. Cormag, der Hausherr, ist Schriftsteller und ein begnadeter Drum Major. Und der haarige Bär hier", Tosh knuffte den Mann an seiner Seite kameradschaftlich an den Oberarm, "ist der *Barde von Glenmoran.* Niemand kennt mehr keltische Lieder und Geschichten als er. *Blaubeere*, seine Frau, macht den besten Blaubeerwein der Welt. Und *Mondträumerin* hat eine sehr außergewöhnliche Gabe, sie ..."

"Sie will vor allem nicht, dass eine Fremde darüber Bescheid weiß", fauchte Ilysa. "Der redselige Typ wird von uns *Lichtlauscher* genannt", wandte sie sich an mich. "Er behauptet nämlich, dass wir alle im Grunde nichts anderes seien als Sternenstaub. Die ganze Welt wäre gebundener Sternenstaub."

Ilysa schien mit mir ein echtes Problem zu haben. Cormag räusperte sich vernehmlich und sah sie streng an, woraufhin sie die Augen senkte.

"Ihr seid also so eine Art keltischer Heimatverein, mit Kultur und so?"

Ich musste etwas Komisches gesagt haben, denn alle, bis auf Ilysa, fingen an zu lachen.

"So könnte man sagen, ja, aber es trifft nicht den Kern", erwiderte Cormag. Er wischte sich eine Lachträne aus dem Auge und forderte *Tanzendes Reh* mit einer Geste auf, mit ihrer Geschichte zu beginnen. Sie legte ihre Hände flach auf den Tisch und sammelte sich kurz, dann begann sie zu erzählen:

Im hohen Norden Schottlands lebten einst die Sturmhexen. Vielseitig waren ihre Künste, das Wetter zu beeinflussen, doch die beeindruckendste Fähigkeit war die des Sturmmachens. Diese Frauen geboten über die Winde wie ein Hirte über seine Schafe. Jedes Fischerdorf, das eine solche Hexe bei sich wohnen hatte, konnte sich glücklich schätzen. In einem Dorf namens Whaligoe Steps, wo 333 Stufen von der Küste die Klippen hoch zum Dorf führten, lebte eine solche Hexe. Sie war geachtet, nicht gefürchtet. Wenn die Kapitäne der Fischerboote einen besonders reichen Fischgrund weit draußen auf dem Meer aufsuchen wollten, dann gingen sie zu ihr und bezahlten ihre Dienste, so dass die Hexe ihren Lebensunterhalt allein mit der Zauberei gut bestreiten konnte. Wollte sie dem Wind ihren Willen aufzwingen, so stieg sie auf den Fels, stellte sich auf den höchsten Punkt über die Bucht, schwang ihren Zauberstab und rezitierte einen Geasan. Eines Tages nun kam ein Kapitän zu ihr, der einen Ostwind haben wollte. Sie entsprach seinem Wunsch, doch als der Wind sich drehte, behauptete er plötzlich, der Wind habe sich ja von allein gedreht und weigerte sich zu bezahlen. Er lief hinunter zur Bucht und stach mit seiner Mannschaft in See. Er verschwieg seinen Männern wohlweislich den Betrug. Die Sturmhexe aber geriet in Wut. Sie rief Gewitterwolken und Westwinde herbei. Das Schiff wurde bedrängt und hin und her geworfen von den aufgebrachten Wellen. Mächtig war ihre Kraft und ebenso der Zorn der Hexe. So wurde das Schiff an die Klippen gedrängt und zerschellte. Der Kapitän ertrank, aber die Mannschaft konnte sich retten. Von diesem Tage an war die Hexe mehr gefürchtet als geachtet, und niemand kam je wieder auf die Idee, sie zu verärgern oder gar zu betrügen. Die Seele des Kapitäns aber wandert seitdem heulend am

Strand umher, steigt die Stufen nach Whaligoe hinauf und hinab, hinauf, hinab ... und wartet auf die Vergebung durch die Sturmhexe. Manche Fischer sagen, sie können ihn hören. Manche sagen sogar, sie hätten die Hexe oben auf der Klippe gesehen, wie sie dem Fischer bei seiner Wanderung durch Zeit und Ewigkeit grimmig zuschaut.
Eine Weile hörte ich nur das Feuer knistern und die Atemgeräusche der anderen. Die Geschichte hatte mich wirklich in ihren Bann gezogen, sie war wie ein kleiner Film vor mir abgelaufen. Das ‚Reh' bekam Beifall und Anerkennung für ihre Erzählung, und dann war der Gastgeber dran. Ich hätte auch einige Geschichten auf Lager gehabt, aber ich war ja kein Mitglied dieser vermutlich liebenswerten, aber verschrobenen Gruppe. Cormag trank seinen Becher leer, in dem mehr Whisky als Kaffee gewesen war, wischte sich mit seiner behaarten Hand über die Lippen und begann.

„Heute erzähle ich die Geschichte von Ian und den Brownies. Ich glaube, die kennt ihr noch nicht. Zumindest nicht aus meinem Mund. Also! *Vor vielen Jahren lebte hoch im Norden ein Crofterpaar in einer Steinhütte. Sie hatten einen kleinen Sohn, sein Name war Ian. Wie so viele Kinder wollte auch er abends nicht ins Bett. Ständig hatte er Widerworte, und versuchte bei seiner Mutter einen Aufschub zu erreichen. Die Eltern waren bitter arm, obwohl sie hart arbeiteten. Darum war sie sehr ärgerlich auf Ian, denn seinetwegen Kerzen zum Beleuchten brennen zu lassen und den Raum unnötig lang zu beheizen, nur weil er noch mehr Geschichten hören wollte, das konnte sich die Familie einfach nicht leisten. Dabei fielen ihm schon die Augen zu, wenn die erste Geschichte endete, doch er bettelte immer um weitere.*

Eines Abends wurde es der Mutter dann zu bunt. Sie hatte dieses ständige Theater satt und sagte zu ihm: ‚Wie du willst! Ich gehe jetzt zu Bett, aber bleib du ruhig noch auf, wenn du unbedingt die Nacht zum Tage machen willst. Aber hüte dich vor der alten Fee, die auf die Brownies aufpasst! Sie holt manchmal ungezogene Kinder von ihren Eltern weg und sperrt sie ein.' Großspurig sagte er, damit könne sie ihn nicht erschrecken, denn Feen gäbe es ja gar nicht. Die Mutter stellte wie an jedem Abend eine Schale Ziegenmilch für die Brownies bereit, als Dank für deren Hilfe, und ging dann ins Bett zu ihrem Mann, der schon tief schlief. Der Junge aber machte es sich an der Feuerstelle gemütlich, genoss seinen Sieg über die Erwachsenen und starrte zufrieden in die Flammen. Nach einiger Zeit wurde auch er sehr müde und wäre am liebsten in seine warme Bettkiste gestiegen. Doch er war zu stolz. Die ganze Nacht wollte er aufbleiben, jawohl!

Da hörte er ein Geräusch im Schornstein und erschrak. Es schabte etwas auf Stein, kratzte und polterte – und dann kam eine kleine braune Gestalt hinter der Feuerstelle hervor und wischte sich mit der kleinen Hand die Asche vom Ärmel. Oh, niemand würde ihm glauben, dass er tatsächlich ein Brownie gesehen hatte, dachte Ian. Die Mutter hatte ihm oft von den kleinen, freundlichen Erdgeistern erzählt, die es sich zur Aufgabe gemacht hatten, den Hausfrauen heimlich in der Nacht bei der vielen, harten Arbeit zu helfen. Alles, was sie an Lohn erwarteten, war eine Schale Ziegenmilch. Aber er hatte das nicht glauben wollen.

Das Brownie war überrascht, einen wachen Menschen anzutreffen. Er und Ian umkreisten nun misstrauisch einander, sich mit scharfen Blicken messend. Ian sprach zuerst. „Wie ist dein Name?" Das Brownie war ein kleiner Scherzbold (aber das waren alle anderen Brownies auch!) und antwortete mit List: „Mein Name ist Ich." Niemals wäre es so leichtsinnig, einem Menschen seinen richtigen Namen zu offenbaren. „Und wie lautet dein Name, Junge?" Ian war nicht weniger gewitzt, und antwortete lässig: „Ach, welch ein Zufall, mein Name ist auch Ich." Das Brownie grinste ihn an, die Antwort gefiel ihm. Es begann im Haus herumzuwuseln, kehrte die Krümel auf, wusch leise das Geschirr ab und putzte die Fenster. Alles in Windeseile, so schnell konnte Ian gar nicht gucken, wie die Hausarbeit getan war! Das Brownie war lustig und fidel und wollte noch seinen Spaß mit dem Menschenkind haben. So hüpften sie umher und trieben manch Schabernack. Das Feuer war längst heruntergebrannt, und so stocherte Ian, dem es zu kühl geworden war, mit dem Schürhaken im Feuer, um die Glut nochmal anzufachen. Dummerweise fielen einige Bröckchen heraus und trafen das Brownie am Fuß. Brownies sind nicht nur listig und fidel, sie sind auch sehr, sehr wehleidig. Und so schrie es laut auf, heulte und jammerte zum Steinerweichen.

Das hörte die alte Fee, die in dieser Nacht die Aufsicht über das fleißige Völkchen der Brownies innehatte. Sie flog auf das Dach und rief durch den Schornstein herunter: Was ist dir passiert, was heulst und schreist du so?" „Die gestocherte Glut hat mich am Fuß getroffen, es brennt so sehr!" „Wer hat dir das angetan?", rief die Fee. Verwirrt durch den Schmerz antwortete das Brownie: „Ich hat es getan, Ich war der, der mir das antat!" Verärgert griff die alte Fee mit ihrer knochigen, langfingrigen Hand in den Kamin und packte das Brownie am Hemdkragen und zog ihn schimpfend zu sich hoch. „Was machst du nur für ein lautes Geschrei? Du weißt doch, dass es Euch verboten ist, die Menschen aufzuwecken! Stell dir vor, dich sieht einer! Dann muss ich ihn in das Feenreich mitnehmen, für immer! So lautet das Gesetz. Und das alles nur, weil du so ungeschickt warst und auch noch darüber in Wehgeschrei ausbrichst. Zur Strafe darfst du nie wieder zu den Menschen gehen."

Ian aber hatte das alles mitangehört. Er lag nun zitternd in seiner Bettkiste und hatte sich die Decke weit über den Kopf gezogen, denn der Anblick der Feenhand hatte ihn zutiefst erschreckt, und vor allem die Vorstellung, von seinen Eltern für immer getrennt zu werden. Er gab sich selbst das Versprechen, nie wieder so lange aufzubleiben, und er wollte nun seiner Mutter immer gehorchen.

Am nächsten Morgen wunderte sich die Mutter, dass die liegengebliebene Arbeit nicht getan war. Auch die Schale mit der Milch war unangetastet. Am Abend wunderte sie sich noch mehr, denn ihr Junge ging brav zu Bett, und das gleich nach der ersten Aufforderung. Die Brownies blieben weiterhin dem Haus fern und sie musste fortan alle Arbeit selber tun. Ian versuchte nie, nie mehr, auch nur eine Minute Aufschub beim Schlafengehen herauszuholen. Seine Angst vor der alten Fee war zu groß!

Cormag füllte sich seinen Kaffeebecher wieder auf und grinste in die Runde. „Na, seid Ihr denn als Kinder immer brav zu Bett gegangen? Hat noch jemand eine Geschichte auf Lager?"

Blaubeere und der Barde rutschten unruhig auf ihren Stühlen umher. Sie sahen etwas bekümmert aus. „Wir müssen Euch was sagen. Sozusagen haben wir eine Geschichte, aber sie wird euch nicht gefallen." Die Frau schaute ihren Gefährten an, mit der stummen Bitte, er möge weitersprechen.

„Ich will nicht groß drumherum reden. Die Sache ist, die: Das war heute unser letzter gemeinsamer Abend für sehr lange Zeit. Wir werden Schottland verlassen und nach Neuseeland gehen. Ein Freund von mir hat dort eine große Tierklinik und er sucht nach Tierärzten. Blaubeere hat jetzt ihre Approbation erhalten. Wir siedeln nächste Woche um. Es ist längst alles unter Dach und Fach."

Betretenes Schweigen breitete sich aus, und dann redeten alle durcheinander. Ich hingegen blieb still und betrachtete den schwarzen Onyx in meinen Händen. Mir wurde erst jetzt bewusst, dass ich ihn immer noch hielt. Schließlich löste sich die Gesellschaft auf. Das Tierarztpaar wurde herzlich verabschiedet und alle versprachen sich gegenseitig, in Kontakt zu bleiben. Ilysa und das andere Mädchen räumten Tisch und Stühle beiseite und breiteten ihre

Schlafsäcke vor dem Kamin aus. Ich wunderte mich sehr darüber. Wohnten die etwa in der Holzhütte? Tosh ging zum Land Rover. Ich wollte ihm nach, doch Cormag hielt mich zurück.

„Auf ein Wort, Mädchen. Tosh, geh du ruhig vor", rief er ihm nach. „Ich bringe Tibby gleich zum Wagen."

Als wir allein vor der Hütte waren, nahm er mir den Onyx aus den Händen. Mir war es peinlich, dass ich vergessen hatte, ihn zurückzulassen. Er schloss seine Augen, spürte anscheinend in sich hinein und lauschte. *Fehlt nur noch, dass ein kleiner, schwarzer Drache schlüpft*, dachte ich spöttisch. Was wollte er bloß von mir?

„Oh, das Feuer liebt dich, Kind. Etwas ruft nach dir. Es fühlt sich gefährlich an. Und da ist noch mehr, so viel mehr! Dein Blut! Ja, so selten ... Du bist kostbarer, als du ahnst. Und dein Name, dein Sommer-Name ist *Erdsängerin*. Geführt wirst du von Ignis, dem Geist des Feuers. Der Adler hat es mir gesagt."

Cormag MacIntyre öffnete seine Augen wieder. Mit mir unerklärlicher Ehrfurcht betrachtete er mich.

„Hat Tosh dir gesagt, dass ich ein keltischer Schamane bin? Ich wünschte, ich könnte die Tiefe deiner Seele erkunden und deine Fähigkeiten studieren, dich ausbilden! Du wärest eine machtvolle Schamanin."

Kapitel 8 – Tränen

Am nächsten Morgen ging ich sehr nachdenklich in den Speiseraum. In der Nacht hatte ich wirre Träume gehabt. Ich war durch einen Nebel gelaufen und gelangte immer wieder an ein und dieselbe Weggabelung. Ich erkannte sie wieder, weil dort immer derselbe moosbewachsene Fels lag. Auf ihm schimmerten hellblaue Runen, die ich nicht lesen konnte. Der Mond schien auf die archaischen Zeichen und brachte sie zum Strahlen. Ich meinte, ein ganz leises Summen zu hören. Doch jedes Mal wenn ich dort ankam, wurde der Nebel undurchdringlich, fast wie eine Wand, und ich konnte meinen Fuß nicht auf den neuen Weg setzen. Es war eine anstrengende Nacht. Entsprechend müde und schlecht gelaunt setzte ich mich nun an den Tisch.

„Guten Morgen, du Gast des Hauses. Du siehst ja furchtbar aus. Ich frage dich besser nicht, ob du gut geschlafen hast", begrüßte mich Tosh.

„Ganz reizend", knurrte ich ihn an. „Was isst du denn da, doch nicht etwa Toast und Marmelade? Ein anständiger Schotte muss doch gesalzenen Hafer-Pamps zum Frühstück essen, damit er groß und stark wird, oder etwa nicht?"

Tosh lachte auf. „Touché!"

Ich griff ebenfalls zum Toast und strich Butter darauf. Jenkins kam in den Raum und brachte frisch gepressten Orangensaft und Berge von Rührei. Ihm folgten fröhlich schwatzend Charlotte und Lady Annella.

„Guten Morgen, Kinder! Wo wart Ihr denn gestern Abend so lange? Als wir heimkamen, war das Haus leer, mal abgesehen von Jenkins, der treuen Seele." Die alte Dame nahm erfreut den Teller entgegen, den der Butler für sie mit Würstchen, Ei und etwas Undefinierbarem gefüllt hatte.

„Ihr beide wolltet doch erst heute im Lauf des Tages nach Hause kommen, Großtante Annella", sagte Tosh und reichte mir ungefragt die Platte mit gebratenen Würstchen. „Wie war es denn in Findhorn? Hast du Eileen Caddy getroffen?"

„Leider nicht. Sie liegt krank zu Bett und empfing daher niemanden. Wir haben uns aber den Garten anschauen können."

„Wirklich bemerkenswert, was die Leute da auf die Beine stellen", warf Charlotte ein.

Annella ließ nicht locker. „Wo wart ihr also? Du hast das arme Mädchen doch wohl nicht zu diesem Griesgram mitgenommen?"

Tosh senkte seinen Kopf, aber das schuldbewusste Grinsen entging seiner Verwandten nicht.

„Oh nein, wirklich? Miss Tibby, ich hoffe, Sie haben sich nicht zu sehr gelangweilt. Hoffentlich war der Kerl nicht wieder betrunken? Ich weiß wirklich nicht, was dich immer zu ihm hinzieht, Tosh. Du interessierst dich doch gar nicht für das Landleben oder die obskuren Bücher, die er schreibt."

„Nein, das nicht. Aber er kennt so viele alte Geschichten. Und er bringt mir bei, den Dudelsack zu spielen."

„Also, ich kann Sie beruhigen, Lady Annella. *Gelangweilt* habe ich mich dort nicht. Übrigens habe ich eine Gemeinsamkeit mit Cormag. Er hat einen geschnitzten Drachen in seiner Hütte. Ich sammele auch Drachen. Ich mag die irgendwie. Schon immer eigentlich. Habe sogar einen Drachen aus Leder bekommen, als ich noch klein war. Das war mein Teddy, ich schleppte den Drachen überall mit hin."

„Soso, Sie sind also schon beim Vornamen angekommen. *Cormag!* Ich kann es nicht fassen, dass dieser grobschlächtige Mensch verwandt ist mit A. C. MacIntyre. Haben Sie schon von dem Philosophen gehört, Kleines?"

Ich verneinte und ärgerte mich darüber, dass sie mich ‚Kleines' nannte. Das warme Frühstück tat mir aber gut. Mein Appetit erwachte und ich nahm mir vom Rührei und den gegrillten Würstchen nach. Jenkins kam mit einem Korb voll frisch geröstetem Toast an, und auch hier langte ich zu. Meine Lebensgeister erwachten. Und meine Neugier! Ich musste unbedingt heute mit Tosh allein sein. Gestern Abend mochte ich ihn nicht darauf ansprechen, was es mit dem keltischen Schamanismus auf sich hatte. Und jetzt, nachdem die Lady so schlecht von dem Mann gesprochen hatte, mochte ich gewiss nicht unter mehr als vier Augen über ihn sprechen. Als hätte er meine Gedanken gelesen, tupfte sich Tosh wohlerzogen die Mundwinkel mit der gebügelten, übertrieben gestärkten Stoffserviette ab und legte sie dann auf seinen leeren Teller.

„Wie wäre es mit einer ersten Reitstunde heute, Tibby?", fragte er mich in harmlosem Tonfall. „Ich habe den ganzen Tag Zeit. Dürfen wir den Land Rover haben?", wandte er sich an seine Großtante.

„Sofern Jenkins ihn nicht benötigt, gern. Aber fahr vorsichtig, hörst du? Ihr jungen Leute seid immer so ungestüm."

„Ich brauche den Wagen heute nicht. Und wenn ich so frei sein darf, das zu sagen - ich gratuliere der jungen Dame zu ihrem Entschluss, Reiten zu lernen." Jenkins verneigte sich kurz in meine Richtung und verließ den Raum. Mir fiel in diesem Moment auf, dass ich keinerlei Schwierigkeiten mehr mit dem schottischen Dialekt hatte.

***

Der scharfe Geruch von Pferdeurin peinigte meine Nase, während ich auf Tosh wartete. Nach einer Weile verließ er den Stall zwischen zwei Pferden und führte sie selbstbewusst am Zaumzeug. Man sah, dass er das nicht zum ersten Mal machte. In seinen Augen funkelte eine gewisse Erwartungshaltung als er mich aufforderte, das kleinere Tier am Zügel zu führen. Meinte er vielleicht, ich würde mich das nicht trauen? Beherzt griff ich zu und tätschelte dem Pferd den Hals und ließ es an meiner Hand schnuppern. Es schnaubte, stupste mich an und folgte mir ohne weiteres.

„Das hatte ich mir gedacht!" Tosh konnte seinen Triumph nicht verbergen. „Donkey lässt nicht jeden an sich heran, er kann ein ziemlicher Teufel sein. Aber ich wusste, dass er dich mögen würde!"

„Wieso nennst du ihn Donkey? Das ist doch kein schöner Name für ein Pferd."

„Weil er meistens stur wie ein Esel ist. Wenn er nicht will, dann rührt er sich keinen Schritt von der Stelle. Und wen er nicht leiden kann, den beißt er."

„Und dann holst du mir so ein Pferd? Du hast sie wohl nicht mehr alle!", fuhr ich ihn an.

„Ach, ich wusste irgendwie, er würde dich mögen. Komm mit rüber zum Round-Pen."

Dort angekommen, band er sein Pferd locker an, so dass es grasen konnte, und half mir aufzusteigen.

„Sitz ganz entspannt. Du brauchst nichts tun. Ich führe Donkey am Zügel, der ist jetzt wirklich lammfromm", wies Tosh mich an.

Ich wollte vertrauen. Tosh *und* dem Pferd. Und nach einigen Runden gelang es mir auch. Ich schaffte es, eine Hand vom Sattel zu lösen. Das Tier fühlte sich warm und fest an. Mit der anderen Hand klammerte ich mich weiterhin fest. Zunehmend genoss ich das sanfte Schaukeln auf dem Pferderücken und meine Muskeln entspannten sich. Ich nahm nun auch wieder mehr von meiner Umwelt wahr. Der Wind war leicht, es waren mal keine Regenwolken am Himmel. Die Körperwärme des Garron übertrug sich auf mich. Ich versuchte, es mit meiner inneren Stimme zu rufen, so wie ich es mit meinen Geckos auch machte. Und tatsächlich konnte ich nach einer Weile das Pferd in mir selbst wahrnehmen. Es war ein freundliches Wesen mit einem ruhigen Gemüt, und es liebte Tosh. Ich spürte aber auch den Eigensinn und die Freude am Schabernack. Ich übermittelte ihm ein Gefühl der

Dankbarkeit, dafür, dass es mich auf seinem Rücken trug und teilte mit ihm meine Freude. Es antwortete mir tatsächlich mit einem Gefühl der Sympathie und Heiterkeit.

„Du machst das wirklich gut", lobte Tosh mich. „Und du sitzt wirklich zum ersten Mal auf einem Pferd?"

Seine Anerkennung tat mir so gut!

„Was hat Cormag eigentlich gestern Abend von dir gewollt?"

„Darüber wollte ich mit dir auch schon den ganzen Morgen reden. Warum hast du mir nicht vorher gesagt, dass er Schamane ist? Eigentlich gibt es die doch gar nicht mehr. Und mit diesem schwarzen Stein, was hatte das für eine Bewandtnis?", hakte ich nach. „Und was soll das mit diesen Sommer-Namen? Er hat mir einen gegeben - und hat noch mehr zu mir gesagt, aber ich weiß nicht, was ich damit anfangen soll."

„Er hat dir einen Namen gegeben? Das ist großartig! Es ist mehr, als ich erhofft hatte. Wie hat er dich genannt?"

„Erdsängerin."

Überrascht blieb Tosh unvermittelt stehen, was zur Folge hatte, dass das Pony ruckartig anhielt, etwas zur Seite ausscherte und ich deswegen fast den Halt verlor. Tosh kümmerte das kaum.

„Er hat nichts über Feuer gesagt? Wirklich *Erdsängerin*, nicht *Feuersängerin*? Hast du dich vielleicht verhört?"

„Nein, habe ich nicht. Und würdest du bitte besser aufpassen? Ich wäre eben fast runtergefallen!"

Tosh ging nicht auf meinen Protest ein. Etwas schneller als bisher setzte er den Gang über die Koppel fort und murmelte vor sich hin. „Das ist merkwürdig. Ich hätte schwören können, das Kaminfeuer hat sich von allein entfacht und du hattest ihm die Weisung erteilt."

Ich wusste sofort, wovon er sprach.

„Findest du den Gedankengang nicht etwas merkwürdig?", fragte ich vorsichtig nach. Immerhin sprachen wir hier von Dingen, die es eigentlich nicht gab. Nicht geben sollte. Und doch irgendwie gab. *Wenigstens bin ich hier nicht der einzige seltsame Vogel*, dachte ich erleichtert. Tosh führte das Pony und mich zu dem grasenden zweiten Pferd, das gesattelt auf ihn wartete, drückte mir die Zügel meines Ponys in die Hand und saß auf mit einer kraftvollen Eleganz, die mir den Atem raubte. Ich beschloss, so oft wie möglich Reitstunden bei ihm zu nehmen.

„Lass uns ein Stück im Gelände am Bach entlang reiten. Keine Bange, wir bleiben im Schritt, dir passiert nichts. Donkey folgt mir wie ein Hündchen."

Eine Weile ritten wir schweigend am Ufer entlang und ich dachte schon, er hätte meine Frage nicht gehört.

„Wir sollten nicht länger um den heißen Brei herumreden. Ich werde dir jetzt alles über Cormag und die anderen erzählen. Er ist ein geborener Schamane und weiß unglaublich viel über die Natur und die Geister des Landes. Darüber hat er einige Bücher geschrieben. Cormag ist mit uns auch auf Krafttiersuche gegangen. Er will sein Wissen, sein Können, an die nächste Generation weitergeben. Er hat immer schon Leute um sich geschart, ältere und junge. Aber es war nie jemand dabei, der als Nachfolger geeignet war. Ilysa ist gerade seine Hoffnung. Bei Vollmond kann sie tief in die Vergangenheit sehen. Momentan ist sie die Einzige hier mit einer echten paranormalen Begabung. Allerdings leidet sie auch daran und ist oft verwirrt, weil sie nicht immer weiß, was in ihrer Umgebung in der Gegenwart geschieht und was in der Vergangenheit. Manchmal sieht sie auch Zukünftiges. Darum will Cormag sie ausbilden. Sie muss lernen, das zu kontrollieren. Er macht auch schamanische Heilarbeit, darum ist Dolina jetzt bei ihm. Sie ist schwer traumatisiert. *Tanzendes Reh*", fügte er erklärend hinzu. „Sie will mit ihm ihren Kraftgesang finden."

„Weiß deine Großtante das alles?", warf ich ein. Tosh lachte laut auf. „Gott bewahre, nein! Hör' mal, alles was ich dir jetzt sage, muss unter uns bleiben. Sie und auch der Laird dürfen nichts davon wissen. Sie sind strenge Katholiken und denken, ich gehe wegen der alten Geschichten und dem Dudelsackspielen dorthin."

„Kannst du gut spielen?"

„Niemand ist untalentierter als ich. Glaube mir, das Gedudel willst du nicht hören. Um zurück zum Thema zu kommen – ich glaube, dass du anders bist als andere Menschen, dass du eine Gabe hast. Ist dir das mit dem Feuer früher schon mal passiert? Cormag hat mir gesagt, dass eines Tages ein Mädchen zu ihm in die Highlands kommen würde, das mit dem Feuer spricht und mit den Pflanzen singt."

Mein Herz klopfte wie wild. Sollte ich ihm von den Elfen und meinen wildwuchernden Pflanzen und der Schwertvision erzählen? Von Gäa und den Bäumen auf dem Schulhof? Von meiner Urgroßmutter? Von meinen Geckos, die sich von mir herbeirufen lassen? Von meinen Eltern, die mich gezwungen hatten, Medikamente zu schlucken? Dass mich das dick und dumm gemacht hatte? Mir war die Kehle wie zugeschnürt. Dicke Tränen liefen mir heiß über die Wangen, und ich konnte rein gar nichts dagegen tun.

„Was ist denn? Warum weinst du?"

Tosh, führte sein Pferd nahe an meines heran und brachte beide zum Stehen. Er legte mitfühlend seine warme Hand auf meine Schulter. Weil ich mich gar nicht beruhigen konnte, nahm er mir die Zügel aus den Händen, half mir abzusteigen und führte mich zu einer kleinen Felsgruppe am Bachlauf. Er band den Pferden lockere Fußfesseln um die Vorderbeine, damit sie uns nicht wegliefen, und setzte sich dann zu mir. Schweigend nahm er mich in den Arm und hielt meine linke Hand, streichelte sie. Und dann brach es aus mir heraus. Ich erzählte ihm alles. Wirklich alles.

Kapitel 9 – Tosh gibt sein Ehrenwort

Den nächsten Tag verbrachte ich im Bett und schob Unwohlsein vor. Ich brauchte Zeit zum Nachdenken. Tosh musste beim Ausliefern von Zuchtpferden helfen, weil ein Stallknecht erkrankt war. Ohne ihn erschien mir Glenmoran plötzlich fad und leer. Ich las im Tagebuch meiner Urgroßmutter und lernte sie immer besser kennen. Ganz erstaunliche Dinge kamen zutage. Sie berichtete, dass ihr Vater Fearghas im Gefängnis eine Sonderstellung erlangte. Der Gefängnisgeistliche hatte den Direktor überreden können, dem in tiefe Melancholie gefallenen Mann Papier und Stift zu überlassen, und später, was ich sehr, sehr erstaunlich fand, hatte er sogar Leinwand und Ölfarben bekommen. Unglaublich eigentlich. Das war damals doch sicher teures Material gewesen. Niemand macht einem Häftling teure Geschenke! Später dann schälte sich aus ihren Tagebucheinträgen heraus, dass er dem begabten Sohn des Direktors Unterricht gegeben hatte und dabei sein eigenes Talent noch weiter entfalten konnte. Er musste seine Strafe zwar bis zum Ende absitzen, aber der Verkauf seiner Bilder, drei an der Zahl, hatte die Familie von den größten Geldsorgen befreit. Tibby gefiel es dann doch ganz gut, beim Großonkel mit ihrer Mutter zu wohnen. Sie mochte die Arbeit in der Apotheke. Die Mithilfe war auch dringend nötig, weil dem Mann das Alter zunehmend zu schaffen machte. Tibby war inzwischen vierzehn Jahre alt.

Heute ist der schönste Tag in meinem Leben. Papa ist wieder daheim! Wir bleiben vorerst weiterhin bei Großonkel Russel wohnen, hat Mama entschieden. Weil: Er kann ohne uns die Apotheke nicht mehr führen, das sollen die Leute nicht merken. Außerdem hat Papa keine Arbeit.

* Papa ist so still geworden. Mama dafür umso lebhafter. Sie erzählt ihm viel von uns, wie wir die Jahre ohne hin überstanden haben und dass ich ein tapferes Mädchen war. Sogar von meiner Jagd im Winter hat sie stolz berichtet. Aber Papa hat das nicht gefallen, glaube ich. Er hat mich ganz komisch angesehen. So als wäre ich auf einmal eine Fremde.

* Manchmal geht Papa mit mir wandern. Wir laufen dann den ganzen Tag durch das Lonely Vale. Er sagt, er erträgt es nicht mehr, in geschlossenen Räumen zu sein, er sehnt sich nach dem freien Himmel. Und dann erzählt er mir von seiner alten Heimat. Von seinen Eltern und der Königin, und dass er früher Soldat gewesen sei. Das macht mir Angst, denn Papa bringt manchmal alles durcheinander mit den Gute-Nacht-Geschichten. Das Gefängnis muss wirklich schlimm gewesen sein, auch wenn er dort malen durfte.

* Großonkel Russel hat einen Apotheker als Nachfolger in sein Haus gebracht. Er sagt, er wäre nun zu alt dafür, all die Verantwortung zu tragen. Er wolle seine Ruhe haben. Der Mann ist höflich und sieht gut aus. Er scheint auch klug zu sein. Wir wohnen jetzt wieder in unserem alten Haus.

* Ich war wieder wandern mit Papa. Er ist jetzt ganz durcheinander und ich weiß nicht, ob ich Mama das

sagen soll. Aber vielleicht hat sie es selber auch schon gemerkt. Papa sagt, er will, dass ich alles über ihn erfahre, die ganze Wahrheit. Meine Gabe hätte ich durch sein Blut geerbt, sagt er. Ich hätte wie er elbisches Blut in mir. Früher wäre er ein echter Elb gewesen, kein Mensch, und auch Soldat der Hagedornkönigin. Die Gute-Nacht-Geschichten wären alle wahr. Fast alle zumindest, sagt er, manche hätte er sich auch für mich ausgedacht. Nachdem er das erste Mal aus dem Himmel gefallen wäre, hätte er Mama kennengelernt und sich in sie verliebt. Sie hätten bei einer Celia Fraser gewohnt, die als Kind auf einem Wulliwusch geritten sei. Er und Mama hätten bei ihr im Wirtshaus gearbeitet. Bis er sich in einen Drachen verwandelt hätte. Und dann hat alles gebrannt. Aber das wäre nicht seine Schuld gewesen. An dem Tag schmiedete er das Schwert, weil er seinen Geist darin einbinden wollte, den er konnte weder in der einen, noch in der anderen Welt leben. Trotzdem musste er zurück in die Anderwelt, weil die Menschen ihn gejagt hätten, aber er wäre dann gleich wieder zur Erde zurückgefallen, weil die Göttin ihn nicht mehr in der Anderwelt duldete. Ob ich noch wüsste, dass ich ihn gefunden hätte? Das wäre hier gewesen, im Lonely Vale. Ich hätte eine Puppe mit blauen Haaren im Arm gehabt. Ob ich das noch wüsste, fragte er immer wieder. Bis ich dann schließlich Ja gesagt habe. Was gelogen war, aber danach war er wieder ruhiger. Ich bin sehr traurig. Mein Papa ist nicht mehr richtig im Kopf!

Letzte Nacht ist mir eingefallen, dass ich den Namen Celia Fraser schon einmal gehört habe. In der Hogmanay-Nacht, als Mama betrunken war und den Blödsinn von blauen Haaren erzählte. Und jetzt ist mir schlecht. Weil: Mir ist noch mehr eingefallen. Ich war noch klein und mit Mama draußen im Lonely Vale. Ich war ein Stück vorgelaufen und spielte mit einem Fremden. Der Puppenmann! Ich sagte zu ihm: Du siehst aus wie meine Puppe! Er hatte ein Drachentattoo auf dem Unterarm – genau wie Papa! Ja, es war ja auch Papa! Erst hatte Mama Angst vor ihm gehabt, aber dann haben sie beide geweint und gelacht und sich geküsst. Und dann sind wir alle zusammen nach Hause gegangen. Jetzt verstehe ich ALLES! Großer Gott!

Mittlerweile saß ich aufrecht im Bett und hielt das Buch mit ausgestreckten Armen von meinem Körper weg, so als könnte es mir gefährlich werden, wenn ich es zu nah an mich heranließe. In mir rumorte es und ich war ziemlich durcheinander. Ich weigerte mich, die Gedankenfäden, die in mir herumsurrten und schwirrten, zu einem sinnvollen Ganzen zusammenzufügen. Ich traute mich nicht einmal, ein unsinniges Ganzes daraus zu machen. Die Magiyamusa-Fairytales! Ich wusste ganz genau, dass ein ‚Wulliwusch' in einer Geschichte vorkam. Das Wort war so eigen und komisch, das gab es nirgendwo anders. Und nun las ich es hier wieder! Im Tagebuch meiner Urgroßmutter. Und nicht nur das – auch der Begriff Erdsängerin war gefallen. Was mich wiederum gedanklich zu Cormag MacIntyre brachte. Er sah etwas in mir. Er war Schamane! Sagte er. Hieß das nicht, dass er möglicherweise etwas von diesen Dingen, die ich hier las, verstand? *Es ist doch so*, überlegte ich fieberhaft, *wenn meine Urgroßmutter kein reiner Mensch war, sondern auch Elbenblut in sich hatte, dann habe auch ich welches in mir! Und seien es nur ein paar Tropfen. Das könnte meine Andersartigkeit erklären. Es ist genetisch, nicht seelisch bedingt!* Ich überlegte weiter. Allerdings hätten dann auch mein Vater und dessen Vater, oder seine Mutter und deren Vorfahren ebenfalls anders sein müssen. Vielleicht übersprang dieses Erbgut auch eine oder mehrere Generationen? Mir wurde klar, dass ich einen Stammbaum brauchte, um meine Familiengeschichte besser erforschen zu können. Aber wen sollte ich jetzt noch befragen? Vater war tot. Mutter schwieg sich aus. Ob Charlotte irgendetwas wusste?

Mir fiel es wie Schuppen von den Augen! Die Fairytalesbücher – Tibby hatte nicht denselben Buchgeschmack wie ich, sondern sie hatte sie selbst geschrieben! Ja! Es konnte nicht anders sein. Das waren keine Märchen, sondern echte Begebenheiten aus der Anderwelt. Und ich war die einzige auf der ganzen Welt, die das wusste! Ich bekam eine Gänsehaut. Dann fiel mir noch etwas ein. In einer meiner Lieblingsgeschichten aus den Magiyamusa-Fairytales kam eine zaubernde Königin vor, die ihren treuesten Soldaten mit einem mächtigen Blitz aus ihrer magischen Welt verbannte, und ihn damit auf die Erde schleuderte. Ich hatte mich immer gefragt, was wohl aus ihm geworden sein konnte und hatte mir kleine, dramatische Geschichten für ihn ausgedacht. Ich fühlte, wie ein hysterisches Lachen in mir aufstieg. Ich wusste jetzt, was aus ihm geworden war! Nämlich mein eigener Ur-Ur-Großvater! Vielleicht auch Ur-Ur-Ur? Großer Gott, das war jetzt alles so klar, und doch gleichzeitig unglaubwürdig, wenn man es nur mit dem Verstand betrachtete. Nun fing ich tatsächlich an zu kichern und steigerte mich dermaßen hinein, dass ich schließlich Lachen und Weinen nicht mehr unterscheiden konnte.

Ich weiß nicht, wie viel Zeit vergangen war, als plötzlich Tantchen Charlie im Zimmer stand und mich besorgt anschaute.

„Liebes, alles in Ordnung mit dir? Meine Güte, du bist ja ganz verschwitzt."

Verschwitzt und erschöpft, und doch hellwach. Es war ein merkwürdiger Zustand, in dem ich mich befand. Ich hielt das Tagebuch in die Höhe und wedelte damit vor ihrem Gesicht herum.

„Siehst du das? Da steht alles drin. Alles!"

„Natürlich sehe ich das Ding, hau es mir gefälligst nicht auf die Nase. Was zum Teufel ist hier los?"

„Ich werde es dir sagen. *Er ist von dort!* Aus der Anderwelt. Und ich stamme von ihm ab. Ich bin nicht verrückt, nie gewesen. Mutter hatte ja sowas von Unrecht! Ich habe Elbenblut in mir und ich kann Feuer machen ohne Anfassen. Da staunst du, was?"

Ehrlich gesagt, redete ich mich richtig in Rage. Ich wollte gar nicht mehr aufhören und knallte ihr alle meine neuen Erkenntnisse an den Kopf. Meinen wilden Vortrag beendete ich mit: „ ... und der Lone

Piper, der ist Druide! Ach nein, *Schamane* – aber das mag dasselbe sein."

„Isabell Alberta Rosehill! Bist du etwa betrunken? Was redest du für ein dummes Zeug!", schnauzte Charlotte mich lautstark an. Sie hatte mich früher, als ich noch klein war und wenn nicht auf sie hören wollte, mit meinem ganzen Namen angesprochen. Sie wusste genau, dass ich meinen zweiten Vornamen nicht leiden konnte. Dann wusste ich wiederum, dass es ihr ernst war. Zu meinem Unglück kam die Lady von Glenmoran ausgerechnet jetzt am Gästezimmer vorbei und verlangte prompt zu erfahren, was hier für ein Tohuwabohu sei! Jetzt hatte ich zwei alte Frauen gegen mich. Annellas Unmut hingegen sammelte sich in ihren Augen, mit denen sie mich missbilligend und distanziert betrachtete. Ihre Stimme blieb unverändert ladylike.

„Ist deine kleine Freundin ernsthaft krank, oder warum verbringt sie den halben Tag im Bett und macht so ein Geschrei?"

„Ich fürchte, es ist ein Nervenzusammenbruch", flüsterte meine Charlotte, „ich sollte wohl ihre Mutter benachrichtigen."

Ich konnte nicht fassen, dass sie mich verriet. Sie musste doch wissen, dass ich die Wahrheit sprach. Oder nicht? Ihr trauriger und zweifelnder Blick sprach Bände. Sie hatte soeben die Seiten gewechselt.

***

Am späten Abend kam Tosh zu mir. „Kaum bin ich weg, machst du ganz Glenmoran verrückt. Deine Tante Charlotte ist ganz aufgelöst und macht sich

Vorwürfe, sie hätte dich von Zuhause fortgelockt und das wäre dir schlecht bekommen. Und meine Großtante spekuliert darüber, ob sie sich möglicherweise eine Geisteskranke mit dir ins Haus geholt hat."

„Sie ist nicht meine *Tante*. Ich nenne sie nur so. Sie war die Sekretärin meines Vaters, und war mir mehr Mutter als meine eigene Mutter. Aber lass die alten Frauen ruhig reden. Komm her, setz dich zu mir und schau dir das hier an!"

Inzwischen war ich wieder ganz ruhig. Mir war sonnenklar, dass Tantchen die Hände gebunden waren. Sie konnte Mutter gar nicht benachrichtigen, denn erstens war sie noch auf Reisen und es war nur Mafalda im Haus; zweitens konnte sie nicht zugeben, dass sie selbst hinter meinem Verschwinden steckte. Das würde ihr Ärger mit der Gerichtsbarkeit einbringen.

„Das hier ist das Tagebuch meiner Urgroßmutter. Ich habe die letzten Stunden damit verbracht, es fertig durchzulesen. Ich habe fast alles mitgebracht aus der Kiste, die Charlotte mir an meinem Geburtstag gebracht hat."

„Kiste?"

„Ja. Mein Erbe. Das habe ich dir doch gestern erzählt."

„Entschuldige, ja. Rede weiter."

„Also, ich weiß jetzt, dass ich tatsächlich nicht wie andere Menschen bin. Ich habe einen echten Elben in meiner Ahnenreihe. Darum habe ich diese Visionen und Fähigkeiten. Cormag hatte Recht, mich ‚Erdsängerin' zu nennen. Meine Urgroßmutter hatte auch diese besondere Beziehung zu Pflanzen, und sie hat auch mit Naturgeistern sprechen können. Sie muss geahnt oder gewusst haben, dass irgendwann in der Familie diese Gabe wieder auftauchen würde. In ihrem Testament hatte sie verfügt, dass nur das erste Mädchen der Nachkommenschaft die Kiste erben darf. Und dieses Mädchen bin ich!"

„Du bist das erste Mädchen der Familie nach ihr? Da waren in all den Jahren immer nur Söhne?"

„Ja, das muss wohl so sein. Oder nein, warte mal. Charlotte hat mir erzählt, dass ich eigentlich eine echte Tante habe, die Schwester meines Vaters. Aber ich habe sie nie kennengelernt. Sie haben sie in ein Irrenhaus gesteckt und dann totgeschwiegen."

„Dann ist sie doch die Erbin, nicht du", überlegte Tosh.

„Stimmt. Darüber habe ich ja noch gar nicht nachgedacht." Diese Erkenntnis brachte mich aus dem Konzept. Aber nicht für lange, denn ich hatte Aufregendes entdeckt. „Hör zu, ich brauche jetzt deine Ortskenntnisse. Meine Vorfahren standen in einer Beziehung zu einem ganz außergewöhnlichen Schwert, das mein Ururgroßvater geschmiedet hat. Er hat einen Zauber hineingewoben. Ach, alles kann ich dir jetzt nicht erzählen, das dauert mir zu lange. Nur so viel: Die Erwachsenen hatten es in einem verlassenen Stollen versteckt, weil es eine Gefahr für Tibby darstellte. Später hat sie danach im Berg gesucht, fand aber nur ein Drachenauge, also einen Stein. Sieh nur!" Ich öffnete meine Hand, in der ich den Rubin hielt. Er lag stumpf in meiner Hand. „Als sie ihn fand, ist er kurz aufgeleuchtet und sie hat die Nähe einer geistigen Präsenz gespürt. Dann war es wieder weg. Aber sie hat den Namen des Ortes erwähnt, sie war in einem Tal, genannt „Lonely Vale". Und ich glaube, das Schwert liegt da immer noch. Ich habe es in einer Vision gesehen, als ich noch zuhause war. Es hat nach mir gerufen! Ich glaube, ich soll es finden. Hast du zufällig eine Ahnung, wo dieses Tal sein könnte?"

Tosh starrte mich seltsam an. Dachte er nun auch, ich sei bloß eine Verrückte? „Was ist?", herrschte ich ihn an, als ich sein Schweigen nicht mehr aushielt.

„Das Haus von Cormag liegt am Rand eines Tales. Galloways grasen dort. Es wird „Lonely Vale" genannt, weil niemand dort leben will. Es heißt, früher seien dort Menschen verschwunden, einfach so. Und eine verlassene Mine gibt es dort auch. Und was meintest du eben mit ‚Gefahr für Tibby'? Für dich?"

„Nein, ich habe denselben Namen wie meine Ahnin bekommen."

Tosh strahlte nun Entschlossenheit aus. Er sagte: „Tibby, ich glaube, du bist nicht zufällig nach Glenmoran gekommen. Ich werde es sein, der dir hilft. Mein Ehrenwort."

***

Am nächsten Morgen wurde ich von Jenkins in den Kleinen Salon gebeten. Lady Annella und Charlotte saßen in der Sitzgruppe am Kamin. Eine halbleere Karaffe mit Sherry stand vor ihnen. Der süßliche Duft war mir unangenehm. Mich beschlich das Gefühl, dass sich etwas grundlegend geändert hatte.

„Bitte, Miss Tibby. Nehmen Sie Platz."

Ein unangenehmes Gefühl der Kälte strich über meinen Nacken. Verunsichert setzte ich mich in den Polstersessel und suchte Augenkontakt mit Tantchen Charlie, aber sie starrte still leidend vor sich hin. Sie sah etwas verheult aus. Mit einem Ohr hörte ich, dass Tosh sich im Nebenzimmer aufhielt. Er schaute kurz durch offene Verbindungstür und zwinkerte mir aufmunternd zu, legte aber auch seinen Zeigefinger über den Mund. Ich verstand.

„Mein liebes Kind. Meine gute Freundin Charlotte hat mich ins Vertrauen gezogen und mir von ihrem, naja, *Problem* berichtet. Unter diesen Umständen halte ich es für das Beste, wenn Sie möglichst bald zu Ihrer Frau Mutter heimfahren. Ich habe ja miterlebt, wie ... instabil ... ja, wie zerbrechlich sie sein können. Wir meinen es ja nur gut. Sehen Sie, Charlotte und ich wollen mit dem Zug eine Schottlandrundfahrt machen, und wir können Sie weder mitnehmen, noch Sie so lange mit Jenkins allein lassen."

Ich wollte etwas sagen, aber sie machte eine herrische Geste und gebot mir zu schweigen. Meine Hände krallten sich in die Armlehnen.

„Darum muss ich Sie bitten, uns zu verlassen. Jenkins wird Sie zum Bahnhof fahren. Wenn Sie sofort packen, bekommen sie noch den Zug, der nach London durchfährt."

„Aber ich wollte doch Cormag ein zweites Mal besuchen! Er hat mich eingeladen, wiederzukommen." Das konnte doch nicht wahr sein! Ich fühlte mich so kurz vor dem eigentlichen Ziel meiner Reise, das durften sie mir jetzt nicht verderben. „Tante Charlotte, bitte. Sag ihr, dass ich ein vernünftiger Mensch bin. Ich war gestern nur etwas aufgeregt, weil ich im Tagebuch so interessante Sachen über meine Urgroßmutter gelesen habe. Sie war genau hier aus der Gegend, stell dir vor!"

„Es tut mir leid, mein Mädchen. Ich hätte dich nicht hierher einladen sollen, ohne besser über dich Bescheid zu wissen. Wir hatten uns so viele Jahre nicht gesehen, mir war nicht klar, dass du so ..."

„Ja? Dass ich was?" Mein Tonfall wurde etwas schärfer.

„Dass du wirklich psychisch instabil bist! Du hättest nicht deine Tabletten absetzen sollen, schon gar nicht ohne Erlaubnis des Arztes. Ich fühle mich verantwortlich. Du solltest wirklich nach Hause fahren. Mafalda wird sich um dich kümmern, bis deine Mutter wieder daheim ist."

Lady Annella erhob sich. „Das wäre dann alles. Ich wünsche Ihnen alles Gute auf Ihrem Lebensweg. Es war schön, Sie kennengelernt zu haben."

Ich hatte Tränen des Zorns in den Augen. Aber ich schaffte es, mich zu beherrschen und meinen Stolz zu bewahren. Ich stand auf, neigte knapp und hoheitsvoll den Kopf. Vornehm tun konnte ich auch! Charlotte würdigte ich keines Blickes mehr. Als ich den Raum mit zitternden Knien den Raum verließ, hörte ich sie flüstern: *Folge nicht Ambers Spuren!*

Jenkins erwartete mich schon an der Treppe, als ich mit Packen fertig war. Er nahm mir das Gepäck ab. „Es tut mir leid, dass Sie uns schon verlassen. Ich hätte Sie gern noch hoch zu Ross gesehen, Miss." Freundlich lächelte er mich an. Offenbar wusste er nicht, dass man mich regelrecht vor die Tür gesetzt hatte – oder er war nicht nur Butler, sondern auch ein guter Schauspieler. Jenkins ging vor und ich hielt Ausschau nach Tosh. Er würde mich doch nicht einfach so gehen lassen? Als wir unten vor die Tür traten, stand der Land Rover schon da, mit laufendem Motor. Tosh kam uns mit neutraler Miene entgegen. Konnte er es etwa auch nicht abwarten, bis diese dicke Verrückte Glenmoran verließ? Hatte ich mich denn so in ihm getäuscht?

„Jenkins, Sie können wieder ins Haus gehen. Ich habe in der Stadt noch etwas zu erledigen und kann daher Miss Rosehill selber zum Bahnhof bringen. Das liegt auf meinem Weg."

„Wie Sie wünschen, junger Herr."

Jenkins verstaute mein Gepäck im Kofferraum, während Tosh mir die Beifahrertür aufhielt.

„Steig ein."

Der Kies knirschte, als wir über den Vorhof fuhren. Graue Wolken zogen über den weiten Himmel und brachten mir Trübsal. Schweigend starrte ich aus dem Fenster und wusste nicht, wie ich mit dieser Enttäuschung fertig werden sollte. Was hätte ich jetzt für Schokolade und Chips gegeben! Tosh warf einen prüfenden Blick in den Rückspiegel und bog dann zur falschen Seite ab. Gut gelaunt grinste er mich an.

„Du hast doch wohl nicht wirklich gedacht, ich würde dich zum Bahnhof bringen? Wir fahren zu Cormag."

Ich kreischte begeistert auf und erschreckte Tosh damit so sehr, dass er den Wagen verriss und wir fast vom Weg abgekommen wären.

„Halt an, halt an!"

Tosh bremste sofort. „Was ist los?" Entgeistert schaute er mich an. „Hast du was in Glenmoran vergessen?"

Anstatt zu antworten, nahm ich seinen Kopf in meine Hände, zog ihn zu mir heran und küsste ihn voller Freude und Dankbarkeit. Mitten auf den Mund.

Kapitel 10 – Der Ritt auf der Wahrheit

„Und wie hast du dir das vorgestellt? Ich soll hier allen Ernstes eine weggelaufene Minderjährige beherbergen?"

Ich konnte es durchaus verstehen, dass Cormag mit puterrotem Kopf und verschränkten Armen vor Tosh stand und ihn wütend anfunkelte. Aber, bei allem was mir heilig war, ich brauchte eine Unterkunft! Koste es, was es wolle. Seit ich wusste, dass ich hier auf demselben Boden ging wie meine Urahnin, war ich wild entschlossen, dieses Schwert zu suchen und zu finden. Es war Teil meines Erbes. *Ich wollte es.* Zur Not würde ich mir ein Zelt kaufen und in der Heide campieren.

„Du hast doch die anderen Mädchen auch hier." Tosh klang etwas kleinlaut.

Der Mann strich über seinen Bart, kratzte sich hinterm Ohr und dachte offenbar nach, denn er schwieg nun und starrte zu Boden. Ich wurde unruhig. Der Zug war sicher schon abgefahren, überlegte ich. Wenn ich hier nicht bleiben durfte, müsste ich wieder unterwegs übernachten. Mein Geld ging zur Neige. Es dauerte eine halbe Ewigkeit, ehe man von hier aus in Glasgow ankam, und von dort aus waren es noch einmal fünf Stunden mit dem Zug nach London. Bei der Erinnerung an den Gasthof in Glasgow ziepte es in meinem Kopf. Da war doch was? Es schien mir wichtig zu sein, aber ich konnte mich in meiner jetzigen Angespanntheit einfach nicht erinnern.

„Na gut. Ich gebe dir drei Tage, Tibby. Das kann man noch einen Besuch nennen. Für einen längeren Aufenthalt brauche ich die Erlaubnis deiner Mutter. Ich komme sonst in Teufels Küche. Der Matrone von Glenmoran bin ich ohnehin ein Dorn im Auge."

„Du sollst doch meine Großtante nicht immer Matrone nennen", schalt Tosh seinen Mentor, aber das Lachen in seinen Augen zeigte mir, dass er ihm deswegen nicht grollte.

Cormag klopfte Tosh mit seiner Bärentatze auf die Schulter. „Schon gut, mein Junge! Du willst deinem Mädchen zu ihrem Recht verhelfen. Das respektiere ich. Hilf ihr, sich hier zurechtzufinden. Und sag was zu Dolina und Ilysa. Ich muss jetzt weg, mich um den alten Finley kümmern."

Cormag nickte mir kurz zu und verließ uns. Ich war noch nie zuvor in einem so alten Steinhaus gewesen. Es war, als wäre ich in eine andere Zeit gereist. Hier gab es offensichtlich noch nicht einmal elektrischen Strom.

„Gibt es hier eine heiße Dusche, Tosh?"

„Nein, auch keine kalte. Da ist nur die Schwengelpumpe in der Küche. Und das Klo ist draußen."

„Du machst Scherze!"

„Keineswegs. Kommst du hier klar?" Tosh machte eine weitausholende Geste. Die Unordnung war unbeschreiblich im Gegensatz zu der Holzhütte. „Da in der Truhe sind Kissen und Wolldecken. Aber vermutlich wirst du in der Hütte bei den anderen Mädchen schlafen. Ich muss jetzt wirklich in die

Stadt, um dort etwas zu erledigen. Aber heute Abend bin ich wieder da. Und dann sehen wir weiter. Ich bringe dir auch noch einen Schlafsack mit."

Ich versuchte Zuversicht auszustrahlen und nickte. Tosh drückte mir einen kleinen, brüderlichen Abschiedskuss auf die Stirn und verschwand. Und da stand ich nun. Mutterseelenallein in der Wildnis in einem merkwürdigen Haus mit einem noch merkwürdigeren Hausherrn. Schamane! Drum Major! Schriftsteller! Worauf hatte ich mich eingelassen? Ein Kribbeln auf meiner Kopfhaut gab mir die Antwort - auf das größte Abenteuer meines Lebens. Endlich traf ich meine eigenen Entscheidungen. Etwas Freiheit hatte ich noch, bald schon musste ich zurück nach Hause. Aber die Zeit bis dahin wollte ich nutzen und auskosten bis zum Abwinken. Und was hatte Cormag eben zu Tosh gesagt - *du willst deinem Mädchen helfen?* Deinem Mädchen! Sahen wir etwa wie ein Paar aus? Ich wusste doch gar nicht, was Tosh für mich empfand. Vielleicht wollte er nur ritterlich sein. Ob die anderen Mädchen jetzt in der Holzhütte waren? Sollte ich mal nachsehen? Ich entschied mich dagegen.

Hunger. Mein Magen knurrte. In meiner Tasche hatte ich Shortbread und Black Bun aus der Schlossküche als Reiseproviant. Jenkins war am Vorabend so nett gewesen, mir was aufs Zimmer zu bringen, die Reste hatte ich mitgenommen. Ich mampfte mit Begeisterung. Ich musste unbedingt Mafalda bitten, auch Black Bun zu backen, wenn ich wieder daheim war. Da ich nun viel Zeit hatte und ganz allein war, griff ich mir eines der Fairytalesbücher und las darin. Die Überschrift der ersten Geschichte lautete:

Die drei Tore

Es waren einmal drei Feenschwestern im Zauberwald. Die eine war eine Hirschfee, sie trug auf ihrem Kopf ein Geweih und hatte dickes, wildes Haar. Vögel saßen auf den Geweihgabeln und manchmal nistete auch einer in ihrem Haar. Die andere Schwester war eine Wasserfee. Wasserfeen unterschieden sich von kleinen Nymphen, die an ihr nasses Element gebunden waren. Die Feen konnten überall herumspazieren, in ganz Magiyamusa, sofern sie etwas bei sich trugen, was seinen Ursprung im Wasser hatte. Diese Schwester also trug nichts im Haar wie die Hirschfee, aber sie trug lauter kleine, zappelnde Fische als Ohrschmuck. Munter schwammen sie um ihren Hals im Kreis herum und knabberten zärtlich an den Ohrläppchen. Die dritte Schwester war eine Feuerfee. Ihr größter Schatz war eine keltische Harfe, gebaut von einem irischen Meisterharfner aus dem Reich der Menschen. Sie hatte sie ihm gestohlen, weil es eine verzauberte Harfe war. Die Saiten waren aus Drachenhaar gefertigt. Und wenn man es richtig verstand, darauf zu spielen, dann spien die drei Drachenköpfe, die oben aus dem Korpus der Harfe herausgeschnitzt waren, ein winziges Feuer. Viel zu schade für einen Menschen.

Jeden Abend spielte sie ihren jüngeren Schwestern ein Gute-Nacht-Lied darauf vor. Dann legte auch sie sich zur Ruhe. Eines Morgens aber wachten sie auf, und die Harfe war fort! Das Geschrei der Feuerfee war so laut und wütend, dass überall in Irland Gewitter tobten und manche Feuersbrunst entstand. Sie schwor, den Dieb zu jagen und die Harfe wieder in ihren Besitz zu bringen, und würde es ihr ganzes Leben lang dauern. Die Feuerfee nahm Abschied von ihren Schwestern und ermahnte sie, den Zauberwald nicht zu verlassen bis zu ihrer Rückkehr.

Und so rief sie einen Nasenbär zu sich und bat ihn, die Spur des Diebes aufzunehmen. Er schnüffelte und schnüffelte und lief um das Feenhaus herum, links herum, rechts herum und mitten durch. „Es tut mir leid, Feuerfee. Hier gibt es keinen Diebesduft, kein Fremder war hier." „Ach, du bist ein Narr, das kann doch so nicht sein!", rief sie zornig und schickte den Nasenbär fort. Dann rief sie einen Adler zu sich und bat ihn, nach Spuren Ausschau zu halten. Der Adler flog und flog über das Feenhaus hin- und her, links herum und rechts herum und mitten drüber weg. „Es tut mir leid, Feuerfee. Hier gibt es keine Diebesspuren, kein Fremder war hier. Nur eure eigenen Trippeltrappelschritte und die eurer Schwestern kann ich sehen." „Ach, du bist ein Narr, das kann doch so nicht sein!", rief sie zornig und schickte den Adler fort.

Nachdenklich lief sie nun im Kreis umher. Kleine Flämmchen sprangen aus ihren Fußsohlen und setzen das Gras um das Feenhaus herum in Brand. Ihre Schwester, die Wasserfee, folgte ihr seufzend und löschte mit kleinen Fontänen aus ihren Fingerspitzen das brennende Gras. Die kleine Hirschfee, die Jüngste, hatte einen guten Rat. „Schwester, Feuerfee, warum gehst du nicht zu den drei Toren und schaust hindurch?" Verdutzt blieb sie stehen und fragte: „Warum bin ich nicht selber auf die Idee gekommen?" Sie tätschelte dankbar ihrem Schwesterchen das Fell, das braune, und nahm einen der Vögel mit, die im Nest aus Haar brüteten.

In Windeseile hatte sie die drei Tore erreicht. Es waren Tore der Zeit. Eins führte in die Vergangenheit, eines in die Zukunft, das dritte aber in die Ewigkeit. Das Dumme war, die Tore wechselten ständig ihre Bestimmung. Daher war es klug, nicht einen Fuß hineinzusetzen. Hatte man den Weg erst einmal beschritten, gab es kein Zurück mehr. Aber die Vögel, die setzten keinen Fuß hinein, sie flogen und waren daher ungefährdet.

Die Feuerfee küsste den Vogel auf das Schnäbelchen und warf ihn in die Luft. „Suche hinter den Toren nach meiner Harfe!" Gehorsam flog er durch ein Tor, er wählte das Mittlere. Und sogleich kehrte er zurück! „Ach, du bist ein Narr, was kehrst du um?" Der Vogel aber flog an ihr vorbei und zurück zum Feenhaus, wo die Schwestern warteten. Die Feuerfee lief ihm hinterher und ihr Zorn setzte wieder halb Irland in Brand.

Der Vogel setzte sich auf dem Geweih der Hirschfee nieder und sprach: „Ich war in der Vergangenheit und das Tor wandelte seine Bestimmung und so flog ich heimkehrend durch es hindurch, im Moment als es das Tor zur Zukunft ward, was deine Gegenwart ist, Feuerfee. So höre, was ich in Erfahrung brachte: Die

Harfe hat ihre Drachenflügel ausgebreitet und flog zu ihrem Meister zurück nach Irland. Sie hatte genug von deinem Gesang! Darum roch der Nasenbär keine Diebesspur, darum sah der Adler nur eure Feenschritte. Die Harfe flog durch die Luft und durch das Tor zur Ewigkeit, denn dort hat ihr Meister auf sie gewartet, im ewigen Irland, denn er starb letzte Nacht und wandelt nun als Seelensänger durch seine grüne Heimat. Dort, wohin er seinen Fuß setzt, sprießen vierblättrige Kleeblätter aus der Erde empor."

Fortan gingen die Feenschwestern ohne Gute-Nacht-Musik schlafen.

Ich las noch drei weitere Geschichten und legte mich dann aufs Ohr. Die ganze Aufregung über den Rausschmiss aus Glenmoran hatte mich müde gemacht. Das Sofa, das in dieser Hütte deplatziert wirkte, war erstaunlich bequem und sauber. Bevor ich einschlief, fiel mein Blick auf eine alte Schreibmaschine. Ob meine Urgroßmutter auch eine gehabt hatte? Gab es die damals schon? Wenn nicht, hatte sie alles mit der Hand schreiben müssen. Was für eine Arbeit! Als ich am späten Nachmittag aufwachte, saß Cormag mir still gegenüber und musterte mich. Ich schreckte hoch und strich mir die Haare glatt. Wie lange starrte er mich schon an?

„Habe Sie gar nicht kommen hören, Mr. MacIntyre", nuschelte ich schlaftrunken.

„Nenn mich nicht schon wieder Mr. MacIntyre, sondern Cormag. Du gehörst zu uns! Ich wusste es, als ich das Feuer in dir sah. Es hat dich hergeführt."

„Nicht nur das Feuer. Ich glaube, es war eher das Schwert", warf ich vorsichtig ein. Der Mann zog seine buschigen Augenbrauen fragend hoch. Das ermutigte mich, ihm von der Vision zu erzählen. So wie ich Tosh und Donkey vertraut hatte, wollte ich jetzt ihm vertrauen bei diesem wilden Ritt auf dem Rücken der Wahrheit. Und so erzählte ich ihm, warum es mir so viel bedeutete, dieses Schwert zu finden. Er unterbrach mich nur selten, aber manches wollte er genauer wissen. Seine Augen begannen zu glänzen.

„Und du glaubst also, das Schwert muss hier im Tal, in der alten Mine liegen? Sie ist größtenteils eingestürzt, der Eingang wurde geschlossen."
Noch hatte ich Cormag nicht alles über die kleine Tibby und ihre Familie erzählt. Ich war mir nicht sicher, wie er es aufnehmen würde, dass mein Ururgroßvater ein Elb aus Magiyamusa war. Gewesen war! Bevor er in einen Menschen verwandelt wurde. Was es ja noch unglaubwürdiger machte. Meine Güte, das würde ich besser für mich behalten. Wichtig war mir jetzt nur das Schwert. Ich war so nahe dran!
„Morgen ist Vollmond. Ilysa kann ihre Fähigkeit erneut unter Beweis stellen. Wir werden mit ihr zusammen in das Lonely Vale gehen, in die Nähe der Mine. Vielleicht sieht sie einen deiner Vorfahren, wie und wo er das Schwert versteckt."
Ich nickte geistesabwesend. Eine Traumerinnerung drängte sich in mein Bewusstsein. Irgendwas mit Steinen ... ich bekam es nicht richtig hin, der Traum hatte sich schon verflüchtigt. Cormag erhob sich etwas steifbeinig vom Hocker, kratzte ausgiebig

seinen Bart und sagte: „Und jetzt gibt es drüben was zu Essen. Die Mädchen haben gekocht. Ich sterbe vor Hunger. Du auch?"

***

Es war dann doch später Abend geworden, ehe Tosh wiederkam, mit einem Schlafsack für mich.

„Tosh, gut, dass du endlich kommst. Ich hätte die Mädchen sonst wieder allein lassen müssen. Ich habe eben Nachricht erhalten, dass der alte Finley im Sterben liegt. Ich werde ihn begleiten."

Und schon war er zur Tür hinaus und ich war mit Tosh allein. Ich war ein wenig verlegen, weil ich ihn am Morgen im Auto mit meinem Kuss so überfallen hatte. Was er wohl von mir dachte?

„Wie hat Cormag das eben gemeint, er würde den Alten begleiten? Bringt er ihn in ein Krankenhaus?", fragte ich.

„Das bedeutet, er wird seiner Seele helfen, in die nächste Welt zu gehen. Cormag hat mich gelehrt, dass der Tod ein Tor in eine höhere Welt ist, und nicht das Ende von Allem. Mach dir keine Gedanken um Finley. Er wartet schon länger auf seine Erlösung und will auf jeden Fall zuhause sterben. Hast du eine warme Jacke dabei? Zieh sie an, ich möchte dir draußen was zeigen."

Ich folgte ihm schweigend auf den Hügel, wo einige verkrüppelte Kiefern wuchsen. Wir hatten zunehmenden Mond, er war in der Tat fast voll. Der Himmel war ungewöhnlich klar heute Nacht. Glühwürmchen schwirrten vor einem Busch kreuz und quer. Ich hatte nie zuvor welche in freier Natur gesehen. Ich fand sie recht hübsch. Tosh nahm eine Wolldecke und breitete sie aus.

„Komm, leg dich neben mich. Dann kannst du besser sehen. Selten ist die Nacht so klar wie heute. Du hast ein unfassbares Glück. Siehst du ihn, in all der Leere zwischen den Sternen?" Tosh deutete in den funkelnden Nachthimmel und machte eine vage Geste.

„Wen soll ich sehen? Was meinst du?"

„Er ist ein Diamant, ruhend im Himmel. Es gibt so viele. Ich kann sie alle mit dem Herzen sehen. Wusstest du, dass ein Stern gefangen ist im ständigen Kampf zwischen Fusion und Gravitation? Es endet immer gleich. Mit einem Eisenkern. Eisen ist Gift für Sterne, dieses Element absorbiert ihre Energie. Neutronensterne sind unfassbar schwer. Im Sterben erschaffen sie die Elemente und verteilen sie im All. Ihr Licht nimmt millionen- bis milliardenfach zu – und in diesem einen großen Moment am Ende ihrer Existenz erstrahlen sie so hell wie eine ganze Galaxie! All ihre Schönheit offenbart sich in diesem Licht. Die sterbenden Sterne sind unsere wahren Mütter. Ihr Tod ist unser Leben."

Ich hörte ihm ergriffen zu und mir wurde klar, dass er sich mir gegenüber öffnete, mir seine Seele und seine tiefste Sehnsucht offenbarte. „Erzähl weiter", bat ich.

„Weißt du, was ich glaube? Ich glaube, dass die Sterne ihren Tod freudig begrüßen. Er ist ihr wertvollstes Geschenk am Ende eines langen, langen Lebens. Sie schenken uns nicht nur ihr Licht. Ohne

Supernovae gäbe es auf den Planeten gar kein Leben! Begreifst du, was ich sagen will? Wir alle sind wortwörtlich die Kinder der Sterne. Unsere Körper sind purer Sternenstaub."

Ich lauschte mehr dem Klang seiner weichen Stimme, als dass ich verstand, was genau er mir über sterbende Sterne sagen wollte. In seinen Augen sah ich stellare Diamanten funkeln. Das war es, was mein Herz sehen konnte: Das Licht seiner Seele. In diesem Moment war es um mich geschehen. Ich verliebte mich unsterblich in ihn. Diese Leidenschaft, diese Begeisterung und das freudige Strahlen, wenn er über sein Lieblingsthema sprechen konnte, machten ihn unwiderstehlich für mich. Bevor ich etwas sagen konnte, fuhr er fort:

„Aber für bestehende, ortsnahe Systeme ist die Geburt des Sternenstaubes potentiell tödlich. Würden in unserem Sonnensystem, sagen wir, weniger als einhundert Lichtjahre entfernt, die Gammastrahlen auf unsere Biosphäre stoßen, dann würden chemische Reaktionen unsere Ozonschicht völlig zerstören. Pflanzen, Tiere und Menschen wären gefährlicher Strahlung ausgesetzt. Eine globale Katastrophe. Du siehst, Leben und Tod liegen so dicht beieinander. Es ist alles eine Frage der Ordnung."

Mit Freuden würde ich mich in einem ungeordneten Kosmos verstrahlen lassen, wenn ich nur dabei, in seinen Armen liegend, ihm in die Augen schauen könnte. Ich würde einen glücklichen Tod sterben. Ein Schauer lief über meinen Körper. Besorgt fragte er mich, ob mir kalt sei und legte mir seine Jacke um. In mir zerbarst die hässliche Kruste, die seit Jahr und Tag um meine Seele gelegen hatte, und es tanzte funkelndes Glück in mir. Zum ersten Mal fühlte ich mich schön, so wie ich war.

Tosh setzte sich auf und schaute mich verlegen an. „Jetzt habe ich dich aber genug gelangweilt mit meinen Sternen. Komm, es wird zu kalt. Ich bring dich zurück zu den anderen. In drei Tagen hole ich dich ab. Ich hoffe, du findest, was du suchst."

„Du bleibst nicht?"

„Nein, ich muss einiges für Großtante erledigen, das hatte ich ihr versprochen. Ich bin für sie so eine Art Ersatzsohn, musst du wissen. Sie braucht mich."

Schweigend gingen wir zu Cormags Anwesen zurück.

Kapitel 11 – Mondträumerin

Den nächsten Tag hatte ich allein mit Dolina und Ilysa verbracht. Anfänglich waren sie etwas verschlossen gewesen, aber als ich ihnen die Magiyamusa-Fairytales zeigte, tauten sie auf. Sie liebten alte, fantastische Geschichten und Sagen, das verband uns. Dolina war die nettere von beiden. Sie erzählte mir offen von ihrer Unfähigkeit, mit Leistungsdruck fertigzuwerden. Ihr Studium hatte sie abgebrochen, verschiedene Jobs verloren und auch um ihre Gesundheit war es nicht so gut bestellt. Sie wusste von ihrer Freundin Ilysa, dass Cormag ein Mann mit ungewöhnlichen Heilmethoden war, uns so hatte sie ihn um Hilfe gebeten. Er hatte sie bisher durch eine Krafttiersuche geführt und nun wollte sie noch einen Kraftgesang erlernen, bevor sie wieder in die psychiatrische Privatklinik ging. Ihre Eltern waren wohlhabend und sie bestanden auf die Fortführung der konservativen Therapie. Insofern fühlte ich mich ihr sehr verbunden und erzählte ihr von meiner schulischen Laufbahn und dem Tablettendesaster.

Ilysa hingegen erzählte nichts Privates. Aber sie war sehr interessiert an meiner Schwert-Vision und meinen Kindheitserlebnissen mit der Welt der Naturgeister. Doch immer wieder wechselte ihre Stimmung. Dann verhielt sie sich uns gegenüber belehrend und hochmütig, manchmal auch latent aggressiv. Ich dachte mir, dass von uns Dreien sie wohl diejenige sei, die das größte Problem mit sich selber habe. Als mir ihr Getue zu viel wurde, machte ich einen Spaziergang und erkundete die Umgebung. Ich genoss das Alleinsein in der Natur. Die Highlands waren vom Wesen her rau und kraftvoll. Der Wind trug Geschichten mit sich, die erzählt werden wollten, und wenn mich nicht alles täuschte, roch es ein wenig salzig, so als wäre der Atlantik nahe. Mein Versuch, mit den ansässigen Naturgeistern meditativ in Kontakt zu treten, scheiterte an meiner inneren Unruhe. Doch fühlte ich, dass ich hier willkommen war. Gegen Abend kehrte Cormag zurück. Ich sah ihn schon von weitem und kehrte selber zum Crofterhaus zurück, in Erwartung der kommenden Ereignisse.

***

Der Vollmond spiegelte sich in Ilysas blindem Auge. Es sah fast so aus, wie wenn ein Reh von einem Autoscheinwerfer geblendet wird. Das Licht reflektierte. Aber dieser Vergleich traf es nicht ganz richtig. Ilysa hatte sich in eine leichte Trance versetzt und sie war mir verdammt unheimlich. Ich führte sie an der Hand und Cormag achtete auch auf ihre Schritte, damit sie nicht stürzte. Wir waren jetzt schon seit drei langen Stunden im Lonely Vale unterwegs. Mir war kalt. Ich wunderte mich nicht mehr darüber, dass dieses Tal im Ruf stand, Menschen verschwinden zu lassen. Es gab hier keine richtigen Wege, dafür aber so manchen Abgrund. Cormag trug eine große Taschenlampe, in deren Lichtkegel wir einigermaßen sehen konnten, wohin wir unseren Fuß setzten.

Ilysa hatte bisher nur kleinere Wildtiere, einen Regenbogen, Schneewehen, einen Schafhirten mit Herde, Galloways und zuletzt einige Minenarbeiter gesehen, die zu einer Holzhütte humpelten. Mit ihrem Mond-Auge blickte sie durch die Zeitläufte. Sie beschrieb die Szenen aus der Vergangenheit eindringlich. Die Männer sahen sehr mitgenommen aus, verdreckt, mit vor Schreck geweiteten Augen. Es musste in ihrer Zeit gerade etwas Aufwühlendes geschehen sein. Vielleicht der Einsturz der Mine? Ilysa deutete auf die Stelle, wo sie die Hütte sah. Doch Cormag und ich sahen nur noch einen eingestürzten, steinernen Kamin, der von Ginster überwuchert war. Es war faszinierend, sie konnte offenbar wirklich mit ihrer medialen Sicht durch die Zeit reisen. Langsam drehte sie sich im Kreis. „Da!" Sie streckte ihren Arm aus und deutete auf eine Felswand in einiger Entfernung. „Ich sehe eine Frau, etwa Ende Zwanzig. Sie kratzt etwas vom Stein ab. Es sieht aus wie Moos. Nein. Eher wie eine Flechte. Sie schabt das Zeug mit einem Messer in eine Papiertüte. Sie sieht aus wie Tibby, aber nicht so fett. Und ihre Haare sind schwarz, nicht kupferrot."

Ich presste wütend meine Lippen zusammen. Selbst wenn sie in Trance war, konnte sie mich nicht leiden. So fett war ich nun auch wieder nicht! Ich nahm mir vor, Madame Mondträumerin bei der nächstbesten Gelegenheit auf die Nase fallen zu lassen und hielt ihre Hand nur locker. Cormag fasste den Beschluss, dass es an der Zeit sei, umzukehren. Es nützte mir nichts, dass ich dagegen aufbegehrte. Immer öfter zogen dicke Wolken über den Nachthimmel und verdeckten den Mond, sodass Ilysa aus der Trance fiel. Sie machte sich schnell von meiner Hand los, was mir nur recht war. Aber ich war ihr auch dankbar, dass sie ihre Gabe für mich einsetzte und sich die Nacht um die Ohren schlug. Die Frau mit den schwarzen Haaren, das musste doch meine Urgroßmutter gewesen sein!

„Sagtest du nicht, deine Ahnin hätte etwas von Heilpflanzen verstanden? Ich glaube, Ilysa hat hier wirklich eine Entdeckung für dich gemacht, denn die Flechten, die hier immer noch wachsen, haben wirklich Heilkraft. Ich setze sie auch manchmal ein."

Cormag gähnte gewaltig und taumelte etwas vor Müdigkeit. Er hatte die letzte Nacht und den Tag bei seinem Nachbarn Finlay gewacht, bis dieser seinen letzten Atemzug getan hatte. Und nun verzichtete er schon wieder auf seinen Schlaf, weil er mir helfen wollte, das Schwert zu finden.

„Ich habe ein Apothekerbuch von ihr geerbt. Vielleicht steht in den Rezepturen etwas von den Flechten. Das habe ich nur flüchtig angeschaut, darum weiß ich es nicht", antwortete ich ihm.

Ilysa schlug den Kragen ihrer Jacke hoch, sie fröstelte. „Können wir endlich zurück in die Hütte? Dolina hat bestimmt Angst, weil sie ganz allein ist."

Cormag gab einen brummenden Laut von sich. „Es war ihre Entscheidung, nicht mitzukommen. Aber wir sollten nun wirklich zurückgehen. Tut mir Leid, Tibby, dass wir keinen Hinweis auf das Schwert bekommen haben. Wir sind hier ganz in der Nähe der alten Mine."

Mir war zum Heulen zumute. Ich war mir so sicher gewesen, dass das Schwert sich finden lassen wollte.

Vielleicht lag der Fehler darin, dass ich mich auf andere verließ? Mir kam der Gedanke, den Spiraltanz zu wiederholen. Aber es war mir peinlich, mich vor Ilysa und Cormag auf diese Weise zu bewegen und zu singen. Missmutig stapfte ich hinter ihnen her. Meine Beine waren schwer und die Füße taten mir weh. Ich war es nicht gewohnt, so weit zu wandern. Die Wolken hatten sich wieder verzogen und es wurde noch etwas kälter. Plötzlich wechselte Ilysa die Richtung. Sie ging hügelauf, beschienen vom Mondlicht, und streckte, oben angekommen, ihren Arm aus.

„Da! Ich sehe ein Kind, ein Mädchen. Es trägt eine rote Jacke und macht mit einer Steinschleuder Jagd auf Schneehasen. Sie ist wirklich geschickt damit. Jetzt stolpert sie und fällt. Ich kann sie nicht mehr sehen. Wo ist sie hin?" Ilysa blickte suchend umher und verschwand dann hinter einem Felsvorsprung.

Cormag packte meine Hand und zog mich hinter sich her. „Ilysa, warte! Es ist doch so dunkel, das ist viel zu gefährlich, warte doch!" Als wir sie gefunden hatten, starrte sie vor sich hin. Ihre Arme hatte sie eng um ihren Körper geschlungen. Sie fühlte sich sichtlich unwohl.

„Was siehst du?"

Ilysa flüsterte: „Ich sehe ein schwarzhaariges kleines Mädchen mit großer Familienähnlichkeit zu Tibby. Der Schneehase liegt tot zu ihren Füßen. Sie ist eben aus einer Art Höhle herausgeklettert und hält einen kleinen roten Stein zwischen Daumen und Zeigefinger."

Cormag legte ihr seine Hand auf die Schulter. „Und warum fürchtest du dich? Ich sehe dir das doch an, irgendwas stimmt nicht."

Verstört antwortete Ilysa: „Das Mädchen starrt mich an."

***

In dieser Nacht schlief ich schlecht. Genervt wälzte ich mich mitsamt dem Schlafsack umher und störte Dolina und Ilysa. Als der Morgen dämmerte und die beiden schließlich doch in einen tiefen Schlaf gefallen waren, stand ich leise auf und machte mir eine Petroleumlampe an. Ich trug noch die Kleidung vom Vortag und sehnte mich nach einer heißen Dusche. Mir kam die Idee, in Tibbys Tagebuch die Stelle nachzulesen, wo sie den roten Stein gefunden hatte, als sie nach dem Schwert suchte. Es war recht kühl in der Hütte, und so schürte ich möglichst leise das Feuer im Kamin. Dolina schnarchte leise. Es klang ein wenig wie ein Hummelflug. Ich setzte mich auf ein Kissen vor die Feuerstelle und öffnete das Buch, überflog es. Das war die Seite! Hier stand es:

* Ich bin jetzt vierzehneinhalb Jahre alt. Wir leben immer noch von den verkauften Bildern und Mamas Näharbeiten. Papa findet keine Arbeit. Er hat ja auch die schlimme Hand. Das Geld geht zur Neige, denn wir kaufen lauter so teures Zeug, damit er sich Farbe machen kann für das neue Bild, das er malt. Es wird sehr schön sein, wenn es erst einmal fertig ist. Hoffentlich finden wir einen Käufer dafür. Er malt einen weißen Tempel im See der königlichen Schwäne, bewachsen mit Blauregen. An die Geschichte kann ich

mich gut erinnern. Sie handelt von dem Tag, an dem der Wasserkobold die Waldbewohner vor der bösen, weißen Leere warnte. Aber auf dem Bild hat Papa noch mehr skizziert. Da ist auch ein großer Baum mit Gesicht und lauter kleine Leute tanzen drumherum.

* Heute bin ich wieder allein in den Bergen gewesen, die das Lonely Vale umschließen. Ich habe mich einfach davongeschlichen. Ich kann das Gezanke nicht mehr ertragen. Einen Hasen habe ich erlegt, dann kommt mal wieder ein guter Braten auf den Tisch in der Apotheke. Großonkel Russel ist ganz alt und dünn geworden. Sein Nachfolger gibt ihm immer einen Stärkungstrank, aber er nimmt die falschen Kräuter. Auf mich hört er nicht! Alasdair Rosehill ist stur wie sonst was. Aber das regt mich nicht so sehr auf wie das, was ich heute erlebt habe. Ich habe endlich einen neuen Eingang zur Mine gefunden! Das Schwert fand ich leider nicht, aber da lag ein schöner roter Stein, den habe ich mitgenommen. Irgendwas ist daran besonders. Als ich ihn hochhob, leuchtete er für einen kurzen Moment auf! Mir war, als könnte ich ein Lebewesen spüren. Draußen. Als ich dann aus der Höhle rauskam, stand in einer Art Nebel eine Frau vor mir. Sie sah unheimlich aus und starrte mich an. Ihr eines Auge war weiß wie Mondlicht. Ich fürchtete mich vor ihr. Dann verschwand sie plötzlich und ich war froh, dass sie mich nicht mitgenommen hat. Vielleicht war das eine Unseelie!

* Großonkel Russel ist gestorben. Er liegt jetzt neben Tantchen Maisie auf dem Friedhof. Papa hat so herrlich gesungen bei der Beerdigung. Selbst der

Kirchenmann hat sich verstohlen eine Träne aus dem Auge gewischt. Ehrlich gesagt, bin ich nicht wirklich traurig. Ich habe den alten Mann wirklich von Herzen gern gehabt, aber ich gönne ihm seine ewige Ruhe im Himmel sehr. Die letzten Wochen waren wirklich hart für ihn. Die meiste Zeit haben Mr. Rosehill und ich uns um ihn gekümmert. Mama hat nämlich einen Großauftrag erhalten. Die Herrschaften von Glenmoran haben eine komplette Garderobe bestellt für die neue Schwiegertochter. Es heißt, sie kommt aus Italien, wo es immer warm und schön ist. Dort wachsen Zitronen und Orangen an den Bäumen. Was sie hier wohl will? Gab es in Italien keinen Mann für sie?

Mein Herz klopfte. Glenmoran! Und erst die Frau mit dem Mondauge - das konnte nur Ilysa sein. Aber ich verstand das nicht. Wenn es damals schon geschehen war, so dass Tibby es erlebt hatte und in ihrem Buch niederschrieb, wieso waren wir dann heute erst ... Nein. Das war falsch formuliert. Ich dachte scharf nach. Konnte es sein, dass Zeit gleichzeitig war? Dass etwas jetzt *und* in der Vergangenheit zur gleichen Zeit geschah, obwohl doch etwa hundert Jahre dazwischenlagen? Vielleicht würde ein Physiker mir das erklären können. Albert Einstein vielleicht. Aber der war im Jahr 1955 gestorben. Am besten nahm ich es einfach so als gegeben hin, verstehen würde ich das sowieso nicht.

Ich lachte leise in mich hinein. Was eine Unseelie war, wusste ich aus den Fairytales. Das war selbst für eine Ilysa kein passender Vergleich. Angespannt wühlte ich in meinem Rucksack nach dem Stein. Wo war er bloß? Ich konnte ihn nicht finden, darum schüttete ich den kompletten Inhalt aus und wühlte darin hektisch herum. Ilysa wachte auf und funkelte mich ärgerlich an. Da kullerte plötzlich der rote Stein zwischen meinen Socken hervor und kam bei Ilysa zum Stillstand. Sie nahm ihn in die Finger und wurde blass. Schweigend hielt sie ihn mir entgegen.

„Mach nicht so einen Krach. Ich will noch schlafen", schnauzte sie mich leise an und drehte sich auf die andere Seite.

Ich zuckte nur mit den Schultern und steckte den Stein in meine Hosentasche. Eigentlich wollte ich ihr für ihren Einsatz letzte Nacht danken - aber dann eben nicht. Kurz entschlossen schlüpfte ich in Schuhe und Jacke und zog die Tür der Hütte möglichst leise hinter mir zu. Ein Seeadler kreiste tief über Cormags Anwesen. Schon wieder! Als ich außer Sichtweite war, fühlte ich mich wie befreit. Ich wusste, was ich zu tun hatte. Leise vor mich hin singend und summend, tanzte ich den Spiraltanz. Energisch rief ich in Gedanken nach dem Schwert und beschwor das Bild herauf, das ich zuhause im Garten gesehen hatte. Ich wiegte meinen Oberkörper im Wind und roch wieder das Salz des atlantischen Ozeans. Die Kraft der Erde drang durch meine Fußsohlen in mich, sie ließ mein Herz schneller schlagen und das Blut pulsieren. Frische Luft erfüllte meine Lungen mit einem herrlichen Prickeln. Ich war so wach! Pures Glück durchströmte mich plötzlich und riss den Schleier von meinem Geist und das Schwert erschien in einer neuen Vision. Lachend und siegestrunken machte ich mich auf den Weg. Ich wusste nun mit absoluter Sicherheit, dass das Schwert des Elben genau dort war, wo Ilysa meiner Urgroßmutter in die Augen gesehen hatte.

Es dauerte fast vier Stunden, ehe ich die Stelle wiedergefunden hatte. Zweimal hatte ich mich verlaufen. Am Tage sah alles anders aus. Aber zwischen mir und dem Schwert war nun so etwas wie ein geistiger Rapport. Wie mit einem Magnetsinn ausgestattet, durchwanderte ich das Lonely Vale. Ich fühlte mich weder durstig noch hungrig, obwohl ich an diesem Tag noch nichts zu mir genommen hatte. Schließlich erklomm ich den letzten Hügel und fühlte das Schwert so deutlich in mir, dass ich quasi die Umrisse des Schwertes in der Dunkelheit der verborgenen Höhle sehen konnte. Es rief mich ohne Worte, es gierte förmlich nach mir. Und ich nach ihm! Hinter einem Ginster entdeckte ich einen breiten Spalt im Fels und schob mich nach innen durch. Ich fand mich in einer Art Höhle wieder, die aber doch mehr wie ein halbverschütteter Stollen wirkte. Von oben drang etwas Licht durch einen Spalt. Im Lichtkegel schwebte Staub in geordneter Bahn. Knorrige Wurzeln suchten oben unter der Decke Halt im Stein. Meine Augen gewöhnten sich an das Zwielicht, und dann sah ich es. Unter Aufbietung all meiner Kräfte zog ich es aus dem Steinhaufen und riss Geröll mit heraus. Dabei zerstörte ich ein Spinnennetz und ich sah aus dem Augenwinkel, wie eine monströs fette, schwarze Spinne eiligst das Weite suchte. Das Schwert war mit Steinstaub und

Spinnweben überzogen. Ein metallener Drache bildete die Griffschale, der Kopf war der Knauf. Unter der Schmutzschicht leuchtete schwach ein bläuliches Licht im oberen Teil der Klinge. Ich wischte mit meinem Ärmel das Gröbste ab. Meine Hände zitterten. Da war eine Art von Leben in dem Schwert! Ein leises Grollen stieg aus den Tiefen der Erde nach oben. Meine Knie wurden weich. Der Ton steigerte sich und ich fühlte ein leichtes Schwanken. Die Anstrengung war wohl doch zu groß gewesen, dachte ich. Plötzlich fühlte ich eine heftige Angst. Dann wollte ich nur noch raus ans Tageslicht. Doch ich schaffte es nicht. Das letzte was ich hörte, war ein Knirschen im Stein.

Kapitel 12 – Das weiße Marmorgefängnis

Adler schwebte über mir. Seine gewaltigen Schwingen fachten ein Feuer an, das mich durchdrang. „Fürchte dich nicht, dies ist dein Lebensfeuer", hörte ich ihn sagen. „Ich entfache es neu." Ich sah und fühlte dies. Doch wusste ich nicht, wer ich war. Oder was ich war! Ich war das Wesen, dessen Lebensfeuer zu erlöschen drohte. Ich war das Wesen, das Adlers Gesang hörte. Jede einzelne seiner herrlichen, funkelnd weißen Federn verursachte einen Klang. Zusammen ergaben sie das Lied des Lebens … Ich war zufrieden mit dem, was war. Was ich war, schwebte. Was da schwebte, war ich und es war mir genug. Meine Existenz schien mir vollkommen zu sein. Es war angenehm, leicht. „Ich führe dich jetzt zurück in die mittlere Welt", hörte ich Adler sagen, aber ich wollte nicht weg von hier! Doch er drückte mich erbarmungslos hinab. Es wurde immer enger und kälter. SCHMERZ! Warum tat Adler mir das an? Ich hörte erneut, wie er zu mir sprach, aber ich war schon zu weit entfernt. Ich sank. Immer tiefer. Mein Lebensfeuer nahm ich mit.

Von einem Moment zum anderen setzte mein Bewusstsein wieder ein. Was ich zuerst sah, war eine Zimmerdecke. Offenbar lag ich flach. Meine Sicht war verschwommen. Auch Geräusche drangen nur zögerlich zu mir durch. Dann fühlte ich einen Körper - meinen Körper? Meine Lider fielen wieder zu, das Licht blendete mich zu sehr. Müde! Ich war wirklich sehr müde. Wollte mich zurückgleiten lassen in die samtene Schwärze, aus der ich gekommen war. Aber etwas störte mich dabei. Mit einiger Mühe erkannte ich ein drückendes Gefühl an meiner Schulter. Jemand stupste mich energisch und rief meinen Namen. Ich hatte einen Namen?

„Tibby! Wachen Sie auf, junge Dame!"

Verärgert riss ich die Augen auf und war tatsächlich wach und präsent. Verwirrt schaute ich in schwarze Augen. Ich kannte den Mann nicht. Was fiel ihm ein, in mein Zimmer zu kommen und an meiner Schulter zu rütteln?

„Na also, willkommen in der Welt der Lebenden! Sie haben uns vielleicht Sorgen gemacht. Schauen Sie mal, wer hier ist."

Lächelnd trat der Mann in der weißen Kleidung von meinem Bett zurück und machte einer anderen Person Platz. Sie sah müde aus und hatte verweinte Augen. *Mama!*

„Mama, was ist denn hier los, was will dieser Mann von mir?" Ich sah jetzt, dass ich gar nicht zuhause war. Alles war fremd.

„Tibby, mein Liebes. Gott, was bin ich froh, dass du endlich aufgewacht bist."

„Habe ich denn geschlafen?"

„Du warst neun Tage im Koma! Seit drei Tagen sitze ich hier an deinem Bett. Du hattest einen Unfall. Ich werde das Reiseunternehmen verklagen, das schwöre ich dir. Wie konnten die dich da alleine in die Berge gehen lassen? Und überhaupt, *Schottland*!"

Was für ein Reiseunternehmen? Richtig. Jetzt erinnerte ich mich wieder. Ich hatte meine Mutter angelogen und ihr was von einer Bildungsreise nach Northumberland erzählt.

Ich war in Schottland?

Und dann kam schlagartig die ganze Erinnerung zurück: Das Schwert! Ich hatte es gefunden und dann brach alles über und unter mir zusammen. Wo war es?

Ich setzte mich ruckartig auf und wollte im Zimmer danach suchen, aber mir wurde sofort schwindelig. Dann sah ich, dass ich am Tropf hing.

Der Mann in der weißen Kleidung räusperte sich vernehmlich und drückte mich sanft, aber bestimmt, in die Kissen zurück. „Junges Fräulein, Sie bleiben vorerst liegen. Ich bin Dr. Pembroke, der Stationsarzt. Ich werde Sie jetzt untersuchen. Mrs. Rosehill, würden Sie uns bitte eine Weile allein lassen? Ihre Tochter braucht noch viel Ruhe. Über zu verklagende Reiseunternehmer können Sie wirklich später sprechen."

„Wie Sie meinen", entgegnete Mutter pikiert. „Tibby, ich gehe für eine Weile in die Cafeteria. Soll ich dir etwas mitbringen? Schokolade, Chips?"

„Nein danke, Mama. Ich esse sowas nicht mehr."

Sichtlich irritiert verließ sie den Raum. Mir wurde in dem Moment bewusst, wie lange schon ich nicht mehr in kindlicher Zärtlichkeit ‚Mama' zu ihr gesagt hatte. Es war mir jetzt wie selbstverständlich über meine Lippen gekommen.

Als der Arzt mich schließlich auch allein gelassen hatte, wusste ich über meinen Zustand bestens Bescheid. Leichtes Schädel-Hirn-Trauma und einige böse Prellungen am unteren Rücken und den Beinen. Außerdem war mein Körper stark unterkühlt und ‚ausgetrocknet' gewesen. Er benutzte ein seltsames Wort dafür, irgendwas mit Egg-sick... und -kose, wie Ärzte eben so reden. Alles in allem hatte ich viel Glück gehabt. Es war eine Art Erdrutsch gewesen, der den Minenschacht zum Einsturz gebracht hatte. Möglicherweise ein leichtes Erdbeben. Was ich denn dort gewollt hätte? Naja. Darauf hätte ich ihm wohl schlecht eine ehrliche Antwort geben können.

Ich schloss meine Augen. Nach einer Weile ließ der enorme Schwindel nach. Dafür setzten leichte Kopfschmerzen ein. Was sollte ich nur tun? Ich konnte nichts tun! Aber meine Sachen, wo waren sie? Mein Rucksack, meine Bücher, meine Reisetaschen - vor allem: Was war aus dem Schwert geworden? Und: Wie war ich hierher gekommen, wo auch immer das war – ‚hier'. Wusste Tosh, dass ich im Krankenhaus lag? Wer hatte mich gerettet? Ich gab mir Mühe, mich zu beruhigen und atmete möglichst rhythmisch ein und aus. Ich glitt in einen Dämmerzustand. Da war doch etwas mit Flügelrauschen gewesen, irgendwas mit einem Adler hatte ich vorhin geträumt. Er hatte zu mir gesprochen, aber was? Ich versuchte mich zu erinnern, doch die Gedankenfäden schwebten wild umher und es gelang mir nicht, einen davon lang genug festzuhalten, damit ich ihn betrachten und verstehen konnte. Die Tür zu meinem Zimmer wurde vorsichtig geöffnet. Das holte mich aus dem Reich zwischen Schlaf und Wachheit zurück. Ich hörte Schritte und ein Rascheln von

Kleidung, doch ich wollte, erschöpft, wie ich war, Mutter jetzt weder sehen, noch sprechen. So tat ich, als ob ich schliefe.

„Tibby, Liebes? Bist du denn wach?", wisperte eine Altfrauenstimme.

Charlotte!

Überrascht machte ich meine Augen auf. Mit ihr hatte ich wirklich nicht gerechnet. Lady Annella stand auch im Zimmer und schaute mich freundlich besorgt an.

„Ja, es geht mir gut. Ich hatte nur meine Augen etwas zugemacht. Mein Nacken ist allerdings furchtbar steif. Der Arzt war gerade hier."

„Kind, was machst du nur für Sachen!"

Charlotte hatte dicke Tränen in den Augen.

„Du solltest doch nach Hause fahren! Stattdessen läufst du in den Bergen herum und lässt dich auch noch von Felsen fast erschlagen. Ich bin ja so froh, dass du noch lebst. Das hätte ich mir nie verzeihen können, wenn du dort umgekommen wärest. Tosh hat uns alles erzählt."

Sie zog sich einen Stuhl heran und setzte sich neben mich. Lady Annella rückte nach und stand am Fußende und legte mir Blumen und eine Keksschachtel auf die Zudecke.

„Miss Tibby, ich mache mir Vorwürfe, dass ich Sie weggeschickt habe. Bitte verzeihen Sie mir meine Ungastlichkeit. Wir wären auch schon eher an Ihr Krankenlager geeilt, aber wir kamen erst gestern von unserer Zugreise zurück. Aber nun sind wir hier. Können wir irgendwie behilflich sein?"

Bevor ich antworten konnte, ging erneut die Tür auf und Mutter betrat mit einem Tablett, auf dem sie zwei Kaffeetassen balancierte, die Bühne. Was dann folgte, war ganz großes Theater. Es hätte Shakespeare zur Ehre gereicht. Die Kurzfassung ist: Mutter schmiss die Ladies kurzerhand raus, schrie was von Anwälten, verhängte ein völliges Besuchsverbot für ihre minderjährige Tochter, nannte mich eine Verräterin und Lügnerin, bekam dann selber von der Klinik Hausverbot, weil sie auch noch mit irgendwelchen Gegenständen nach Charlotte und Annella geworfen hatte – und ich, ich bekam eine starke Beruhigungsspritze verabreicht!

***

Achtzehn Tage später war ich transportfähig. Mutter hatte einen Chauffeur samt Limousine gemietet und auch eine Krankenschwester als Begleitung organisiert. Das war aus meiner Sicht völlig übertrieben, aber ein Teil von mir war auch froh darüber. Reich zu sein, hatte unbestreitbar seine Vorteile. Die Fahrt dauerte sehr lang, mit Pausen waren wir gut zwölf Stunden unterwegs. Ich war unendlich traurig. Die Klinik hatte sich an das Besuchsverbot für mich gehalten und so hatte ich keine Chance, mich von Tosh oder den anderen zu verabschieden. Mutter hatte mir auch Telefon am Bett verboten und mich völlig isoliert. Was sollte nun werden? Ich konnte nicht einfach so in mein altes Leben zurückkehren, in meinem Zimmer hocken, Blumen gießen und auf den Ritter in der weißen Rüstung warten. Jetzt nicht mehr!

Mafalda war es, die mich am späten Abend zuhause empfing. Meine eigene Mutter hatte es nicht für nötig befunden, anwesend zu sein. *Geschäftliches*, sagte Mafalda, *du weißt ja, wie sie ist,* und nahm mich in die Arme. Der Chauffeur hatte mein Gepäck ins Haus getragen und sich verabschiedet. Die Krankenschwester würde noch, zu meiner Sicherheit, eine Nacht bleiben, erklärte Mafalda. Ich war so froh, dass ich wenigstens alle meine Sachen wieder hatte. Der Rucksack, die Reisetaschen – alles war vollständig. Sogar den Halbedelstein, den ich in meiner Hosentasche gehabt hatte, fand ich in einem Seitenfach des Rucksackes vor. Die Hose allerdings war nicht mehr zu retten gewesen, aber ich hatte ja mehr als genug davon.

Mein Zimmer empfing mich herzlich. Meine Pflanzen sahen etwas kümmerlich aus, obwohl die Erde im Topf ausreichend befeuchtet war. Mafalda hatte sich um alles gekümmert, die treue Seele. Auch meine Geckos waren in ihrem Terrarium und hatten auf ihrem Tellerchen Obstbrei liegen. Zwei Heimchen krabbelten munter auf den Zweigen und Blättern umher. Die Geckos schienen satt zu sein.

Mafalda brachte mir einen Teller dampfende Suppe. Ich roch das Entenfleisch in der Reisbrühe, die Kirschen und Cashewkerne machten mir Appetit. Gerührt bedankte ich mich bei unserem Hausmädchen, denn sie hatte mir mein Lieblingsessen gekocht. Die Krankenschwester zog sich nach einem kurzen Gespräch mit mir in das Gästezimmer zurück.

„Gute Nacht, Jenna", rief ich ihr dankbar hinterher. „Schlafen Sie gut. Ich werde Sie bestimmt nicht brauchen."

Dann wandte ich mich wieder der Person zu, die für mich so unendlich viel mehr war als nur ein Hausmädchen.

„Mafalda, ich habe eine Bitte an dich. In der Seitentasche des Rucksacks ist ein roter Stein. Würdest du ihn bitte gleich Morgen zum Juwelier bringen? Ich möchte, dass aus ihm ein Kettenanhänger gemacht wird."

„Sicher, für dich tu ich doch alles, mein Mädchen. Du willst jetzt bestimmt deine Ruhe haben. Schlaf gut. Ich ziehe mich jetzt in meine Mansarde zurück."

Ich nickte und begann, die Suppe zu löffeln.

„Tibby?"

„Ja?"

„Schön, dass du wieder daheim bist."

***

Am nächsten Morgen erwachte ich ausgeruht. Im eigenen Bett zu schlafen ist eine Wohltat. Entspannt ließ ich meine Blicke schweifen. Alles stand oder hing an seinem Platz. Da war der Harfendrache mit seinen lila Haaren, albern wie eh und je. Mein Kuscheldrache lag im Sessel. Die Drachenuhr sagte mir, dass es schon 9.30 Uhr war und ich ein Langschläfer. Der Wikingerdrache röstete immer noch seine Marshmallows über dem Feuer. Mein Drache aus Messing war verstaubt. Die Pflanzen hatten sich über Nacht erholt. Offenbar hatte ihnen nur meine Gegenwart gefehlt. Ich räkelte mich zufrieden und stand auf.

Mein Bücherregal sollte jetzt Zuwachs bekommen. Liebevoll ordnete ich die geerbten Magiyamusa-Fairytales ein und war stolz und glücklich, die Reihe vollständig zu haben. Das Tagebuch von Tibby legte ich auf mein Bett. Der rote Tartanstoff, in dem es eingeschlagen war, gefiel mir sehr gut. Ich wollte noch etwas darin weiterlesen, bevor ich zum Frühstück hinunterging. Aus der Kiste, die Charlotte mir gebracht hatte – mein Geburtstag schien in weiter Ferne zu liegen – nahm ich die Zeichnungen von Fearghas und pinnte sie an die Wand. Da fiel mir die Urkunde wieder ein, die hatte ich ja noch gar nicht richtig in Augenschein genommen. Ich setzte mich aufs Bett und entrollte sie vorsichtig.

In dem Moment hörte ich Mutters Stimme, sie gab Mafalda eine Anweisung. Ihre Schritte kamen nun immer näher. Meine Handflächen wurden feucht. Und da öffnete sie auch schon meine Tür, ohne anzuklopfen.

„Tibby, ich wollte sehen, wie es dir geht. Leider konnte ich gestern nicht rechtzeitig nach Hause kommen."

Zu meiner Überraschung strich sie mir in einem Anflug von mütterlicher Zärtlichkeit über meine Haare und setzte sich neben mich.

„Es geht mir gut. Ich habe auch fest geschlafen. Danke für den Wagen gestern, der war sehr bequem."

„Nicht dafür. Du bist mein einziges Kind. Ich will das Beste für dich. Habe ich schon immer gewollt."

Dann schwiegen wir beide. Verlegenheit machte sich breit. Mutter ließ ihre Blicke schweifen. Die

Falten um ihren Mund herum wurden immer schärfer, je länger sie sich in meinem Zimmer umsah, und da wurde mir schlagartig klar, welch schrecklichen Fehler ich gemacht hatte.

„Was sind das für Bilder? Und diese Kiste da? Das ist doch …?"

Mutter stand auf und nahm die Kiste näher in Augenschein. Ängstlich sah ich zum Regal, was wiederum ein Fehler war, doch ich war längst in Panik geraten. Ihre Augen folgten meinem Blick zu der nunmehr vollständigen Bücherreihe der Magiyamusa-Fairytales und den verräterischen Zeichnungen an der Wand.

„Diese Schlange!", zischte Mutter. „Charlotte hat dir das alles gegeben, nicht wahr? Sie war es! Dafür bringe ich sie ins Gefängnis. Das schwöre ich. Hat sie dich vielleicht nach Schottland mitgenommen? Warst du etwa mit ihr dort und gar nicht auf Bildungsreise? Antworte!"

Wie konnte ich Tantchen Charlotte in Schutz nehmen? Mir fiel nichts Besseres ein als zu antworten, dass ich sehr wohl auf Bildungsreise gewesen wäre und dort, in den Highlands, Glenmoran besichtigt hätte. Das war ja nicht gelogen. Und zufällig wäre Charlotte bei dieser Lady Annella of Moran zu Besuch gewesen.

Mutter lief rot an. „Lüg mir nicht frech ins Gesicht! Das ist wohl etwas zu viel des Zufalls, nachdem du in den Besitz dieser Kiste gelangt bist. Eigentlich dürfte sie gar nicht mehr existieren. Ich hatte deinen Vater gebeten, sie zu vernichten. Zu deinem Schutz!"

Gebeten? Jetzt wurde auch ich wütend.

„Von wegen, du hast ihn darum gebeten. Angeschrien hast du ihn! Vor der ganzen Belegschaft hast du ihn blamiert. Immer willst du alles bestimmen! Vater wollte mir die Kiste zu meinem zwölften Geburtstag schenken, aber du hast es verboten. Warum? Das ist doch mein Erbe, meine Urgroßmutter wollte, dass ich es bekomme!"

„Das hat Charlotte dir erzählt."

„Ja zum Teufel! Sie hat es mir gesagt, und zwar an meinem achtzehnten Geburtstag, als du dich mit deinem aktuellen Lover in der Karibik vergnügt hast. Sie kam hierher, obwohl du sie mit so einem blöden, richterlichen Erlass behaftet hattest. Ich weiß jetzt alles! Und du wirst mir das nicht wegnehmen, das ist alles, was meinem Leben noch einen Sinn gibt! Ich bin eine Erdsängerin, wie meine Urgroßmutter. Ich hatte schon immer diese Gabe. Aber du hast mir ja auch das kaputtmachen wollen!"

„Soll ich dir sagen, warum?"

Mutter begann, die Zeichnungen von der Wand zu reißen und zerfetzte sie in kleine Stücke. Entsetzt ließ ich den Kopf hängen und rührte mich nicht vom Fleck. Meine ganze Kraft floss aus mir heraus, so als wäre ich wieder das kleine Mädchen, das auf dem Arm seines Vaters bitterlich weint und zu der alten, dicken Erden-Mama will.

„Weil du nicht die erste Erbin der sogenannten Erdsängerin bist. Dein Vater hat eine Schwester, von der du nichts weißt. Sie hat auch Stimmen gehört und Dinge gesehen, die es nicht gibt. Hat von Geistern gefaselt und konnte bald nicht mehr unterscheiden zwischen der Wirklichkeit und ihrem Wahn. Diese blöden Bücher haben das alles nur verstärkt. Diese lachhaften Märchen von Feen und Feuerelben und Göttern der Anderwelt! Niedergeschrieben von einer Närrin! Alles nur Humbug. Und du, du bist ganz genauso wie deine Tante! Auch so eine Verrückte. Schon als kleines Mädchen. Und du warst so ein niedliches Kind! Alle haben mich um dich beneidet. Warum habe ich dich wohl ärztlich behandeln lassen? Damit du nicht das Schicksal deiner Tante Amber teilen musst – sie war in der Psychiatrie, für den Rest ihres erbärmlichen Lebens! Willst du das? Sag, willst du das für dich?"

Folge nicht Ambers Spuren ... hatte Charlotte geflüstert. Jetzt verstand ich alles besser. Aber ich war nicht verrückt. Niemand durfte das über mich sagen, auch nicht meine eigene Mutter. Erst recht nicht meine eigene Mutter! Niemals wieder würde sie mir meine Gabe nehmen. Ich wusste, dass alles Wahrheit war, denn ich hatte das Drachen-Schwert in meinen eigenen Händen gehalten. Ich richtete mich auf, straffte meine Schultern.

„Was ich will, ist mein Erbe. Und meine Freiheit."

„Freiheit? Dann geh doch! Hau ab, wenn du meinst. Du kannst doch nicht mal arbeiten gehen, verwöhnt und dick, wie du bist. Außerdem bist du minderjährig. Die Polizei würde dich doch nur wieder nach Hause bringen. Aber vielleicht habe ich ja nun endgültig die Nase voll von dir? Ich kann dich auch in ein Internat stecken, wenn es dir hier nicht passt. Und dein Taschengeld ist auch gestrichen!"

Mutter warf wutentbrannt die Kiste gegen die Wand und zertrümmerte dabei meine schöne Drachenuhr. Sie schnappte sich das Tagebuch vom Bett und rannte damit die Treppe herunter. Ihre hohen Absätze klackerten auf dem Marmor und verursachten mir Kopfweh. Was hatte sie vor? Ich stürzte barfuß hinterher, eine böse Vorahnung hatte mich beschlichen. Atemlos folgte ich meiner Mutter ins Wohnzimmer und sah einen Alptraum – sie warf das Tagebuch in den Kamin! Die Flammen züngelten sofort über den Einband und verkohlten den Stoff.

„Neiiin!"

Sie stellte sich quer vor die Feuerstelle und breitete abwehrend ihre Arme aus. Ein hässlicher, triumphierender Ausdruck auf ihrem Gesicht gab mir den Rest. Ich verlor die Beherrschung und schubste sie mit aller Gewalt beiseite. Mit beiden Händen griff ich in die Flammen und rettete das Buch. Dabei zog ich mir schwere Verbrennungen zu, aber ich war so voll Adrenalin, dass ich das in den ersten Momenten kaum spürte. Ich klopfte die letzten Flammen aus und drückte das Buch wimmernd an mein Herz. Mutter lag stöhnend auf dem Boden. Eine Blutlache breitete sich langsam unter ihrem Kopf aus. Mafalda und Jenna, die Krankenschwester, waren durch den Aufruhr alarmiert herbeigeeilt. Letztere, ganz der Profi, rief sofort einen Krankenwagen und die Polizei. Dann kümmerte sie sich um meine Mutter, die sich am Glastisch den Kopf angeschlagen hatte. Ich zitterte am ganzen Körper und heulte mir die Seele aus dem Leib. Das hatte ich so nicht gewollt!

„Nehmt ihr das Buch weg!", befahl meine Mutter.

Dafür reicht also deine Kraft noch, dachte ich hasserfüllt.

Mafalda rang ihre Hände. „Kind, was hast du nur getan?" Dann lief sie aus dem Raum, um saubere Tücher zu holen. Für mich brachte sie nasse Tücher und Eiswürfel mit, aber ich ließ sie nicht in meine Nähe, aus Angst, sie würde Mutter gehorchen und mir das Tagebuch meiner Urgroßmutter wegnehmen. Auch Jenna ließ ich nicht an mich heran. Ich rutschte auf allen vieren vom Kamin weg, verschmierte dabei Ruß auf dem weißen Wollteppich. Er hatte auch einige hässliche Brandlöcher abbekommen. Die silber-pink-weiße Designerperfektion war dahin. Aus der Ferne hörte ich leiernd den Signalton des Krankenwagens, gefolgt von einer Polizeisirene. Und dann ging alles ganz schnell, und doch sah ich es wie in Zeitlupe. Der Notarzt versorgte meine immer noch blutende Mutter, die ganz blass geworden war. Einer der Polizisten wollte, dass ich vom Boden aufstehe. Er hielt mir freundlich die Hand hin, aber ich schrie aus Leibeskräften, er solle sich zum Teufel scheren. Dann griff ich nach dem Brieföffner, der funkelnd auf dem flachen Couchtisch lag, ein wirklich spitzes Ding. Ich hielt ihn mir an die Kehle. Bei allen Göttern der Anderwelt schwor ich, dass ich mich eher umbringen würde, als das Buch herzugeben oder auch nur noch eine Minute länger in diesem elenden, weißen Marmorgefängnis zu bleiben.

Das Ende vom Lied war, dass die Männer mich mit schierer Gewalt überwältigten, der Arzt rammte mir eine Beruhigungsspritze in den Oberschenkel, und dann erschlafften meine Muskeln. Ich wurde auf eine Trage gelegt und fixiert. Wie aus weiter Ferne hörte ich, dass ein zweiter Krankenwagen angefordert wurde. Sie brachten mich fort. Es musste mir niemand sagen, wohin. Ich wusste, ich folgte jetzt doch Ambers Spuren.

Kapitel 13 – Die unterste Schicht der Pralinen

Es war wie früher. Mein Geist war in ein biochemisches Gefängnis gezwängt worden. Anstelle von Abenteuerlust und funkelnder Lebensfreude war da nur noch graue Watte im Hirn. Mein Haar war stumpf geworden. Ich war gefangen in einer mittelschweren Depression. Gehorsam fügte ich mich in den strukturierten Tagesablauf der Station. Der einzige Lichtblick war, dass ich neulich aus der geschlossenen Abteilung auf die Offene Station verlegt worden war. Ich galt nicht mehr als ‚suizidal' und hatte auch nicht den Stempel ‚gewalttätig' bekommen. Ein einmaliger kräftiger Stoß im Affekt reichte dafür wohl nicht. Ab heute sollte ich an der Ergotherapie teilnehmen. Ich begrüßte das. Alles war besser, als ständig nur rumzuhängen und den anderen Irren aus dem Weg zu gehen. Mir war durchaus bewusst, dass es von mir gemein war, die Mitpatienten als ‚Irre' zu bezeichnen, doch es tat mir gut, mich in Sarkasmus und Bitterkeit zu flüchten. Ehrlich gesagt, begann ich an mir zu zweifeln. Vielleicht war ich ja doch wahnhaft gewesen? Gab es möglicherweise das Schwert und Gäa und das alles nur in meiner Vorstellungswelt? Am Ende hatte ich wirklich durch das eigenwillige abrupte Weglassen der Psychopharmaka eine echte Psychose erlitten. Das jedenfalls war es, was der Stationsarzt dachte. Hinzu kam noch mein Zustand nach einem leichten

Schädel-Hirn-Trauma, wie er sagte. Alles in allem: Mir ging es richtig mies.

Die Tür zum Therapieraum stand weit offen. Hier wurde gesägt, gehämmert, Körbe wurden geflochten. Lauter solche Sachen eben. Unschlüssig blieb ich im Türrahmen stehen.

„Kommen Sie doch herein, Miss Rosehill", begrüßte mich die Diensthabende. „Mein Name ist Megan. Schauen Sie sich ruhig erst um, was wir hier so machen. Heute ist am Töpfereitisch im Nebenraum noch viel Platz. Mögen Sie gern mit Ton arbeiten?"

Ich zuckte mit den Schultern. Früher in der Schule hatte ich es gern gemacht, ja. Wir Lernbehinderten sollten uns praktisch betätigen können und pädagogisch wertvolle Erfolgserlebnisse haben. In meinem Fall hatte es funktioniert. Ich war wirklich geschickt mit den Händen. Das Korbflechten sah allerdings auch interessant aus. Aber die Peddigrohr-Gruppe saß dicht neben dem Raum, in dem gesägt und gehämmert wurde. Das war mir zu laut. Vor allem das Kreischen der Säge zerrte an meinen Nerven.

„Megan, ich würde gern töpfern."

Sie lächelte mich freundlich an und reichte mir einen Kittel aus Papier. „Ich stelle Sie den anderen Patienten vor." Megan ging voraus und ich folgte ihr. Vielleicht würde dieser Vormittag ja doch ganz nett werden.

„Leute, ich bringe euch eine Neue. Ihr Name ist Isabell Rosehill. Bitte kümmert euch um sie und zeigt ihr, wie man mit Ton arbeitet. Miss Rosehill, das hier sind Peter, Mia, Ruben, Grace, Jonny und Dolina. Zwischendurch werde ich mal reinschauen."

„Tibby! Was machst du denn hier?" Überrascht hielt Dolina in ihrer Arbeit inne.

„Sie kennen sich? Das macht es doch gleich viel einfacher." Megan schaute interessiert zwischen mir und Dolina hin und her.

Und ich, ich brach in Tränen aus.

***

Anstelle der Beschäftigungstherapie durfte ich mit Dolina im Klinikgarten einen Spaziergang machen. Megan hatte sich damit einverstanden erklärt, nachdem Dolina ihr versichert hatte, dass es ihr selber gut ginge und dass wir tatsächlich sowas wie Freundinnen waren. Wir mussten nur in Sichtweite bleiben. Ich heulte drei Taschentücher nass. Danach war ich total entspannt. Ich bekam zwar Kopfschmerzen, aber was war das schon gegen die Freude, eine Vertraute in der Klinik vorzufinden.

„Wieso bist du in London, Dolina? Und warum hier in dieser Klinik? Hat Cormag dir nicht helfen können?"

„Doch, wir haben meinen Kraftgesang gefunden. Aber das sollen die hier nicht wissen, okay? Ich hatte dir ja erzählt, Daddy ist reich. Er kann sich die besten Privatkliniken leisten, und das Torrington Hospital gehört zu den angesehensten in ganz Britannien. Die Zeit bei Cormag habe ich ihm abgetrotzt. Und jetzt hofft er, dass man hier was gegen meine Ängste machen kann. Zur Not würde er mich auch auf den Kontinent schicken, glaube ich."

„Man könnte also sagen, sie haben dich hier zur weiteren Reparatur abgegeben."

„So ungefähr."

Dolina zuckte anmutig mit ihren zarten Schultern. *Tanzendes Reh*, hatte Tosh sie genannt, das passte wirklich zu ihr.

„Und du? Wie ist es dir nach deinem Unfall ergangen? Ich war so schockiert, als ich hörte, was dir passiert ist. Ich durfte ja nicht mit, dich suchen helfen. Aber Cormag und Tosh haben mir später alles erzählt."

„Was haben sie dir gesagt? Im Grunde weiß ich selber nichts. Außer, dass der Stollen über mir zusammengebrochen ist, als ich das Schwert gefunden hatte. Zumindest glaubte ich, ich hätte was gefunden. Jetzt bin ich mir nicht mehr sicher, weil die hier sagen, dass ich psychotisch bin."

„Das kann ich dir leider nicht genau sagen. Irgendwie hatte Cormag eine Ahnung gehabt, wo du sein könntest, als wir merkten, dass du verschwunden warst. Cormag hat dich in seine Hütte getragen, den ganzen weiten Weg. Ilysa hat er dann nach Glenmoran Castle geschickt, weil da das nächste Telefon ist. Tosh war zuhause und hat die Bergwacht sofort verständigt. Sie haben dich mit einem Rettungshubschrauber nach Inverness geflogen."

Dolina winkte Megan zu, die durchs Fenster prüfend zu uns herüberschaute. Dann hakte sie sich bei mir unter und führte mich zu der Sitzbank an der Haselnusshecke. „Ich weiß, dass Megan von den

Lippen lesen kann, also lass uns lieber etwas weiter weg gehen", raunte sie.

„Sie kann was? Woher weißt du das?", fragte ich erstaunt.

„Ich bin nicht zum ersten Mal hier."

Ich strich zärtlich über die Blätter der Haselnuss. Die Nüsse waren fast reif.

„Sag mal, Dolina, darf ich dich was fragen?"

„Sicher."

„Warum bist du so, wie du bist? Okay, die Frage klingt jetzt ziemlich blöd, aber ..."

„Aber ich weiß schon, was du meinst. Das ist in Ordnung, ich sage es dir. Ist ja auch kein Geheimnis, das stand damals in allen Zeitungen. Meinem Daddy gehören unter Anderem fette Aktienpakete. Er ist Großindustrieller. Als ich vierzehn Jahre alt war, bin ich entführt worden. Sie haben ein Erpresserschreiben geschickt und drei Millionen Pfund gefordert. Eine Million für jeden. Es waren wirklich böse Männer, sie haben mich im Dunkeln eingesperrt und hungern lassen. Manchmal holten sie mich heraus. Und dann ... taten sie Dinge mit mir. Widerwärtige Dinge. Sie haben mich nach zwei Wochen freigelassen, nach der Geldübergabe. Die Polizei hat alle bis auf einen geschnappt und hinter Gitter gebracht. Und dieser eine, das ist der, den ich so fürchte. Acht Jahre Angst, Tibby. Das macht auch den Stärksten fertig."

Ich nahm Dolinas Hand fest in meine. „Das tut mir so leid, ich finde keine Worte."

„Schon gut. Lass uns das Thema wechseln. Weißt du eigentlich, dass Tosh jeden Tag bei dir in der Klinik war? Er hat behauptet, ihr wäret verwandt. Wie dann alles weiterging, weiß ich nicht. Es war für mich an der Zeit abzureisen."

Sofort schossen mir wieder Tränen in die Augen. Ich vermisste ihn! Und Schottland auch.

„Nein, das habe ich nicht gewusst. Ich weiß nur, dass meine Mutter drei Tage an meinem Bett gesessen hat. Die Klinik muss sie wohl verständigt haben. Dann wachte ich aus dem Koma auf. Unglücklicherweise kamen Charlotte und die Lady Glenmoran zu Besuch, als Mutter aus der Cafeteria in mein Krankenzimmer zurückkam. Das gab ein Heidenspektakel! Du musst wissen, Mutter hatte mit Charlotte eine alte Rechnung offen."

Und dann fing ich wieder an zu heulen. Ich konnte gar nichts dagegen tun. Dolina nahm mich in die Arme und wiegte mich sacht hin und her.

Eine Pflegerin kam und brachte mich auf mein Zimmer. Etwas später kam ein Arzt und gab mir eine leichte Beruhigungsspritze.

***

In dieser Nacht konnte ich nicht gut schlafen. Ich träumte. Doch alles war so verzerrt. Ich sah hässliche Fratzen im Zimmer schweben, hörte Wesen, die mit ihren Krallen unter meinem Bett scharrten. Mein Traum-Ich stand neben meinem Bett und sah hilflos zu, wie mein Körper-Ich ahnungslos im Bett lag und schlief. Dann sah ein drittes Ich, das von oben auf meine zwei anderen Ichs herabschaute, im Raum eine mannshohe Flamme aufzüngeln. Sie vertrieb die Krallenwesen, baute sich dann vor meinem Traum-Ich auf und zischte wütend: *Wehr dich!*

Entsprechend müde war ich, als ich gleich nach dem Frühstück meinen wöchentlichen Gesprächstermin hatte. Dr. Morrison, der Stationsarzt, blickte nicht mal von seinen Notizen auf, als ich den Raum betrat. Ich schlurfte zu meinem angestammten Platz und ließ mich in den bequemen Sessel fallen. Auf dem Tisch stand eine kümmerliche Grünpflanze. Ich spürte sofort, dass sie mehr Licht und kühlere Zimmertemperaturen gebraucht hätte. Und etwas zärtliche Ansprache.

„Wie geht es Ihnen heute Morgen?", eröffnete Dr. Emm, wie ich ihn heimlich nannte, das Gespräch.

Als ich nicht antwortete, blickte er endlich auf.

„Tibby, Sie sehen furchtbar aus, wenn ich das sagen darf. Letzte Woche ging es Ihnen viel besser. Hören Sie wieder die Stimmen?"

„Nein."

„Was ist es dann?"

„Ich vertrage die Medizin nicht, sie macht mir Albträume. Ich will sie nicht länger nehmen."

„Wir könnten etwas anderes ausprobieren. Ganz ohne Medikation wird es nicht gehen."

„Was ist, wenn die Tabletten das eigentliche Problem sind? Damit hat doch alles angefangen, dass es mir schlecht ging. Weil ich schon als Kind so zugedröhnt wurde, verstehen Sie?"

Dr. Emm forderte mich mit einer Geste auf weiterzusprechen. Das war jetzt gar nicht so einfach, denn mir war schon wieder zum Heulen zumute und meine Kehle war plötzlich wie zugeschnürt. Ich nahm mir die Grünpflanze auf den Schoß und streichelte sie. Zwei verkümmerte Kinder von Gäa ... sie und ich.

„Es ist doch so", fuhr ich angestrengt fort. „Ich habe nie jemandem was getan. Als ich klein war, habe ich mit den Elfen gespielt und gesprochen, einfach weil sie da waren! Es war schön, und es war gut. Ich war glücklich. Doch meine Mutter wollte das unterbinden, als ich älter wurde. Ich durfte nicht sein, wie ich bin. Und wenn ich mich dagegen gewehrt habe, wurden die Erwachsenen böse auf mich. Ich bekam Spritzen, die mich müde machten. Eines Tages hatte ich einfach genug davon. Das ist doch mein Leben! Man verbietet doch auch nicht Leuten zu singen oder zu malen, wenn sie das besonders gut können. Und was ich eben gut kann ist, dass ich die Natur sehe, wie wirklich sie ist. Ich sehe und höre einfach mehr als andere Menschen. Das ist doch nichts Schlechtes. Und ich tue keinem was damit zuleide."

„Lassen Sie uns doch mal über den Tag Ihrer Einlieferung sprechen. Was genau ist Ihrem Wutanfall vorausgegangen? Sie waren am Vorabend aus Inverness, wo ihr Schädel-Hirn-Trauma behandelt worden war, nach Hause gekommen. Ging es Ihnen nach dem Transport schlecht?"

Ich schüttelte heftig meinen Kopf. „Nein, es ging mir gut. Ich war so froh, dass ich wieder in meinem Zimmer war, auch darüber, dass Mafalda wieder bei mir war."

„Mafalda?"

„Unser Hausmädchen. Sie hat mich quasi großgezogen. Mutter war wieder nicht da, sie hatte Geschäftliches zu erledigen."

„Verstehe ich das richtig? Sie kommen nach einer lebensbedrohenden Situation heim, und Ihre Mutter nimmt sich nicht die Zeit, bei Ihnen zu sein? Wie ist das Verhältnis zu Ihrer Mutter im Allgemeinen?"

Ich schnaubte durch die Nase. Konnte er sich das nicht denken? Für die arme Pflanze stimmte ich einen kleinen Singsang an. Jedes einzelne Blatt zog ich zärtlich durch Zeigefinger und Daumen.

„Tibby, was fühlen Sie für Ihre Mutter?", insistierte er nach einer Weile.

„Nichts mehr. Sie nimmt mir die Luft zum Atmen, sie nimmt mir das Licht meiner Seele."

„Was glauben Sie, warum sie so handelte, als Ihre - wie soll ich es ausdrücken? - als Ihre große Liebe zur Natur für Sie lebensbestimmend wurde?"

Meine Hände begannen leise zu kribbeln. Mir war, als würde das Grün der Pflanze kräftiger. *Warum Mutter so gehandelt hatte? Das werde ich dir sagen*, dachte ich erbittert.

„Weil sie sich für mich geschämt hat. Ich war nicht *normal*. Ich war nicht mehr *vorzeigbar*. Und sie hat Angst gehabt, weil meine Tante Amber auch diese Gabe hatte. Aber bei Amber lief irgendwas schief, und sie haben sie eingesperrt. Ins Irrenhaus", setzte ich noch provozierend hinzu. „Sie denkt wohl, ich würde auch so enden."

„Können Sie ihr das verübeln?"

„Und wie ich ihr das verübele! Sie hat kein Vertrauen in mich. Andererseits, nun bin ich doch Ambers Spuren gefolgt und bin auch eingesperrt."

„Tibby, das sollten Sie so nicht sehen. Sie sind zu Ihrem eigenen Schutz hier, weil wir Ihnen helfen wollen. Und Ihre Mutter zahlt Tausende von Pfund für Ihren Aufenthalt hier. Sie hätte ihre Tochter auch in eine staatliche Klinik einliefern lassen können."

Verächtlich sagte ich „Pah!"

Dr. Emm schaute mich fragend an.

„Das würde sie als Schande ansehen! Sie hat schließlich einen Ruf zu verlieren", erklärte ich. „Wenn sie mich schon von der Bildfläche verschwinden lässt, dann bitte doch mit Stil!"

„Wie soll es nun weitergehen, was erwarten Sie von der Therapie? Tibby, was genau erhoffen Sie für sich?"

„Ich will einfach nur sein, was ich bin. Ich will mich nicht länger in eine Ecke drängen lassen und vor allem will ich nicht länger bei meiner Mutter wohnen. Ich will mir einen Job suchen."

Der Stationsarzt nickte. „Das sind Ziele, die sich langfristig verwirklichen lassen. Ich werde Sie dahingehend unterstützen, vor allem auch, weil Ihre Mutter sich permanent weigert, den Kontakt mit ihrer Tochter aufrechtzuerhalten. Hatte ich Ihnen eigentlich schon gesagt, dass die Kopfschwarte Ihrer Mutter nur mit ein paar Stichen genäht werden musste? Es sah schlimmer aus, als es war."

Erleichtert lächelte ich. „Ich bin froh, das zu hören. Im Grunde wollte ich ihr auch nichts tun, ich wollte nur mein Buch aus dem Feuer retten."

„Das Buch muss Ihnen viel bedeuten. Ihre Hände sehen inzwischen schon besser aus, aber Sie werden die Brandnarben vielleicht nie wieder los."

„Das Tagebuch ist das Vermächtnis meiner Urgroßmutter. Sie hat es für mich geschrieben, für mich allein. Es bedeutet mir alles! Sie war so wie ich, eine Erdsängerin. Mutter wollte mir auch das nehmen", klagte ich. „Und die Zeichnungen vom Vater der Urgroßmutter hat sie auch zerrissen, bevor sie das Buch ins Feuer warf."

„Tibby, unsere Zeit geht zuende. Wir werden das Gespräch in einer Woche fortsetzen. Über eine Änderung Ihrer Medikation denke ich nach und bespreche das mit dem Chefarzt."

Ich bedankte mich mit einem Lächeln und drückte ihm die Topfpflanze in die Hand. Verdutzt nahm er sie entgegen und wurde eine Spur blasser.

Aus dem kümmerlichen Ding war eine kräftige, knospende Pflanze geworden. Die erste Blüte ging vor seinen Augen auf.

***

Vierzehn Tage später kam Mafalda zu Besuch. Ich sah sie von meinem Fenster aus über den Hof gehen. Bei ihrem Anblick fühlte ich echte Freude. Die neuen Tabletten waren ein Segen. Sie waren nämlich so klein, dass ich sie leicht zwischen der oberen Zahnreihe und der Mulde neben dem Lippenbändchen verstecken konnte, bis das Personal außer

Sichtweite war, und dann spuckte ich sie aus und ließ sie auf Nimmerwiedersehen in der Kanalisation verschwinden. Mittlerweile mussten die Londoner Ratten ziemlich high sein, denn den Trick hatte ich mir von anderen Patienten abgeschaut.

Inzwischen hatte ich eines erkannt: Diese Klinik tat alles für Geld. Sie war nicht nur ein anerkanntes Zentrum für Psychiatrie, sie war parallel dazu auch eine Art Luxus-Gefängnis für unliebsame Minderjährige, deren Eltern reich genug waren, sich ihrer missratenen Brut auf elegante Art zu entledigen. Ich war in eine Wohngruppe eingewiesen worden und hatte das zweifelhafte Vergnügen mit zwei abgemagerten Ex-Junkies, einer manisch-depressiven Inderin, die kein Wort Englisch sprach und einer fünfzehnjährigen Göre, die zur Gewalttätigkeit neigte, zusammenzuleben. Mir war klar, dass ich hier raus musste, und zwar schnell!

Im Besuchsraum schloss ich Mafalda in meine Arme und drückte sie, bis ihr die Luft wegblieb. Ich war gerührt. Sie hatte für mich ihr bestes Kleid angezogen, das dunkelblaue mit den weißen Tupfen, dazu die schwarzen Pumps, die ausgesprochen ungeeignet für ihre Hammerzehen waren.

„Mafalda, du siehst schick aus! Ich bin ja so froh, dass du hier bist!"

„Du ahnst ja nicht, wie sehr ich dich vermisse, Kleines. Deine Mutter hat mich gebeten, dir mehr Kleidung zu bringen. Die Stationsschwester hat angerufen, du hättest zu wenig Nachtwäsche und eine Strickjacke würde dir auch fehlen."

„Komm, setzen wir uns ans Fenster. Und dann erzählst du mir von meinen Geckos und dem Garten, ja?"

Die Diensthabende näherte sich uns. Hier war man nie allein, und schon gar nicht, wenn Besuch da war. Sie bot Mafalda und mir Kaffee und Gebäck an und ließ dieses von der Inderin servieren, die Tresendienst hatte. Jede von uns kam hier mal an die Reihe, das Serviermädchen zu spielen. Schließlich sollten wir uns nützlich machen, um so ein Gefühl für Verantwortlichkeit zu bekommen. Der Besuchsraum füllte sich langsam und die dabei entstehende Geräuschkulisse ermöglichte uns ein einigermaßen privates Gespräch.

„Sieh nur, was ich dir mitgebracht habe." Mafalda strahlte mich an und hielt eine Goldkette in die Höhe, der Anhänger war ein roter Stein, eingehüllt in ein Geflecht aus zarten Goldfäden.

Ich erkannte das Drachenauge sofort wieder und mein Herzschlag beschleunigte sich. Gerührt nahm ich den Schmuck entgegen und legte ihn an.

„Dass du daran gedacht hast! Danke. Aus ganzem Herzen Dank!"

„Wie geht es dir hier? Hast du dich, wie soll ich sagen, beruhigt? Kommst du klar?"

Mafalda sah mich bekümmert an. Bei aller Liebe zu ihr fragte ich mich, wie weit ich ihr vertrauen konnte. Schließlich arbeitete sie für meine Mutter. Und so gab ich nur eine unverbindliche Antwort.

„Ich habe dir noch mehr mitgebracht. Eine dreistöckige Pralinenschachtel. Die beste Schicht ist die unterste", betonte sie und zwinkerte mir zu. „Vielleicht magst du der Schwester eine Praline anbieten?"

Unbemerkt von mir war die Frau mit der Aufsicht über den Besuchsraum hinter mir an einem leeren Tisch zugange gewesen, um die saubere Mitteldecke gegen eine ebenso saubere auszutauschen und die Blümchen in der Vase neu zu arrangieren. Ein Lauschangriff, sozusagen. Mafalda hatte es bemerkt. Ich öffnete die Schachtel und bot sie der Schwester an. Geziert nahm sie eine mit gehackten Pistazien verzierte Praline entgegen und blieb in der Nähe.

„Hier ist ein Geschenk deiner Mutter, pack es ruhig gleich aus."

Mafalda überreichte mir ein Päckchen in knallbuntem Blümchenpapier. Ohne Zweifel war es kein Geschenk meiner Mutter. Ich wickelte es aus und hielt ein Buch über Heilkräuter in der Hand. Laut genug, dass die Schwester es hören konnte, erwähnte Mafalda, dass meine Mutter möchte, dass ich meinen persönlichen Neigungen nachgehen würde und ich gerne noch mehr Bücher über Wald- und Wiesenkräuter haben könne.

„Sehen Sie nur, Schwester Ruthie. Ist das nicht schön? Meine Mutter scheint mir verziehen zu haben", säuselte ich und hielt das Buch in die Höhe. Ruthie nickte lächelnd und verzog sich hinter den Tresen, um das Kaffeekochen zu beaufsichtigen.

Mafalda griff nach meiner Hand und raunte mir zu, sie habe alles aus der Kiste und meine Drachensammlung vor Mutter in Sicherheit gebracht. Alles wohlverstaut in ihrem Schrank, dessen Schlüssel sie immer bei sich habe. Mir fiel ein Stein vom Herzen. Wäre er in die Themse gefallen, so hätte er eine kleine Flutwelle verursacht, so groß war er.

„Kindchen, ich habe einen Onkel in Wales. Er würde dich aufnehmen und verstecken, bis du volljährig bist. Du kannst doch nicht auf Dauer hier bleiben! Wir müssen uns nur überlegen, wie du hier rauskommst. Denn glaub mir, ginge es nach deiner Mutter, würdest du hier bleiben und versauern. Sie ist stinkwütend und hat im Suff deine Zimmerpflanzen aus dem Fenster geworfen. Aber die Geckos hat sie nicht angerührt. Ich habe sie darum gebeten, die Tierchen in meine Mansarde nehmen zu dürfen. Dann musste ich auf ihre Anweisung hin deine Bücher und Drachen in einen Müllsack tun und ihn auch gleich rausbringen. Natürlich habe ich ihn unterwegs ausgetauscht. Kommt ja gar nicht infrage, dass dir noch das Letzte genommen wird, was dir Freude macht."

Ich wusste nicht, was ich sagen sollte. Einerseits war ich erschüttert, andererseits erleichtert. Zumindest konnte ich nun sicher sein, dass ich Mafalda trauen konnte. Der Kaffee wurde langsam kalt. Ich nahm einen Schluck und widmete mich dann dem Schoko-Ingwer-Kuchen. Mafalda nahm sich ein zweites Stück und ließ mir Zeit.

„Weißt du, ich glaube ja, sie ist in Wahrheit eifersüchtig auf dich. Du hast etwas ganz Besonderes in dir. Wo du bist, da scheint die Sonne. Dein Vater hat dich so sehr geliebt."

Mafalda seufzte. „Ich muss langsam gehen. Denk daran, *die unterste Schicht Pralinen ist die beste!"*

***

Ein Gutes hatten meine Gefährtinnen: Sie interessierten sich nicht die Bohne für mich. So konnte ich unbeachtet in meinem winzigen Schlafraum die Pralinenschachtel auskippen. Ich wäre vor Freude fast ausgeflippt, als das angekokelte Tagebuch meiner Urgroßmutter mir entgegenfiel. In Gedanken erhob ich Mafalda in den Stand einer Heiligen. Sie hatte auch einen kleinen Brief beigelegt. Ich überflog ihn: *hier die Adresse meines Onkels ... habe dir deinen Reisepass dazugelegt, du kannst ja nicht ganz ohne Papiere in die Welt ziehen ... Brief von einem gewissen Tosh gefunden, war unter den Sessel gerutscht, als dir der Notarzt die Spritze gegeben hat und das Tagebuch aus deinen Fingern glitt ... wenn du Geld brauchst, sag Bescheid, und vor allem: Halte durch!*

Ein Brief von Tosh! Mit zitternden Fingern entfaltete ich das Papier und las:

„Liebe Tibby, ich denke, sie werden bald rausfinden, dass ich nicht dein Verwandter bin, zumal deine Mutter im Anmarsch ist. Also verstecke ich diese Nachricht in dem Tagebuch in deinem Rucksack. Zuallererst: Das Schwert hat Cormag gefunden, und es ist in Sicherheit. Er sagte mir, du hättest es in der Hand gehalten und eine Sonnenlichtreflexion hätte ihn auf deine Spur gebracht. Du warst fast ganz verschüttet. Himmel, was machst du für Sachen! Ich bin so froh, dass du lebst. Jetzt musst du nur noch wieder aufwachen. Komm bitte

zurück von dort, wo dein Geist jetzt herumschwirrt. Cormag hat mir versprochen, seinen Adler auszuschicken, um nach dir in der Schattenwelt zu suchen. Also, wenn du jemals diese Zeilen lesen solltest – bitte komm zurück in die Highlands. Zurück zu mir! Es ist furchtbar, dich so bleich im Bett liegen zu sehen. Zum Greifen nah und doch unendlich weit entfernt von mir. Ich weiß nicht, wie du es in so kurzer Zeit geschafft hast, mir mein Herz zu rauben. Du hältst es in deinen weichen, warmen Händen. Denk dran, ich wohne die nächsten vier Monate noch auf dem Uni-Gelände in London. Wenn ich meinen Abschluss habe, kehre ich nach Schottland zurück."

Der Adler! Jetzt fiel es mir wieder ein. Da war ein Feuer gewesen und Musik, und ich mittendrin. Ich hatte gar nicht von dort weggewollt, aber die Schwingen des Adlers hatten mich hinuntergedrückt, dorthin, wo es kalt und schwer war und ich einen Namen hatte. Um mich von der Erinnerung an die Nähe des Todes abzulenken, kuschelte ich mich in mein Bett ein und las das Tagebuch weiter. Mein Herz sang leise vor sich hin: Er liebt mich, er liebt mich ...

* Meine Tage sind sehr ausgefüllt. Ich helfe Mama beim Nähen für die Herrschaften von Glenmoran. Jetzt muss nicht nur für die Italienerin was Neues her, auch für die Schlossherrin. Mama hat einen Vorschuss bekommen, damit sie Stoffe kaufen kann. Die Italienerin mag den Tartan derer von Glenmoran nicht besonders, aber die Schwiegermutter war unerbittlich. Ab und an gehe ich auch in die Apotheke. Mr. Rosehill will alles ganz neu ordnen, nach modernen,

wissenschaftlichen Gesichtspunkten, sagte er. Manche Kräuter und Pülverchen kennt er gar nicht und wollte sie wegwerfen. Aber das konnte ich verhindern! Einiges habe ich mit nach Hause genommen. Manches hat er dann doch behalten, nachdem ich ihm die heimischen Namen der Pflanzen erklärt habe. Ich habe eins von Großonkel Russels alten Botanikbüchern zu Hilfe genommen. Ich mag das Rasierwasser, das Mr. Rosehill benutzt, gerne riechen.

* Papas neues Gemälde wird immer schöner. Er hat allerdings jetzt Streit mit Mama, weil er sich vom Stoffgeld was für neue Ölfarben genommen hat. Jetzt muss Mama noch viel sorgfältiger den Stoff zuschneiden und darf keinen Fehler machen!

* Miss Fenella wird heiraten! Der Schreiner aus der Hinterwäldlergegend hat ihr einen Antrag gemacht. Ich weiß nicht, was sie an dem Mann findet, aber ich darf ihr blaues Sonntagskleid abändern, damit daraus ein Brautkleid wird.

* Wir hatten heute ein leichtes Erdbeben! Kurz nach Sonnenaufgang. Papa war leichenblass. Er sagte zu uns, in Magiyamusa gäbe es so etwas nicht, woraufhin Mama ihn angefaucht hat, er solle nicht von Orten und Dingen reden, die nur in seiner Fantasie existieren. Sie ist ihm auch böse, weil er sonntags nicht mehr zur Kirche mitkommt. Er malt immer nur an seinem Bild, oder er geht in die Berge wandern. Mama sagt, die Leute würden über uns reden. Auch, weil ich so oft in der Apotheke wäre.

* Die Hochzeit von Miss Fenella, jetzt Mrs. Brodie, war schön. Der Priester hat den Knoten gebunden zu

den Klängen von Mr. Lockharts Dudelsack. Sie hat alle eingeladen, die sie als Kinder unterrichtet hat. Ich habe ihr viel zu verdanken. Beim Hochzeitsgedrängel habe ich einige Münzen ergattert, dafür war ich mir nicht zu schade. Mr. Brodie hat wirklich großzügig Geld in die Menge geworfen. Ich wünschte, ich hätte auch so ein schönes Kleid.

* Papas Bild ist fertig. Als Mama in Glenmoran war, um die ersten fertigen Stücke abzuliefern, hat Papa es mir gezeigt und erklärt. Ich halte zu ihm! Ich weiß ja, dass er früher wirklich ein Elb war. Und ich weiß, dass ich selber anders bin. Mama hat wirklich kein Verständnis dafür, ihr ist es so viel wichtiger, was die Leute von uns denken und so. Habe ihr schon lange nichts mehr von meinen nächtlichen Ausflügen mit Gäa erzählt. Allerdings werden die immer seltener, je älter ich werde. Die letzte gemeinsame Nacht ist nun schon ein halbes Jahr her. Sie sagte mir, ich solle nachsichtig sein mit Mama, sie hätte einfach nur Angst, dass Papa sich wieder zurückverwandeln könne.

* Mr. Rosehill arbeitet an einer Enzyklopädie der Heilkunst. Ich helfe ihm bei den Heilpflanzen. Durch mein Singen weiß ich auch viel über Heilerde, Mineralien und tierische Bestandteile in der alten Medizin. Durch Gäa weiß ich auch über die Kraft der Heilgesänge Bescheid, aber das kann ich ihm nicht erklären, woher ich das weiß und ich glaube auch nicht, dass er das ernst nehmen würde. Seit ich meine Monatsblutung habe, ist mein Gesang anders geworden. Ich singe mit zwei Stimmen gleichzeitig und

weiß nicht wieso, ich mache das nicht mit Absicht. Ob die Göttin mitsingt?

* Er hat schöne Hände. Ich mag ihn, und ich habe sogar schon von ihm geträumt. Wir nennen uns jetzt beim Vornamen, wenn wir allein sind.

* Mama ist neuerdings tagsüber meistens in Glenmoran für Anproben und andere Näharbeiten. Papa ist wieder in den Bergen verschwunden, er bleibt immer öfter tagelang weg. Gowan und Amelia waren neulich zu Besuch bei uns und haben auch Kiron und Lachlan mitgebracht. Das war ein lustiger Abend, sogar Mama hat gelacht. Sie haben erzählt, dass Lachlan nach Ullapool gehen wird, sobald er sechzehn Jahre alt ist. Er will nicht Schmied werden, sondern Heringsfischer, er will unbedingt ans Meer. Ich wünschte, ich könnte auch einen Beruf haben! Aber ich bin ja nur ein Mädchen.

* Gestern Nacht habe ich gehört, wie Mama leise geweint hat und Papa immer wieder um Verzeihung gebeten hat. Sie kann es nicht mehr ertragen, dass er sich so verändert hat, seit er aus dem Gefängnis wieder raus ist. Papa hat wohl auch geweint, glaube ich. Auf jeden Fall hat er oft geseufzt. Er sagte zu ihr, dass er sie liebt und dass es ihm Leid tut. Aber er könne seine Vergangenheit nicht vergessen und auch nicht länger leugnen.

* Wir haben schon wieder Herbst, der Sommer kam mir sehr kurz vor. Aber er war schön, ich war nämlich viel draußen in der Natur. Für Alasdair habe ich nach ganz bestimmten Flechten gesucht, sie helfen gegen einige Hautkrankheiten, nicht gegen alle. Ich habe die

Zeit auch dafür genutzt, nach dem Schwert zu suchen. Ich möchte es zu gerne noch einmal sehen. Aber das Erdbeben hat die Höhle, in der ich den roten Stein fand, zusammenfallen lassen. Ich habe den Stein Papa gezeigt, er sagt, er wäre ein Drachenauge für das Schwert. Und dann hat er mit mir über alles gesprochen, was damals mit mir passierte, als Gowan das Schwert ins Haus brachte. Hat mir gesagt, wie er es mit Magie hergestellt hat, damals, als er in Glasgow lebte. Der rote Stein sei eigentlich ein gewöhnlicher Kieselstein, aber er hätte ihn umgewandelt mithilfe seiner Drachennatur, die aus ihm gewaltsam hervorgetreten war. Dann hat er noch von Gowan und Archibald erzählt, dass der Sohn der alte Mann war und Gowan, sein Vater, der junge. Das kam daher, dass Gowan in die Anderwelt geraten war und dort die Zeit anders verläuft. Ich hatte, ehrlich gesagt, ein wenig Mühe, das zu verstehen. Nein, nicht wenig. Viel Mühe. Eigentlich habe ich das gar nicht verstanden. Aber das mit dem Schwert und wie ich in dem blauen Licht verschwunden war, das habe ich sofort geglaubt und verstanden. Ich konnte mich plötzlich auch daran erinnern, dass Onkel Gowan mir große Karamellbonbons mitgebracht hatte, an diesem denkwürdigen Abend.

* *Papa ist auf Wanderschaft gegangen. Er war es leid, dass Mama ihn immer spüren ließ, dass sie und ich das Geld ins Haus brachten. Das neue Bild konnte er nicht verkaufen. Die Ersparnisse sind aufgebraucht. Papa sagte, das Einzige, was er noch gut kann außer Malen, ist Geschichten erzählen und Singen. Also will er* *sein Glück als Barde versuchen. Auf die Idee ist er gekommen, als er im Wirtshaus aus einer Laune heraus ‚Auld Lang Syne' gesungen und Geschichten zum Besten gegeben hatte. Fremde auf der Durchreise haben ihm dafür Geld auf den Teller gelegt und ihm applaudiert.*

* Alle paar Wochen schickt Papa uns jetzt Geld. Vor dem nächsten Winter will er wieder zuhause sein. Er ist weit rumgekommen. Momentan ist er in Cardiff. Das Walisisch bereitet ihm überhaupt keine Probleme. Seine elbische Sprachbegabung ist ihm offenbar erhalten geblieben, schrieb er. Was genau er damit meinte, hat Mama mir erklärt. Als sie beide noch bei der Celia im Weißen Schwan gelebt haben, hat Papa plötzlich französisch gesprochen mit einer echten Französin, obwohl er das nie zuvor gehört oder gelernt hatte. Da war er noch ein echter Elb. Mittlerweile spricht Mama ja mit mir offen darüber, dass Papa wirklich nicht aus dieser Welt stammt. Aber ich musste ihr hochheilig schwören, dass ich mit niemandem darüber spreche, auch nicht -gerade nicht!- mit Alasdair.

* Ich habe nun so lange nicht mehr in mein Tagebuch geschrieben. Der letzte Eintrag ist schon drei Jahre her. In dieser Zeit ist so viel passiert. Papa ist nicht mehr heimgekehrt. Wir wissen nicht, was aus ihm geworden ist. Ist er tot? Oder hat er uns einfach verlassen? Manchmal stelle ich mir vor, er hätte den Weg zurück gefunden und er würde in Magiyamusa im Schwanensee schwimmen, auf einem Wulliwusch reiten und einer schönen Elbin den Hof machen und ihr

Lieder der Liebe singen. Aber dann kehre ich aus diesen Träumereien in die Realität zurück. Die Tore zur Anderwelt sind endgültig verschlossen, hatte Papa früher mal gesagt. Also wird er wohl in den Bergen oder sonst wo verunglückt sein. Oder er hat uns wirklich im Stich gelassen. Es bereitet mir Seelenqualen, dass nichts außer Ungewissheit geblieben ist. Mama hat sich sehr verändert in dieser Zeit des Suchens und Wartens. Sie sieht verhärmt aus, arbeitet sich halbtot. Dann wieder hat sie Zeiten, wo sie vor sich hinstarrt und kaum etwas isst. Am schlimmsten sind die Tage, wo sie unruhig hin- und herläuft und vor sich hinmurmelt.

Seit einem guten Jahr bin ich Alasdairs Frau. Wir führen die Apotheke zusammen und sind sehr glücklich. Ich trage mein erstes Kind unter dem Herzen. Das ist der Grund, warum ich wieder zu meinem Tagebuch gegriffen habe.

* Die Geburt steht nun kurz bevor. Gäa kam zu mir letzte Nacht. Wir sind in ihrem Reich über blühende Wiesen gelaufen und haben neue Lieder gesungen. Ich habe das so sehr genossen! Am liebsten wäre ich dort geblieben, im Land des ewigen Sommers. Gäa sagt, ich würde einen Sohn gebären, später noch einen, und sie würden wieder Söhne haben, bis eines Tages in dieser Blutlinie ein Mädchen geboren würde, das wie ich eine Erdsängerin sei. Sie wäre die Mutter einer neuen Dynastie von Erdsängerinnen, denn in hundert Jahren und mehr wäre die Menschheit an einem Wendepunkt angelangt und bräuchte alle Hilfe, die sie bekommen

könne. *Sie stünde dann vor einer Weggabelung: Gedeih oder Verderb!*

* *Wir schreiben jetzt das Jahr 1901. Es ist für mich ein ganz besonderes Jahr, denn Alasdair hat einen Verleger für die Magiyamusa-Fairytales gefunden! Weil es sich nicht schickt, wenn eine Frau unter die Schriftsteller geht - was ich für einen Skandal halte, aber mich fragt ja keiner - haben wir die Bücher unter dem Pseudonym Jeremiah Midirson herausgeben lassen. Alasdair glaubt, dass ich mir alles selber ausgedacht habe und preist meine überbordende Fantasie. In diesem Glauben will ihn in lassen.*

* *Es ist jetzt 1905. Unsere Söhne Kenny und Carson lieben die Magiyamusa-Bücher, aus denen ich ihnen jeden Abend vorlese. Sie lieben auch das Bild, das ihr Großvater gemalt hat und seit unserer Hochzeit im Wohnzimmer hängt. Die Geschichten, das Bild, der rote Stein und einige Zeichnungen, sind alles, was mir von ihm geblieben ist. Das, und seine Liebe zu mir, die ich wie eine kleine, wärmende Sonne in meinem Herzen trage.*

* *Mutter geht es immer schlechter. Eine Krankheit der Seele zerrüttet zunehmend ihren Geist. Wir haben sie ins Haus aufgenommen. Amelia und Gowan besuchen sie hin und wieder. Die beiden haben auch schon viele graue Haare.*

* *Ich sehe mit großer Sorge die zunehmende Industrialisierung des Landes. Wenn ich Zeit habe, durch Tal und Berg zu wandern und mich der Welt der Naturgeister geistig öffne, dann begegne ich immer öfter kranken, verzerrten Naturgeistern. Sie leiden!*

* *Wir müssen Mutter immer stärkere Beruhigungsmittel verabreichen. Sie hat die Neigung fortzulaufen entwickelt. Sie sucht nach ihm. Die Nachbarn sagen mir, wenn sie sie zurückbringen, dass sie nach einem Soldaten mit blauem Haar suche. Dann schütteln sie mitleidig ihren Kopf und bringen uns einen großen Topf mit Suppe oder Pasteten. Damit ich mehr Zeit habe, mich um Mutter zu kümmern.*

* *Alasdair betreibt jetzt neben der Ortsapotheke eine kleine pharmazeutische Firma. Mit meinen Heilkräuterzusammenstellungen! Wir stellen Pulver und Pillen her und medizinische Weine. Mittlerweile bekommen wir sogar Bestellungen vom Kontinent und aus Übersee! Wir arbeiten hart, aber wir sind auch wohlhabend dadurch. Wenn es so weitergeht, werden wir unsere Söhne studieren lassen können!*

* *Mit Mutter geht es zuende. Sie hat sich eine Lungenentzündung zugezogen. Der Arzt sagt, er könne nichts mehr für sie tun. Auch meine Medizin zeigt keine Wirkung. Wir lassen sie nicht einen Moment allein, einer von uns ist immer bei ihr. Tag und Nacht.*

* *Ich bin dankbar dafür, dass ich es war, die Wache hatte, als ihre Seele sich vom Körper löste. Mutter wurde kurz vor Mitternacht etwas wacher. Mir schien, ihre Augen sahen nicht nur mich und das Schlafzimmer. Mutter musste etwas Schönes gesehen haben, ihre Züge waren entspannt. Das Fieber hatte sie verlassen, doch ihr veränderter Atem zeigte mir, dass ich mir keine Illusionen machen musste. Es war lange nach Mitternacht, als sie zu sprechen anfing. Sie sagte, der Drachenmann wäre gekommen und hätte sie aus* *dem Feuer geholt. Und jetzt wäre er wieder da und hielte ihre Hand. Sein Gesicht wäre so schön. ‚Alles leuchtet so herrlich', sagte sie. Und dann fielen ihr die Augen zu und sie seufzte ganz leise. Sie atmete tief und lange aus. Und dann war es vorbei.*

* Die Italienerin von Glenmoran war schwer krank. Meine Medizin, und nicht zuletzt mein Heilgesang, haben ihr geholfen und ihre Selbstheilungskräfte angeregt. Seit zwei Wochen ist sie wieder auf den Beinen. Der Herr von Glenmoran ist so dankbar, dass er uns ein Stück Land übereignet hat. Alasdair ist jetzt der Laird des Lonely Vale! Dazu gehört auch die kleine Croftersiedlung am Rand des Tales.

***

Wieder saß ich im Gespräch mit Dr. Morrison. Ich nannte ihn nicht mehr insgeheim ‚Dr. Emm', denn inzwischen hatte ich ihn besser kennengelernt und konnte ihn mehr respektieren. Die Topfpflanze, die ich bei der vorvorletzten Sitzung zum Blühen gebracht hatte, war welk. Niemand hatte sie gegossen. Da war nun auch ich machtlos. Vorwurfsvoll hatte ich schweigend mit dem Finger auf den sterbenden Schwan gezeigt, woraufhin der Psychiater verlegen mit den Schultern zuckte. Er machte den Mund auf, um etwas zu sagen, überlegte es sich aber anders und warf die Pflanze samt Übertopf in den Mülleimer.

„Ich konnte sie sowieso nicht leiden. Geschenk meiner Schwiegermutter. Wie geht es Ihnen heute, Tibby?"

„Gut. Aber mir fehlen meine Bücher und Drachen."

„Tibby, das hatten wir doch schon! Es ist nicht gut, wenn Sie sich in Ihre Fantasiewelt flüchten. Sie werden nun erwachsen, sind in drei Jahren volljährig. Es könnte also sein, dass Sie schon in relativ bald für sich selbst verantwortlich sind. Und was dann?"

„Dann bin ich frei zu gehen, wohin ich will."

„Aber wovon wollen Sie leben, falls Ihre Mutter die Unterstützung einstellt? Gehen wir doch mal -als Gedankenspiel- vom schlimmsten Fall aus."

„Ich werde arbeiten!"

„Und als was? Wer nimmt Sie denn mit Ihrem niedrigen Schulabschluss? Lernbehinderte haben es schwer, gute Arbeit zu finden. Ich möchte nicht, dass Sie als Putzfrau enden oder auf die schiefe Bahn kommen. Sie haben Potential in sich."

„Dann gehe ich eben in irgendeine Fabrik ans Fließband. Oder ich heuere auf einem Krabbenkutter an. Irgendwas eben! Hauptsache, ich bin nicht auf meine Mutter angewiesen."

„Ich wüsste da was Besseres für Sie." Dr. Morrison lächelte selbstzufrieden. „Wir haben ein vierwöchiges Praktikum in einem Floristikgeschäft arrangiert. Unser Fahrdienst bringt sie morgens hin und holt sie nachmittags wieder ab. Susan aus Ihrer Wohngruppe wird auch ein Praktikum machen, aber in einer Wäscherei. Hat sie es Ihnen schon erzählt?"

„Nein, wir reden nicht viel miteinander."

„Tibby, haben wir also eine Abmachung? Sie machen das Praktikum, und danach lockern wir im Gegenzug die Restriktionen und erlauben Ihnen auch mal, allein das Grundstück der Klinik zu verlassen."

Ich nickte und täuschte Dankbarkeit und Begeisterung vor. Dr. Morrison ritt noch eine Weile auf dem Thema ‚Flucht aus der Wirklichkeit' herum, wozu das in der Vergangenheit für mich gut und nützlich gewesen sein könnte, es nun aber nicht mehr sei und blablabla. Was wusste der schon von der Realität der Welt hinter dieser Welt? Von unterschiedlich schwingenden Existenzebenen? Er merkte ja nicht einmal, wenn eine Pflanze Durst hatte und um Hilfe schrie. Nach Beendigung der Sitzung suchte ich nach Dolina. Ich fand sie auf der großen Wiese im Park bei der Yoga-Gruppe. Das war der neueste Schrei in der Welt der Therapie: Yoga gegen Rückenschmerzen, östliche Yogaverrenkungen gegen westliche Verdauungsstörungen, Yoga gegen Angst. Nichts für mich, diese irre Gymnastik. Aber Dolina schien es zu genießen. Sie war biegsam wie junger Bambus und übertraf die Yogalehrerin an Grazie. Was gäbe ich darum, auszusehen wie Dolina! Schließlich schlenderte sie entspannt zu mir herüber und setzte sich neben mich auf die Bank, die zwischen Rosenrabatten stand. Es ging jetzt auf den Herbst zu, die Rosen blühten in voller Pracht. Im Lavendel summten Insekten. Friedlich war es hier.

„Dolina, hallo. Wie geht es dir?"

„Wirklich gut. Du hast abgenommen, weißt du das? Jetzt hast du richtig Taille, Tibby."

„Echt? Habe lang nicht in den Spiegel geschaut. Danke."

„Ich werde bald entlassen."

„Oh. Das ist schade. Nein, entschuldige, das ist toll! Aber es ist schade für mich. Mit wem soll ich dann reden?"

Mitfühlend legte Dolina ihre Hand auf meine. „Meinst du nicht, dass du dich trotz allem mit deiner Mutter versöhnen kannst? Zuhause bist du besser aufgehoben als hier in Torrington Hospital. Deine Wut ist doch längst verraucht."

Sie irrte. Meine Wut hielt ich am Köcheln. Sie gab mir Kraft. Aber ich verbarg diese Kraft vor der Welt.

„Dolina, ich wünschte, wir wären noch in Schottland in der Hütte bei Cormag. Dann könnte er mir helfen, mein Kraftlied zu finden. Kannst du mir bitte mehr über ihn erzählen?"

Bewusst sagte ich nichts zu ihr über meine Fluchtpläne und wie Dr. Morrison, ohne es zu ahnen, mir in die Hand spielte.

„Cormag? Er kann streng sein. Mürrisch. Trinkt viel. Aber er ist unglaublich kraftvoll und begabt für all diese schamanischen Dinge. Ich habe viel bei ihm gelernt. Ilysa hatte mir gegenüber mal was angedeutet über seine Vergangenheit, aber ich kann mir nicht vorstellen, dass er im Gefängnis gesessen hat."

„Gefängnis? Warum denn das?"

„Unerlaubter Besitz von mehreren psychoaktiven Substanzen. Angeblich war jemand dadurch zu Tode gekommen. Aber Ilysa erzählt viel, wenn der Tag lang ist. Bei ihr musst du vorsichtig sein. Sie ist etwas neben der Spur, weil sie manchmal in diese Zeitschwebezustände fällt, ohne es zu wollen. Aber du wirst sie sicher nicht wiedersehen. Oder hast du vor, nach Schottland zu fahren? Dein Schwert liegt doch noch dort."

„Nein, nein. Mutter würde das nicht erlauben, die Klinik auch nicht. Aber wenn ich volljährig bin und Arbeit habe, werde ich sicher in den Highlands Ferien machen. Ich liebe diese Landschaft. Und dann hole ich mir mein Schwert bei Cormag ab. Falls er es dann noch hat. Kann ja sein, dass er es verscherbelt oder ins Museum gibt. Wer weiß das schon."

Ich fühlte mich nicht wohl dabei, sie zu belügen.

„Ilysa hat mir auch erzählt, dass er seine ehemaligen Kollegen abgrundtief hasst. Ich bin ja noch nicht so lang in der Gemeinschaft, erst den zweiten Sommer. Aber sie redet eben gern."

„Naja, nicht mit jedem! Gegen mich hat sie was, findest du nicht auch?"

„Ja, das ist mir aufgefallen. Wenn du mich fragst, fürchtet sie deine Konkurrenz. Du bist interessant für Cormag, und auch für Tosh. Das konnte ich den Männern ansehen. Ilysa will immer der Mittelpunkt sein."

Ich und Konkurrenz? Das hatte was.

Kapitel 14 – Es regnet in Gretna Green

Wie es aussah, hatte ich einen furchtbaren Fehler gemacht. Nicht nur, dass der erste Tag im Blumenladen deprimierend gewesen war. *Tulips Delight* – was für ein bescheuerter Name! Überall um mich herum sterbendes Grün. Ich konnte förmlich sehen und riechen, wie das Lebenslicht entschwand. In meinem Garten hatte mir das nie etwas ausgemacht, weil Werden und Vergehen natürliche Prozesse der Wandlung sind. Aber der Garten an sich strotzte vor Leben und übertünchte dadurch die Verwesungsprozesse und den immer leiser werdenden Gesang des grünen Volkes.

Und nun saß ich hier im Wohnheim seit Stunden auf dem kalten Fußboden und umklammerte meinen Rucksack. Es war mir gelungen, mich rechtzeitig aus dem Laden davonzuschleichen und dem Klinik-Fahrdienst zu entkommen. Es war mir ebenfalls gelungen, in diesem fremden Stadtteil das richtige Studentenwohnheim zu finden. Auch Toshs Zimmer fand ich, sein Name stand auf dem Türschild zwischen zwei anderen Namen. Aber er war nicht da! Wie hatte ich nur so dumm, so abgrundtief dämlich sein können? Wo sollte ich nun hin? Das Vertrauen der Klinik hatte ich verspielt. Ob ich mich nach Hause schleichen sollte, in der Hoffnung, dass Mafalda mich zufällig sieht? Ich spielte nervös mit dem Drachenaugenanhänger. Das lenkte meine Gedanken schließlich in die Vergangenheit zu meinem Urahn. Seine Einsamkeit konnte ich gut nachempfinden. Die letzte Lektüre des Tagebuches hatte mich sehr traurig gestimmt. Wo und wie mochte er wohl gestorben sein? War er allein gewesen?

Ich machte Bestandsaufnahme. Mit Absicht hatte ich heute Morgen meine festen Schuhe angezogen und auch noch die Strickjacke unter der Barbour-Jacke angezogen. Das Tagebuch hatte ich in meine Unterwäsche eingewickelt. Toshs Brief, wohl an die hundert Mal gelesen und mit Küssen bedeckt, lag sicher im Tagebuch. An die Zahnbürste hatte ich auch gedacht. Etwas Taschengeld gehörte auch zu meinen Besitztümern. Ich war also einigermaßen gerüstet. Das Wichtigste trug ich aber nicht im Rucksack, sondern tief in mir: Meinen Willen, meine neu erwachte Freiheitsliebe. Ich wollte zurück in die Highlands und mein Schwert holen. Mein Erbe war es, meins! Was ich ebenfalls wollte, war herauszufinden, wie weit Toshs Zuneigung zu mir wirklich ging. *Du hältst mein Herz in deinen weichen, warmen Händen,* hatte er geschrieben. Ich wünschte mir mit aller Kraft, dass er es wirklich so meinte. Denn ich, ich liebte ihn innig. Ich schwelgte ein wenig in Erinnerungen an unseren Ausritt. Zu Pferd zu sitzen, stand ihm unglaublich gut. Aber am schönsten war die Erinnerung an den Abend, als wir in den nächtlichen Sternenhimmel schauten und er nicht Tosh, sondern der Lichtlauscher war und mir die Welt seiner Gedanken offenbarte. Meine Sehnsucht nach ihm wurde so groß, dass mir Tränen übers Gesicht liefen.

Unten ging die Treppenhaustür auf. Ich hörte junge Männer lachen und reden. Sie waren laut und machten derbe Scherze. Als sie die letzte Stufe zum Flurgang erreichten, riss die papierne Einkaufstüte vom Langhaarigen am Boden auf und Bier, Chips und Zigarettenhülsen und Tabak versauten den ohnehin schon unangenehm verschmutzten Fußboden. Die Jungs stolperten grölend über die Bescherung hinweg. Der letzte, der die Treppe hochkam, war Tosh! Als er mich sah, kniete er vor mir nieder und umarmte mich fest, nicht auf das Lästern seiner Freunde achtend. Dann zog er mich hoch.

„Du bist ja ganz kalt. Und verheult. Gott, du ahnst nicht, wie froh ich bin, dich zu sehen. Komm rein."

Die Bude sah genauso aus, wie man sich ein studentisches Domizil vorstellt. Drei junge Kerle = ein Berg schmutziges Geschirr = Chaos überall. Aber Toshs Bett erkannte ich sofort. Ein Poster mit Bildern von fernen Galaxien und explodierenden Sonnen hing an der Wand.

„Ben, Noah, das ist Tibby, von der ich euch erzählt habe. Die Party fällt aus, wir müssen uns um mein Mädchen kümmern."

Mein Mädchen - damit zerstob meine leise Befürchtung in tausend Teile und verflüchtigte sich. Ich wurde schnell mit seinen Freunden warm und erzählte, wie es mir in der Klinik ergangen war. Tosh berichtete mir von seinem vergeblichen Versuch, mich zuhause anzutreffen, nachdem er den Privatwohnsitz der Rosehill Agentur ausfindig gemacht hatte. Er hatte sich als einen ehemaligen Mitschüler ausgegeben, aber meine Mutter hielt ihn für einen verkappten Journalisten und hatte ihn fortgejagt. Noah, der Langhaarige, der wie ein echter Hippie aussah, machte uns allen Spaghetti mit Tomatensoße auf dem Gaskocher warm. Die Jungs hatten sich für meine Geschichte, die ich natürlich nicht vollständig preisgegeben hatte, erwärmt, und machten über meinen Kopf hinweg Pläne. Ich hatte wahrlich nichts dagegen, denn ich war erschöpft. Das Pläneschmieden gipfelte darin, dass wir vier eine gute Stunde später, mit Proviant und Wolldecken versorgt, in Noahs deutschem, psychedelisch bemaltem VW-Bus saßen, auf dem Weg nach Schottland.

Wir fuhren die ganze Nacht hindurch. Ben und Noah wechselten sich beim Fahren ab. Tosh saß mit mir auf der Rückbank und wir hielten uns an den Händen. Plan A war, mich außer Reichweite zu schaffen, und zwar geradewegs zu Cormag. Plan B war, falls dieser nicht zuhause wäre, mich zu Toshs Eltern zu bringen, die in Strathpeffer lebten. Wenn ich müde wurde, legte ich meinen Kopf auf seinen Schoß und schlief ein, während seine warme Männerhand mein Haar streichelte. Oder ich schlummerte an seiner starken Schulter, in seiner Umarmung. Ich war im Paradies. Wurde Tosh müde, so rutschte ich ans Fenster und er schlief, auf meinen Schoß gebettet, mit angewinkelten Beinen, weil er zu groß für die Rückbank war. Ich konnte mir nicht vorstellen, ihn jemals wieder loszulassen.

Unterwegs mussten wir zweimal tanken. Tosh hatte von uns das meiste Geld, also bezahlte er die Tankfüllungen.

„Weißt du, dass du dich äußerlich verändert hast, Tibby?", raunte er mir zu, als wir weiterfuhren in Richtung Norden. „Du bist etwas dünner geworden. Und deine Haare – was hast du damit gemacht? Sie haben einen bläulichen Schimmer bekommen."

„Kann nicht sein", wehrte ich ab.

„Doch, einzelne Haare deiner Kupferpracht schimmern in einem Blau, das fast metallisch wirkt, ich schwöre es dir."

Ich schüttelte meinen Kopf. „Vielleicht liegt es an den Tabletten, die ich in der Klinik nehmen musste."

„Wohl kaum", schaltete sich Ben ein, der am Steuer saß. „Ich studiere Pharmazie. Eine solche Nebenwirkung gibt es nicht."

„Dann ist es wohl Elben-Haar", scherzte ich, an meinen Ururgroßvater denkend. Mein Grinsen verging mir sogleich. Was, wenn wirklich das Elben-Erbgut durchbrach? War das möglich?

„Kann nicht sein", widersprach Noah. „Elbenhaar ist weiß und hat allenfalls einen silbrigen Schimmer. Hast du noch nie den Herrn der Ringe gelesen?"

„Ehrlich gesagt, nein", gestand ich.

Plötzlich schrie Noah „Stopp! Stopp!" und Ben trat voll auf die Bremse.

„Was hast du, Mann?"

„Fahr ein Stück zurück, bis zur Abzweigung. Na los, stell dich nicht so an, hinter uns ist meilenweit keiner."

Ben legte den Rückwärtsgang ein und ließ den Wagen nach hinten rollen.

„Und nun?"

„Na, begreift Ihr nicht? Gretna Green! Hier geht es ab."

Noah drehte sich zu uns um und grinste breit. „Das liegt doch wohl auf der Hand, oder Tosh?"

Ich begriff immer noch nicht. Sollte das eine Abkürzung zur Glenmoran-Gegend sein? Ben lachte still in sich hinein. Offenbar wusste er, worauf Noah hinauswollte. Fragend sah ich Tosh an. Er sah eine Spur blasser aus, aber vielleicht fehlte ihm auch nur ein Becher mit heißem, gezuckertem Kaffee.

„Mann, Tosh! Sie ist auf der Flucht vor ihrer Mutter, die sie ins Irrenhaus sperren will. Die Polizei wird auch längst nach ihr suchen, denn die Klinik hat mit Sicherheit eine Vermisstenmeldung abgesetzt. Du bist doch älter als sechzehn, Tibby, oder?"

Toshs Gesicht nahm den Ausdruck wilder Entschlossenheit an, gemischt mit echter Begeisterung. Er wandte sich mir zu und fragte: „Tibby, willst du meine Frau werden?"

***

Gretna Green war ein bezaubernder Ort. Ich hatte früher sicherlich mal von den zahlreichen Hochzeiten minderjähriger Liebespaare gehört, aber mir war nicht bewusst gewesen, dass das hier immer noch möglich war. Ich dachte, das sei längst ein Relikt der Vergangenheit. Und nun lief ich mit Tosh und unseren Trauzeugen Noah und Ben auf der Suche nach dem Standesamt oder einem Pfarrer durch feinen Nieselregen. Ja! Ja! Ich wollte Tosh heiraten! Heute noch. Selbst in klobigen Schuhen und meiner Wetterjacke.

Eine gute Stunde später hatten wir in Erfahrung gebracht, dass man mindestens fünfzehn Tage, besser noch drei Monate vorher einen Termin machen muss. Alles war ausgebucht. Da standen wir nun, wie die sprichwörtlichen begossenen Pudel. Der Regen nahm an Intensität zu, ebenso wie meine Enttäuschung. Tosh küsste mich tröstend auf die Stirn und sagte zu seinen Freunden: „Bringt sie in den Wagen, ich komme gleich nach."

Noah legte im Wagen eine Kassette ein namens Shades of Deep Purple, aber ich konnte diese neue Rockband nicht leiden, und so schob er schließlich die Bee Gees rein. Schon viel besser. Nach einer gefühlten Ewigkeit kam Tosh zu uns zurück mit Muffins und heißem, schwarzen Tee in einer Thermoskanne. Als wir uns gestärkt und aufgewärmt hatten, nutzen wir alle die Gelegenheit, an der Tankstelle aufs Klo zu gehen, bevor es weiter in die Highlands gehen sollte.

„Warte, steig noch nicht ein, Tibby."

Tosh nestelte in seiner Jackentasche herum und holte ein kleines, schwarzes Etui heraus.

„Leider nur versilbert, aber ich konnte so schnell nichts besseres finden, was im Moment bezahlbar ist. Tibby, ich habe das ernst gemeint. Ich weiß, das ist verrückt, wir kennen uns noch nicht lange. Aber ich möchte dich wirklich heiraten. Noah, Ben! Ihr seid Zeugen unserer Verlobung. Mit diesem Ring, Tibby, erkläre ich dir meine feste Absicht und bitte dich aus tiefstem Herzen, meine Frau zu werden. Ich habe einen Termin für uns in vier Monaten bekommen. Dann ist mein Studium beendet und ich lebe wieder in den Highlands. Bis dahin müssen wir dich eben gut verstecken."

Der Ring an meinem Finger war wunderschön.

Noah, der sonst so laut und lebhaft war, wischte sich verstohlen eine winzige Träne aus dem Augenwinkel. Ben klopfte Tosh anerkennend auf die Schulter und gratulierte uns.

„Jetzt lasst uns aber endlich einsteigen und weiterfahren. Ich bin nass bis auf die Knochen."

Die Fahrt endete am Nachmittag. Wir alle waren erschöpft, denn gegen Mittag hatten wir zu allem Überfluss noch eine Reifenpanne gehabt. Als wir übermüdet bei Cormags Crofterhaus ankamen, schickte die Sonne ihre matten Strahlen nach dem Dauerregen über die felsige Heidelandschaft. Es war wunderschön. Auf den Hängen glitzerten tropfnasse Gräser. Eine dünne Rauchfahne stieg aus dem Schornstein empor. Er musste zuhause sein. Tosh klopfte energisch an die Tür.

Cormag öffnete mürrisch nach einer Weile und sagte lakonisch bei unserem übernächtigtem Anblick: „Na, wenn das nicht Guinevere und die Ritter der Tafelrunde sind!"

***

Wenige Stunden waren erst vergangen, seit Tosh, Noah und Ben zurück nach London gefahren waren, und ich vermisste sie alle drei fürchterlich. Tosh natürlich am meisten. Sie hatten es eilig mit der Rückkehr, wichtige Prüfungen standen an. Bevor Tosh in den VW-Bus stieg, hatte er mir versichert, dass er spätestens nach den Klausuren zurückkehren würde. Die letzten Wochen vor der Hochzeit würden wir bei seinen Eltern wohnen. *Ich bin mir sicher, dass sie dich schnell liebgewinnen werden*, hatte er gesagt. *Und du sie auch, das ist genauso wichtig.* In der Zeit bis zur Trauung würde er seine Abschlussarbeit schreiben und bald schon würde er eigenes Geld verdienen und wir hätten dann eine eigene Wohnung. Daran klammerte ich mich.

In Cormags Haus zu wohnen, war für einige Tage nicht mehr als eine bedauerliche Unbequemlichkeit. Einige Monate hier zu wohnen, würde für mich eine mittlere Katastrophe sein! Ich vermisste noch vor der ersten Nacht mein eigenes Bett, selbst das Klinikbett wäre paradiesisch gewesen. Mir fehlten auch eine heiße Dusche, eine richtige Toilette und tausend andere Dinge mehr. Wie gern wäre ich wenigstens in Glenmoran untergebracht, aber Tosh war der Meinung, was meine gegenwärtige prekäre Lage anbeträfe, wäre Lady Annella nicht vertrauenswürdig genug, Großtante hin, Großtante her. Nein, ich musste hier ausharren.

Wenigstens hatte ich mein Schwert!

Cormag holte es noch am Abend vom Schrank herunter, sobald wir allein waren. Ehrfürchtig betrachteten wir die grandiose Schmiedearbeit. Der geschuppte Drache, der den Handgriff bildete, sah lebensecht aus, als wäre er mitten in der Bewegung erstarrt. Unzweifelhaft ein Zeremonialschwert, nicht für den Kampf geschmiedet. Cormag hatte sich die Mühe gemacht, es gründlich von allem Unrat der Zeit zu reinigen. Es glänzte. Sein Glanz war nicht wie der Glanz einer polierten, metallischen Oberfläche, er unterschied sich davon. Wenn man es schräg zum Licht der Petroleumlampe hielt, war ein kristalliner Schimmer sichtbar. So ein Metall kannte ich nicht. Im oberen Teil der Klinge, etwas unterhalb des Drachenschwanzes, schimmerte eine kleine, ovale Fläche hellblau. Es war, als ob an dieser Stelle, obwohl sie sich genauso hart anfühlte, das Metall im Fluss sei. Ich fand das sehr unheimlich, so unnatürlich! Wenn man lang genug hinschaute, konnte man es sehen, dieses Fließen und Wallen. Und ein Zeichen, einem Buchstaben ähnlich, bildete sich darin ab. Welche Bedeutung mochte sich dahinter verbergen? Oder war es nur eine Zierde? Ich spielte nachdenklich mit meinem Kettenanhänger, der sich seltsam warm anfühlte.

„Mr. MacIntyre, ich will Sie etwas fragen."

„Dich, ich will *dich* etwas fragen, heißt es. Du kannst mir vertrauen."

Ich holte tief Luft und sammelte mich. „Damals, als ich aus dem Koma aufwachte, da hatte ich vorher eine Art Traum gehabt. Von einem Adler. Er schwebte über mir und fächelte mit seinen Schwingen ein Feuer auf mich zu. Er sagte, ich solle mich nicht fürchten, er würde mein Lebensfeuer neu entfachen. Und da war auch Musik. Das war dort alles so schön, dass ich gar nicht mehr weg wollte."

Nachdenklich hielt ich inne. War das das Leben nach dem Tode gewesen? Gab es das wirklich? Wenn ja, warum war nicht mein Vater zu mir gekommen, um mich zu beschützen?

„Er, also der Adler, hat mir auch gesagt, er bringt mich jetzt in die ‚mittlere Welt zurück'. Weißt du, was das bedeutet?"

Cormag nickte bedächtig.

„Ich selbst war das, ich wollte dich aus dem Koma holen. Der arme Tosh war über die Maßen verzweifelt angesichts deines Zustandes. Er bat mich, dir zu helfen. Ich bin in der Schattenwelt der, der mit dem Adler fliegt. Mein Krafttier ist Adler, das ist sein Name, nicht seine Spezies. Er ist der Adler schlechthin, das Urbild aller Adler. Du weißt, ich bin Schamane. Und ich glaube, dass auch du zur Schamanin geboren bist. Eigentlich dürftest du ohne Einweihung keine Erinnerung aus der Schattenwelt mitnehmen können. Oder hat dich schon jemand eingeweiht?"

Cormag schaute mich so eindringlich an, dass ich eine kleine Gänsehaut bekam.

„Aber ich bin eine Erdsängerin, ich will keine Schamanin sein. Ich bin doch schon was", entgegnete ich kleinlaut. „Meine angeborene Andersartigkeit hat mir bisher mehr als genug Ärger im Leben eingebracht. Meine Mutter hat mich sogar deswegen verstoßen."

„Tibby, du bist etwas Besonderes! Du gehörst auch dem Feuergeist an, nicht nur dem Erdelement. Wie ich! Das habe ich bei unserer ersten Begegnung gefühlt. Erinnerst du dich? Das Onyx-Ei? Ich habe deine Schwingung darin gelesen und war", Cormag lachte nun leise in sich hinein ob des Wortspiels, „sofort *Feuer und Flamme* für dich. Nichts wünsche ich mir mehr, als dich auszubilden! Niemand, der je durch diese Tür kam, war vielversprechender als du."

„Darüber muss ich nachdenken. Aber sag mir jetzt, was bedeutet das - ‚mittlere Welt'?"

„Mit dieser Frage beginnt schon deine Ausbildung. Du wirst sehen, es wird dir Spaß machen und dich neugierig werden lassen. Sei unbesorgt. Ich werde nicht weitergehen, als du es selber willst. Du kannst jederzeit aufhören. Außerdem müssen wir die Zeit, bis Tosh kommt, um dich abzuholen, irgendwie sinnvoll füllen."

Er schenkte sich einen großen Whiskey ein und leerte das Glas in einem Zug. Cormag trank so hastig, dass einige Tropfen in seinem Bart herunterliefen. Das rief bei mir ein Unbehagen hervor und ich beschloss, vorsichtig zu sein. Andererseits – Tosh vertraute ihm.

„Hast du mal von dem Weltenbaum gehört, in der Schule vielleicht? Auch Yggdrasil genannt, Axis mundi."

Ich schüttelte den Kopf.

„Nun. Das macht nichts. Hat auch Zeit. Vorher müssen wir ohnehin über das Schwert sprechen. Und über deine Kette - findest du nicht auch? Der Stein sieht aus, als wäre er das fehlende Drachenauge. Hast du das noch nicht bemerkt?"

Ich schwieg, weil ich nicht wusste, wo ich anfangen sollte. Verlegen ließ ich meinen Blick durch den Raum schweifen, er blieb an einer äußerst seltsamen Uhr hängen. Wenige Momente später, zur vollen Stunde, erschrak ich, denn ein Türchen öffnete sich und ein Holzvogel kam herausgeschossen und machte Geräusche, die wie ‚Uuckuck' klangen. Cormag lehnte sich entspannt auf seinem Stuhl zurück und strich über seinen Bart, spielte mit der Adlerkette, die ihm schwer über seine breite Bärenbrust hing. Die Wanduhr tickte. Das Ticken wurde immer lauter. Bis ich schließlich damit herausplatzte.

„Es ist nicht von dieser Welt! Mein Ururgroßvater hat es geschmiedet. Er war ein Elb aus Magiyamusa, einem Teil der Anderwelt."

Nun war es heraus. Mein Herz klopfte. Doch musste nicht gerade ein Schamane so etwas verstehen?

Cormag richtete sich interessiert auf und lehnte sich zu mir herüber. Seine Augen glänzten fiebrig.

„Etwas in der Art hatte ich vermutet. Großartig. Was weißt du alles darüber?"

„Aus dem Tagebuch meiner Urgroßmutter, der ersten Erdsängerin in der Familie, und den Fairytales-Büchern, weiß ich, dass er auf die Erde verbannt worden ist. Es hat so etwas wie einen magischen Kampf gegeben, der einen Riss zwischen den Welten geöffnet hat. Er fiel hindurch und musste sich fortan auf der Erde durchschlagen. Das war vor etwa hundert Jahren, in der Gegend um Glasgow. Sein

Name war Fearghas. Er hatte besondere Fähigkeiten. Das Schwert, irgendwas war damit schief gelaufen. Es war auf seine Weise lebendig, einsam. Und hungrig! Über Umwege kam es später zu ihm zurück, als er in einen Menschen verwandelt worden war. Es hatte meine Urgroßmutter verschlungen, als sie noch sehr klein war."

„Verschlungen?"

„Naja, da war wohl eine Kugel aus Licht entstanden, blauem Licht, wohl eher ein Energiefeld. Aus dem Schwert heraus! Sie hatte es im Lauf der Zeit erst vergessen oder als einen Kindertraum abgetan. Aber dann kamen die Erinnerungen zurück. Jedenfalls ist sie an diesem Tag zur Erdsängerin erweckt worden. Gäa kam hinzu und beschützte das Kind vor dem seelenfressenden Schwertgeist. Die kleine Tibby, sie hieß tatsächlich so wie ich, nannte sie Zauber-Mama. Die Erdgöttin hat mit ihr und den Blumen Lieder gesungen und sie haben getanzt. Eigentlich, so weit ich es verstanden habe, wollte ihr Vater mit dem Schwert einen rituellen Selbstmord begehen, weil er weder auf der Erde noch in Magiyamusa frei leben konnte. Aber dann brannte das Wirtshaus, und er rettete seine spätere Frau Robena aus den Flammen. Das Schwert ließ er in der Schmiede zurück."

Ich zögerte etwas, die nächsten Worte auszusprechen.

„Da hatte er schon die Gestalt eines menschlichen Drachen."

Cormag stieß einen leisen Pfiff aus. Weil er fasziniert an meinen Lippen hing, fuhr ich ermutigt fort. Es war irgendwie schön, dass ich das alles rauslassen konnte, ohne Gefahr zu laufen, für verrückt erklärt zu werden.

„Übrigens, auf meiner ersten Fahrt nach Schottland hatte ich in Glasgow Halt gemacht und dort in einem Pub übernachtet. Er war auf den Grundmauern des „Weißen Schwanes" errichtet worden, der 1863 vollständig abbrannte. Es gibt dort eine Legende von einem Feuerteufel, er soll eine Jungfrau aus den Flammen gerettet haben. Verstehst du, Cormag? Das bedeutet, meine Ahnfrau hat sich alles nicht ausgedacht, es ist wirklich geschehen!"

Ich konnte nicht länger stillsitzen und sprang auf, ging im Raum auf und ab.

„Es fügt sich alles zusammen", sinnierte ich. „Auch, dass ich ausgerechnet in diesem Pub landete, kann doch kein beliebiger Zufall gewesen sein. Und du! Und Tosh! Meinst du, es wäre denkbar, dass Gäa meine Schritte leitet?"

Cormag lachte rau auf. „Nicht nur denkbar – es geschieht immerzu. Alle Menschen werden von ihren Schutzgeistern und Helfern geführt. Je offener ein Mensch dafür ist, umso mehr können sie helfen und Ereignisse in Gang setzen und uns lehren. Jeder Einzelne hat seine ganz eigene Lebensaufgabe, hat seinen ganz persönlichen Weg zu gehen."

Mein Gegenüber griff wieder zur Whiskyflasche. „Du sagtest, er war in Drachengestalt. War das ein Trugbild? Was genau meinst du damit?"

„Ich denke, er war so eine Art Werwolf. Bloß eben kein Wolf, sondern ein Drache. Mit Krallen und Schuppenhaut. Wie es aussieht, beruhen die alten Märchen und Sagen auf wahren Begebenheiten."

„Und dieses Wesen hat das Schwert eigenhändig hergestellt", murmelte Cormag ergriffen. „Und es gelangte zu mir."

Er strich mit seinen dicken Fingern über das Schwert, als würde er eine Frau liebkosen. Sein gieriger Blick gefiel mir nicht. Das Schwert war mein! Ich ging zum Tisch zurück und nahm es an mich.

„Es ist spät geworden, ich bin sehr müde. Lass uns morgen weiterreden. Kann ich wieder in der Hütte schlafen?"

„Da ist nicht geheizt."

„Wenn mein Schlafsack noch da ist, wird das kein Problem sein."

„Na gut. Mach den Riegel von innen vor. Man weiß nie, wer nachts durch die Highlands streift."

„Gute Nacht."

***

Als ich am nächsten Morgen erwachte, hielt ich den Schwertknauf in der Hand. Ob ich es die ganze Nacht festgehalten hatte? Ich schälte mich aus meinem Schlafsack und dankte Tosh im Stillen, dass er gute Qualität gekauft hatte. Die Hütte war kalt, ich fröstelte nach dem Aufstehen. Wie schön es jetzt gewesen wäre, unter die heiße Dusche zu gehen! Mich erwartete aber nur kaltes Wasser in einer aus Stein gemauerten Wohnküche. Das war der Preis der Freiheit, wurde mir klar. Ich bekam weiche Knie. Was hatte ich nur getan? Ich hatte mich von einer Abhängigkeit in die nächste begeben. Was, wenn Tosh es sich anders überlegt? Vielleicht war alles nur ein Anflug von romantischer Ritterlichkeit gewesen? Cormag hatte uns spöttisch ‚Guinevere und die Ritter der Tafelrunde' genannt. Ich strich zärtlich über meinen Verlobungsring und ermahnte mich, nicht gleich das Vertrauen zu verlieren, nur weil ich den Annehmlichkeiten der Zivilisation hinterhertrauerte. Ein Frühstück würde meinen Nerven sicher gut tun.

Das Schwert versteckte ich im Schlafsack und stopfte alles unter die Sitzbank. Aus dem Rucksack holte ich meinen Zahnbecher mit Bürste und Zahnpasta. Viel war nicht mehr drin. Auf dem Weg zum Haus spürte ich dieses verdammte Ziehen im Unterleib, das mir unmissverständlich klarmachte, dass ich eine Frau war. Verflucht aber auch, daran hatte ich nicht gedacht. Wo konnte ich hier Monatshygiene kaufen gehen? Morgen, spätestens übermorgen brauchte ich sie. Mein Schritt verlangsamte sich. Da war auch eine Art Ziehen im Kopf. Schläfrig kramte ich in meinen Erinnerungen. Da war was mit dem Schwert gewesen. Ein Traum? Oder hatte sich wirklich letzte Nacht der Stein an meiner Kette ohne mein Einwirken auf die leere Augenhöhle des Drachen zubewegt? Ich sah vor meinem geistigen Auge wie der rote Stein schwebte und an der Kette zerrte. *Er hungert nach Feuerblut, die Kette darf nicht reißen,* hörte ich eine männliche Stimme rufen. Irritiert fuhr ich herum und suchte nach der Person, die das gesagt hatte. Aber ich war allein, zwischen den Gebäuden war niemand außer mir. Am Himmel kreiste ein Adler, so wie an dem Abend, als ich mit Tosh das erste Mal hierherkam. Er ging in den Sturzflug und krallte sich eine Maus. Jedenfalls quiekte etwas. Leben und Tod – so eng miteinander verquickt. Schlagartig überfiel mich Trübsinn. Ich vermisste meinen Vater. Ich vermisste Mafalda. Und sogar ein wenig meine Mutter. Auf jeden Fall mein schönes Zimmer. Ob Mutter mir verzeihen würde, wenn ich wieder heimkehrte?

Im Haus hörte ich Cormag rumoren, er klapperte mit Töpfen, schien mir. Ich roch den Torf im Rauch, der aus dem Schornstein aufstieg. Energisch wischte ich mir die Tränen aus den Augenwinkeln und atmete ein paar Mal tief ein und aus. Die Bergluft war so prickelnd und erfrischend. Schön war es hier, wirklich schön! *Immer einen Schritt nach dem anderen, Tibby,* ermahnte ich mich selber. *Jetzt musst du mit der Situation klarkommen, es war deine eigene Wahl.* Als ich das Haus betrat, stieg mir der Duft von Angebranntem in die Nase. Na toll.

„Frühstück?", fragte Cormag. „Nimm dir."

Naserümpfend blickte ich in den Topf. Porridge. Mit Kohlearoma. Grässlich.

„Kannst du kochen?", fragte Cormag hoffnungsvoll.

„Nein. Wir haben ein Hausmädchen. Meine Mutter kann auch nicht kochen. Oder will nicht, keine Ahnung. Sie isst auch viel unterwegs außer Haus. Mafalda kocht immer so schöne Sachen. Am liebsten mag ich Reissuppe mit Entenfleisch, Cashewkernen und Kirschen."

„Das kann man essen?"

Ich hätte fast gelacht, als ich Cormags Entsetzen sah. *Wohl ein wenig zu exotisch für einen Schotten,* dachte ich. Mafalda – ich musste sie irgendwie erreichen, ihr sagen, dass ich okay war. Sie war bestimmt in großer Sorge um mich.

„Sag mal, wo kann ich hier in der Gegend telefonieren? Und Einkaufen müsste ich auch was."

„Besser, du bleibst hier, wo dich keiner sieht. Du bist auf der Flucht. Schon vergessen?"

Seine Worte versetzten mir einen Stich. Er hatte ja Recht, aber ich konnte doch unmöglich monatelang nur hier in der Hütte hocken und seinen verbrannten Porridge essen. Was gab es wohl zu Mittag? Zum Abendessen? Verstohlen schaute ich mich um.

„Aber ich muss einkaufen. Ich bin ein Mädchen."

Irritiert schaute er mich an.

„Ich gehe alle vierzehn Tage runter ins Dorf, nach Tincraig am Loch Lugann. Sag mir, was du brauchst."

„Du verstehst nicht." Jetzt wurde ich rot. Wie sollte ich ihm das sagen, dass ich Binden brauchte? Himmel, hilf! „Also. Ähm. Es gibt Dinge, die eine Frau unbedingt selber kaufen sollte."

Cormag gab ein Brummen von sich. Offenbar hatte er kapiert. Es verdrehte die Augen zum Himmel und murmelte etwas über Tosh, Mädchenkram und das Wort Zumutung kam auch in seinem Gebrabbel vor, glaube ich.

„Ich werde dir den Weg ein einziges Mal zeigen. Besser, man sieht uns nicht zusammen. Ich habe keine Lust, wegen dir in Schwierigkeiten zu geraten.

Annellas Augen und Ohren sind überall. Kauf, was du kaufen musst, aber übertreib nicht! Ich will hier kein Parfüm riechen müssen oder Nagellack."

Cormag stand vom Tisch auf und warf seine Schüssel achtlos in eine alte, zerkratzte Plastikwanne, die offenbar zum Abwaschen diente. Er griff nach einer Pfanne, brachte den Spirituskocher in Gang und schnitt dicke Scheiben von einer geräucherten Speckseite ab, die von der Decke hing, zwischen getrocknetem Beifuß und Zwiebelzöpfen.

„Auch was?"

Ich verneinte rasch und leerte meine Schale. Haferflocken, Wasser, Salz, ein Hauch Zucker. Es war mir schleierhaft, wie die Schotten all die Jahrhunderte überlebt hatten.

„Dann mach dich mal nützlich, Mädchen. Wasser wird vom Bach geholt."

Jetzt war es an mir, entsetzt dreinzuschauen. „Aber da ist doch die Schwengelpumpe!"

„Die ist kaputt. Im Grunde brauche ich sie auch nicht."

Ich folgte Cormags Wegbeschreibung zum Bach und holte Wasser. Vier Mal ging ich den Weg hin und zurück. Die Eimer waren verdammt schwer, aber ich beklagte mich nicht. Das Waschbrett mit der Kernseife und dem Zuber hatte ich mittlerweile auch entdeckt, es gab noch einen Verschlag hinter dem Haus, was meine Frage beantwortete, wo und wie ich meine Wäsche waschen sollte. Schließlich hatte ich nicht sehr viel mitnehmen können. Wie konnte dieser Mann nur so primitiv leben? Kein Wunder, dass Lady

Annella ihn nicht leiden konnte. Was sah Tosh in ihm?

Am späten Vormittag gingen wir schließlich hinunter ins Dorf Tincraig. Den halben Weg wanderten wir über Stock und Stein bergab durch Heidelandschaft, dann, zu meiner Erleichterung, gelangten wir auf eine befestigte Straße, die schließlich durch den Ort führte. Im Convenient-Store fand ich alles, was ich brauchte und legte mir einen richtigen Vorrat an. Sie hatten sogar meine Lieblingszahnpasta. Die ältliche Frau an der Kasse stellte mir keine Fragen und packte alles in eine große Papiertüte.

„Noch etwas, Darling?"

Ich überlegte. Angesichts der Entfernung kam ich sicherlich so schnell nicht wieder hierher. Ich war unglaublich verschwitzt, obwohl es ein kühler Tag war. Praktisch, so ein gemischter Dorf-Laden, der weit und breit der Einzige ist. Eine Goldgrube für die Besitzer. So ziemlich alles, was man zum Leben brauchte, bekam man hier. Ich gönnte mir noch eine Tüte Toffees und ging dann Cormag suchen, der seine Lebensmittelvorräte aufstocken wollte. Mein Geld hatte ich nun mehr oder weniger restlos ausgegeben. Für zwei oder drei kurze Telefonate würde es noch reichen. Wen sollte ich zuerst anrufen? Als ich schließlich in der feuerroten Telefonzelle stand, waren meine Hände schweißnass. Ich focht einen inneren Kampf aus: Mutter anrufen oder nicht? Unsicher vertagte ich die Entscheidung und rief Tosh an. Der Apparat befand sich auf dem Flur des Studentenwohnheimes, ziemlich in der Nähe von seiner Unterkunft. Das wusste ich genau, weil ich ihn lang genug angestarrt hatte, als ich auf Tosh wartete. Ich konnte nur inständig hoffen, dass er das Klingeln hören würde. Nach dem neunten Klingeln nahm jemand den Hörer ab.

„Hallo?"

Die Stimme gehörte einem Fremden.

„Ist Tosh da? Er hat das Zimmer Nr. 33."

„Wer?"

„Tosh Warrington. Er studiert Astrophysik und wohnt mit Noah und Ben zusammen."

„Ach der. Nö. Ist nicht da."

„Wann kommt er denn wieder?"

„Weiß nich'."

Ich musste schon Münzen nachwerfen. Viele hatte ich nicht mehr.

„Sag ihm bitte, Tibby hätte angerufen. Mach einen Zettel an die Tür, oder so, ja? Das ist echt wichtig. Bitte nicht vergessen! Schreib drauf, dass ich Morgen wieder anrufe, so gegen Mittag."

„Mmh, mach' ich", nuschelte der Unbekannte und legte auf.

Schwer enttäuscht verließ ich die Telefonzelle. Ich hätte so gern Toshs Stimme gehört. Mein Kleingeld hob ich mir für den nächsten Anruf auf. Mafalda konnte ich ja einen Brief schreiben. Ohne Absender natürlich. Andererseits – der Poststempel würde meinen Aufenthaltsort mehr oder weniger verraten. Und was machte ich, wenn mir mein Geld ausging? Ernüchtert erkannte ich, dass ich mir einen Job suchen musste. Ich überquerte die Straße und ließ mich auf der Steinmauer nieder, die einen kleinen Kirchfriedhof umspann. Mir war nicht gut. Tropfen für Tropfen sickerte in mein Bewusstsein, ich welche Lage ich mich wirklich gebracht hatte. Ich konnte mir schlecht einen Job suchen, ohne zu lügen. Naja, dann musste ich eben lügen! Welche Fähigkeiten hatte ich anzubieten? Mir fiel nicht viel ein, außer meinem Geschick mit Pflanzen. Ob es hier eine Gärtnerei gab? Eine Tierhandlung wäre auch eine Möglichkeit für mich. Zur Not müsste ich putzen gehen. Allerdings hatte ich darin keine Erfahrung, weil Mafalda alles für uns machte.

Mafalda! Sie hatte mir doch einen Brief konspirativ in die Pralinenschachtel gelegt, zusammen mit meinem Reisepass. Wenn ich Geld bräuchte, sollte ich ihr Bescheid sagen. Nachdem ich mich daran erinnert hatte, ging es mir etwas besser. Aber ich war verwundert darüber, dass sie offenbar nicht damit rechnete, dass ich reumütig nach Hause kommen würde. Wie war sie bloß an meinen Reisepass gekommen? Wusste sie etwa, wo Mutter unsere Dokumente aufbewahrte? Das würde Mutter gar nicht gefallen.

Weil Cormag sich noch nicht blicken ließ, dachte ich über all das nach, was er mir auf dem Weg hierher über diese Axis Mundi erklärt hatte. Als ich begriffen hatte, dass er nicht wirklich von einem Baum sprach, sondern dieser nur als Sinnbild diente, als sichtbare Manifestation der gedachten Zentralachse, die Erde, Himmel und Unterwelt verband, fiel es mir leichter, seinen Erläuterungen zu folgen. Schamanen und andere Eingeweihte schickten ihren Geist auf Reise in die obere oder untere Welt, um Heilung für sich oder andere zu suchen, Kraft zu finden, Erkenntnisse, oder um verlorene Seelenteile einzufangen. Herrje, was für eine Vorstellung! Wie konnte man denn einen Teil der Seele verlieren? So schusselig war ja wohl keiner. Die Schamanen sind Reisende zwischen den Welten, hatte Cormag gesagt. Sein Krafttier und Führer durch die Welten wäre der Adler. Andere Schamanen hatte wiederum ein anderes Tier, das ihnen Schutz und Führung bot. Die Weltenachse lag im Mittelpunkt des Universums. Dort, wo der Schöpfer Ordnung in das Chaos brachte, wo er durch den Akt der Schöpfung Welt und Wesen ins Leben rief, dort war die Mitte. Keine geografische Lage, machte Cormag mir mehr oder weniger klar. Überall dort, wo Menschen nach Gott suchten, war ein Zugang zur Axis Mundi. Eingeweihte oder sehr sensible Menschen könnten die Zeichen des Heiligen in der Welt erkennen. Manchmal boten auffällige Stellen in der Natur, wie Quellen, alte Bäume, Felsen oder Höhlen, leichteren Zugang. Ich fand es verwirrend, dass die Weltenachse einerseits keine geografische Lage hatte, andererseits sich aber an geografischen Stellen manifestierte. Wir hatten darüber diskutiert, fast schon gestritten, ob Magiyamusa in der Ober- oder Unterwelt lag. Ich vertrat die Meinung, dass diese Anderwelt in derselben Existenzebene lag wie die Erde, nur seitlich verschoben. Oder so ähnlich. Da konnte ich wirklich nur mutmaßen.

Ich hatte mir vorgenommen, ihm alsbald die Schöpfungsgeschichte der Anderwelt vom Elben Fearghas vorzulesen, die in den Fairytales stand. Aber dann fiel mir ein, sie stand in einem der Bücher, die ich in meinem Zimmer zurückgelassen hatte. Ich fühlte tiefe Dankbarkeit und Erleichterung, dass Mafalda die Bücher in Sicherheit gebracht hatte. Eines Tages würde ich sie mir holen! Sie waren mir genauso wichtig wie das Schwert. Ich hatte Cormag gefragt, ob er denn nach Gott suchen würde. Er meinte, das wäre nichts für ihn. Seine Wege würden durch erdnahe Gebiete führen, er würde mit den Kräften der Natur ringen und manchmal auch mit denen der Finsternis. Als er das sagte, so als wäre das etwas Alltägliches wie Zähneputzen oder Autofahren, wurde mir ganz anders zumute.

Weil mein unfreiwilliger Gastgeber nach einer halben Stunde immer noch nicht am vereinbarten Platz eingetroffen war, schwang ich meine Beine über die Mauer und spazierte über den Friedhof. Die kleine Kirche gefiel mir. Sie sah wie eine Miniatur-Trutzburg aus. Vorne, zur Straße hin, lagen die Gräber neueren Datums. Auf der Rückseite der Kirche, zwischen alten Bäumen, lagen alte Gräber. Die Grabsteine waren stark verwittert, mit Moos und Flechten bewachsen. Hier kam nur selten die Sonne hin. Ich erschrak etwas, als eine fette Katze plötzlich auftauchte und hinter einer Maus herjagte. Es wurde zunehmend kälter, und ich hoffte, dass Cormag mich nicht einfach vergessen hatte. Einer der Grabsteine fiel mir ins Auge. Er unterschied sich von den anderen sehr durch seine Schlichtheit und Eleganz. Er war geformt wie ein Kirchenfenster oder Spitzbogen. Eine Rose war in den oberen Teil kunstvoll eingemeißelt. Darunter las ich mit stockendem Atem den Namen *Rosehill.* Ein Familiengrab. Vier Namen, vier Mal Jahreszahlen. *Alasdair, Isabell, Kenny, Carson.* Daneben zwei weitere Gräber mit dem Namen Rosehill. Hier lag meine Ursprungsfamilie. Andächtig verharrte ich dort, bis ein Knirschen auf dem Kiesweg mir sagte, dass ich nicht mehr alleine war.

„Hier versteckst du dich also!" Cormag kam auf mich zu geschlendert. „Was macht so ein junges Ding wie du auf einem Friedhof? Auf Geisterjagd, mitten am Tag?", scherzte er.

Ich drehte mich zu ihm um und er sah, dass mir nicht zum Scherzen zumute war. Feierlich streckte ich meinen Arm aus und deutete mit ruhiger Hand auf die Grabinschriften.

„Das zeigt mir, dass ich hier meinem Schicksal folge. Ich habe bis vor einer Weile noch gedacht, ich wäre nur ein dummes Ding, das kopflos davongelaufen ist. Aber nun weiß ich, ich bin zu Recht dem Ruf des Schwertes gefolgt. Hier liegt meine Familie begraben. Sieh doch nur, das muss ein Zeichen sein!"

Kapitel 15 – Ein neues Geheimnis

Eine Woche war nun vergangen seit meinem zweiten vergeblichen Anruf bei Tosh. Ich grübelte ständig darüber nach, ob der nuschelnde Typ einfach vergessen hatte, einen Zettel an die Tür zu heften – oder ob es Tosh nicht wichtig genug gewesen war, für mich erreichbar zu sein. Was, wenn ich mich doch in ihm getäuscht hatte? Er sah so gut aus, hatte reiche Verwandte, er war klug und gebildet – ein angehender Wissenschaftler! Was sollte er mit mir, einer übergewichtigen Sonderschülerin denn schon anfangen? Wahrscheinlich hatte er unser kleines Gretna Green-Abenteuer längst in der Schublade für peinliche Jugendsünden abgelegt. Ganz weit nach hinten geschoben, dort, wo es schon staubig ist. Am Ende lachten Noah, Ben und Tosh über mich, über meine Leichtgläubigkeit und den Hang zur Romantik?

Trübsinnig hockte ich auf einem Felsen und starrte ins Tal hinab. Dort unten lag Tincraig, das alte Dorf am Loch Lugann. Es schmiegte sich an das umliegende Bergland. Farbtöne in grün und graubraun prägten das Bild. Der Himmel zeigte ein seltsames blaugrau, das ich so noch nicht gesehen hatte. Der Wind war heute scharf, er hatte seine Kraft über dem Atlantik erneuert und brachte feuchte Seeluft mit. Fröstelnd griff ich in meine Jackentasche und zog meine letzten Toffees heraus. *Ich hätte doch lieber die größere Tüte nehmen sollen*, dachte ich. Meine Füße steckten in gefütterten Gummistiefeln. Cormag hatte darauf bestanden, dass ich mir welche aussuchte, als wir in Tincraig waren. Er hatte sie bezahlt und lässig abgewunken, als ich mich bedankte und von Rückzahlung anfing. Geld wäre kein Thema für ihn, meinte er. Der Ladenbesitzer, ein wortkarger, knubbeliger Kauz von mindestens achtzig Jahren, hatte schief gegrinst, als er das hörte.

Cormag hatte mir an diesem Morgen seine Sammlung von alten Zeitungsausschnitten gezeigt. Er sammelte alles aus der Gegend hier und ganz Britannien, was auch nur entfernt mit Hinweisen auf ‚Anderweltliches' zu tun hatte. Aber die drei Berichte einer Glasgower Zeitung, die er mir geschenkt hatte, bezogen sich mit Sicherheit auf den Ahnvater meiner Familie. Ob Mutter anders über mich denken würde, wenn ich ihr diese Beweise vorlegen würde? Ich zog sie aus meiner anderen Jackentasche hervor, wo sie in Sicherheit vor klebrigen Toffees waren, und las sie erneut, diese ‚Glasgower Kuriositäten'.

„In der Samhain-Nacht gab es im Umkreis von 25 schottischen Meilen um Glasgow ein seltsames Wetterphänomen zu beobachten. Augenzeugen beschreiben es als ein ungewöhnlich heftiges Wetterleuchten, gefolgt von einem gigantischen Blitz, der nicht von oben nach unten, sondern quer verlief. Als wäre das nicht kurios genug, behaupten zwei Arbeitslose auf Wanderschaft, die im hiesigen Armenhaus übernachteten, es wäre ‚der Teufel vom Himmel gefallen', direkt in ihr Lagerfeuer. Des Weiteren wurde kürzlich eine verwirrte Person im East End aufgegriffen, im ungefähren Alter von 65 Jahren, die von sich behauptet, sie wäre ein Lepterologe (das wäre ein

Schmetterlingsforscher), geboren im Jahre 1711. Der Leser beachte: Der gute Mann wäre demnach 151 Jahre alt! Traurig, was der Alkohol bei manchen Menschen so anrichtet. Der Schreiber dieser kuriosen Zeilen meint, dass Trunksucht auch keine Lösung ist, für die Probleme in dieser Stadt. Morgen an dieser Stelle wieder mehr! Haben Sie auch etwas Kurioses erlebt oder zu berichten? Dann kommen Sie in der Redaktion vorbei. R.G.jr."

„Es mehren sich die Hinweise, dass hierzulande etwas Unheimliches im Gange ist. Ich habe Kenntnis davon erlangt, aus zuverlässiger Quelle, dass zwölf Personen sich in unserer Stadt befinden, die heimatlos sind und von sich sagen, sie seien in einer anderen Welt gewesen. Feen seien ihnen dort begegnet und andere Wesen, von denen man nicht sicher sagen könne, ob sie vom Herrgott erschaffen oder Ausgeburten der Finsternis seien. Ohne Ausnahme berichten diese Personen, deren Namen mir größtenteils bekannt sind, dass ihre Familien nicht mehr aufzufinden seien, es sei denn, man ginge auf den Friedhof. Dort lägen sie seit vielen Jahren, obwohl sie jung und gesund gewesen waren, als man sie unfreiwillig verlassen hatte. Ein William Abercrombie, seines Zeichens Handwerker, behauptet, er hätte seine Schreinerei im Besitz eines alten Mannes vorgefunden. Dieser wiederum hätte ihm berichtet, vor 53 Jahren (!) wäre sein Vater William spurlos verschwunden. Und nun wird es ganz kurios: Alle von mir Befragten gaben übereinstimmend zu Protokoll, dass sie von einer hexenartigen Gestalt mit Zauberkräften bedroht worden seien, bevor sie

zurückkehrten. Nur das Eingreifen eines beherzten, blauhaarigen (!) Mannes in rotgoldener Uniform, hätte ihnen –vermutlich- das Leben gerettet. Danach wären sie ‚durch die leere Zeit gefallen' und hätten ihr Zuhause kaum noch, bzw. gar nicht mehr wiedererkannt. Nur eine Person, die Haushälterin eines katholischen Priesters aus Paisley, gab an, sie selbst wäre offenbar nur drei Erdentage fortgewesen, wobei sie aber in der anderen Welt das Gefühl gehabt hätte, dort wochenlang umherzuirren. Ich frage nun den geneigten Leser: Haben wir es mit einer Art Massenhysterie zu tun – oder doch mit der Wahrheit? Letzteres wäre nicht auszudenken, was die Konsequenzen für unser aller Weltbild anginge. R.G.jr."

Der dritte Bericht handelte von einem Exorzismus, der im North Wood, einem Waldgebiet bei Glasgow, durchgeführt worden war. Seit diesem Tag wurde der Moorteich nur noch ‚Devil's Hole' genannt. Erneut fand ich die Geschichte bestätigt, die ich auf meiner ersten Schottlandreise im Bed & Breakfast-Pub über den Feuerteufel erfahren hatte. Mein Ahnherr tat mir unendlich leid. Wie musste sich das anfühlen? Gejagt zu werden, weil man wie ein Monster aussieht? Die Liebe seines Lebens zu retten und dann doch zurücklassen müssen? Ich seufzte und schlingerte noch tiefer in mein Selbstmitleid. Tosh hatte auch mich gerettet und zurückgelassen, aber war ich wirklich die Liebe seines Lebens?

Hinter mir kicherte jemand. Ein feines, kleines Stimmchen! Ganz langsam drehte ich meinen Kopf und blickte vorsichtig über meine Schulter. Eine

Moos-Elfe! Sie versprühte winzige, funkelnde Tröpfchen Feuchtigkeit und hatte eine dunkelgrüne Haut. Sie flog auf meine Hand, leichter als ein Schmetterling. Dort vollführte sie einen Spiraltanz, lächelte mich auf bezaubernde und doch ernste Art und Weise an und verschwand wieder. Ein leichtes Flimmern in der Luft hielt für einige Sekunden noch an, dann war es vorbei. Mein Herz klopfte vor Freude. Sie sprachen wieder mit mir! Ich atmete tief durch und spürte, wie neue Kraft in mein Herz floss. Ein Nieselregen setzte ein. Dennoch breitete ich meine Arme aus und drehte mich langsam im Kreise, begann den Spiraltanz. Je länger ich mich bewegte, umso rhythmischer und anmutiger wurden meine Schritte. Trittsicher wie eine Bergziege setzte ich meine Füße zwischen Fels und Stein, ließ mich von ihnen führen, bis ich schließlich von einem großen Felsblock gestoppt wurde. Übermütig geworden, zog ich Stiefel und Socken aus und tanzte mit nackten Füßen weiter. Wie von allein fanden meine Fußsohlen Moos und bodendeckende Pflanzen. Mir fiel mein Taufspruch ein: *Denn er hat seinen Engeln befohlen, dass sie dich behüten auf allen deinen Wegen, dass sie dich auf den Händen tragen und du deinen Fuß nicht an einen Stein stoßest.* Ich wusste zwar genau, dass das hier nicht damit gemeint war, aber das störte mich nicht. Es war das, was ich jetzt fühlte: Mir war, als würden Engel mich führen. Mein Kummer und meine Zweifel um Toshs Liebe zu mir verflüchtigten sich und Wohlbefinden breitete sich in mir aus. Der Regen nahm an Stärke zu, und zugleich auch meine Euphorie. Und schließlich stand sie leuchtend vor mir - Gäa! Genau wie in meinen Kindertagen erschien sie mir in Gestalt einer rundlichen, älteren Frau und lächelte mich liebevoll an. Der Regen hatte sich verstärkt, aber mir machte es nichts aus. Ich fühlte, ich war zuhause bei Gäa, hier hatte ich mein wahres Sein.

„Willst du dir den Tod holen, oder was?"

Ich wendete mich unwillkürlich von Gäas Erscheinung ab, als ich Cormags verärgerte Stimme hinter mir hörte. Er kam mit eiligen Schritten auf mich zu und machte ein finsteres Gesicht.

„Wo sind deine Stiefel, du dummes Gör?"

Musste er ausgerechnet jetzt hier aufkreuzen? Ich drehte mich wieder um und suchte Gäas Lächeln, aber sie war nicht länger da, nicht einmal die Luft flimmerte nach. Maßlos enttäuscht ließ ich den Kopf hängen. Und plötzlich fror ich ganz erbärmlich. Meine Füße waren blau vor Kälte und taten weh. Ich zitterte, als Cormag schließlich mit meinen Stiefeln und Socken vor mir stand. Solange ich tanzte, war alles weich und schön und warm gewesen – und nun war die Welt wieder zu dem geworden, was sie in Wirklichkeit war: ein Ort der Härte und Kälte. Den ganzen Weg zur Hütte zurück schimpfte Cormag mit mir. Ich wäre leichtsinnig … Ich wäre eine dumme Pute, die mit ihrer Gesundheit spielt … Er hatte mich wie ein kleines Mädchen an die Hand genommen. Eine starke, warme Männerhand. Willenlos ließ ich mich von ihm führen. Im Haus angekommen, bereitete er mir ein heißes Fußbad und kochte eine

Kanne Tee. Sein Ärger hatte sich in Fürsorglichkeit gewandelt.

„Das wird sicher bald aufhören."

„Was denn?", fragte ich unsicher.

„Na, dieses ewige Himmelhochjauchzend und zu Tode betrübt. Deine Stimmungswechsel sind eine Spätfolge der fragwürdigen Psychopharmaka, die man dir verabreicht hat. Du wirst bald wieder ganz du selbst sein."

Ich erinnerte mich, dass Dolina davon gesprochen hatte, dass er früher Psychiater gewesen sei. Oder was hatte sie damals gesagt? Irgendwas über psychoaktive Substanzen und – Gefängnis? War es etwa das? Leider war ich mir nicht mehr sicher.

„Du scheinst etwas von Tabletten zu verstehen, kann das sein? Wissen Schamanen so etwas auch?"

Cormag brummelte sich irgendwas in den Bart. Aber so einfach wollte ich ihn nicht davonkommen lassen.

„Wie hast du entdeckt, dass du Schamane bist?"

Er antwortete mir mit einer Gegenfrage.

„Wie hast du entdeckt, dass du Erdsängerin bist? Ganz genau: Du weißt es einfach. Du bist es eben. Du bist anders, und ich bin es auch. Früher habe ich als Neuropsychiater gearbeitet. Ich war wirklich gut! Durch meine mentalen Kräfte konnte ich den Patienten in ihre Seele schauen, ich nahm manch einen von ihnen mit auf Reisen in die eigene, innere Welt. Die Psyche ist ein Universum für sich. Doch die Kollegen haben nicht verstanden, was ich machte. Sie haben mir ihre Anerkennung versagt. Ich habe mich in die Berge zurückgezogen, um meine Ruhe zu haben. Verstehst du? Ich wollte allein sein. Mich keinen Regeln mehr unterwerfen. Doch in letzter Zeit spüre ich ..."

Cormag schwieg und starrte ins das unruhig flackernde Kaminfeuer. Der Wind hatte an Stärke zugenommen und pfiff in den Schornstein. Er goss sich Whisky in seinen Tee und nahm einen großen Schluck.

„Was spürst du?", hakte ich nach.

„Dass ich nicht länger allein sein will. Ich brauche dich, Tibby. Dich! Und keine andere. Du könntest meine Gefährtin in der Schattenwelt sein. Du bist soweit, ich weiß es! Heute, als du wie ein Irrlicht im Regen getanzt hast, da hast du etwas gesehen, nicht wahr?"

Mein Herz klopfte bis zum Hals. Ich wollte meine Gäa-Erfahrung nicht mit ihm teilen.

„Du bist wieder hellsichtig geworden. Leugne es nicht. Morgen nehme ich dich mit auf die erste Reise. Ich schicke dich in die Elemente. Wasser, Luft, Erde, Feuer. Feuer! Du mit deinem elbischen Blut könntest vor allem über das Element Feuer gebieten. Lockt dich das nicht?"

In seinen Augen stand ein harter Glanz. Einerseits machte er mir Angst, aber andererseits war sein Angebot verlockend, aufregend. Ich musste an das Feuer im Kamin von Glenmoran denken, wie es auflohderte, nur, weil ich es wärmer haben wollte! Es hatte auf meinen Wunsch reagiert. Einen Versuch war es wert. Ich gab Cormag mein Einverständnis.

In dieser Nacht schlief ich unruhig. Ich träumte. *Wie ein Papierdrachen aus Kindertagen flog ich durch die Luft. An meinem Bein war eine lange Schnur. Sie war so fest angebunden, dass mein Bein mir wehtat. Lichterloh brennende weiße Federn waren an ihr befestigt. Tosh stand unten auf der Erde und rief mir etwas zu, aber ich konnte ihn nicht verstehen. Er war es, der mich festhielt und gegen den Wind kämpfte, der mich fortreißen wollte. Ein geisterhaftes Lachen drang aus den Sturmwolken und zerbiss die Schnur. Ich trieb schreiend davon.*

***

Noch vor Sonnenaufgang wurde ich unsanft aus dem Schlaf gerissen. Jemand spielte auf einem Dudelsack. Nicht zu fassen! Ich schaute fassungslos nach draußen. Und wie ich vermutet hatte, war es wirklich Cormag. Der Kerl hatte vielleicht Nerven! Nach einer Weile erkannte ich das Stück, das er spielte: *Scotland the Brave*. Das versetzte mich gedanklich zurück nach Edinburgh. Ich hatte zwischen Charlotte und Tosh gesessen. Das Military Tattoo war für mich ein echtes Erlebnis gewesen. An Charlotte zu denken, verstimmte mich. Für mein Gefühl war sie eine Verräterin, die Lady Annella in die Hände gespielt hatte, um mich wieder loszuwerden. An Tosh zu denken, erfüllte mich mit zärtlicher Wehmut. Ich betastete lächelnd meinen Verlobungsring, den er mir in Gretna Green übergestreift hatte.

Es kam an diesem Tag nicht mehr dazu, dass Cormag mich durch die Elemente führte. Gerade als wir so weit in der Trance gekommen waren, dass ich einen ersten Blick auf die schamanische Schattenwelt erhaschen konnte und seinen Adler sah, der mich durch das Luftelement führen sollte, klopfte ein Bote an der Tür und überbrachte ein amtliches Schriftstück. Cormags Miene verfinsterte sich beim Lesen. Er murmelte angespannt *„muss heute weg"* und verschwand. Ich war zunächst enttäuscht, aber dann fiel mir ein, dass das Tagebuch meiner Ahnin noch ungelesene Seiten hatte und ich suchte meinen Lieblingsplatz zum Lesen auf. Es war ein flacher Felsen, moosbewachsen. Nicht weit entfernt rauschte ein kleiner Wasserfall. Der Blick ins Tal hinunter auf das Örtchen Tincraig war atemberaubend schön. Ich suchte mir eine trockene Stelle und schlug erwartungsvoll das Buch auf, wo das Lesezeichen steckte.

* Mutter ist jetzt mehr als ein Jahr unter der Erde. Und ich, ich wäre heute fast vor Schreck gestorben. Es war um die Mittagsstunde, als ein Mann die Apotheke betrat – Papa. Nach all den Jahren! Ich hatte ihn längst totgeglaubt. Es kann nicht mit rechten Dingen zugehen, denn er ist um keinen Tag gealtert, seit er uns verlassen hat. Papa ist ganz verwirrt. Er hat mich nicht erkannt. Erst dachte er, Mama stünde vor ihm, mit gefärbten Haaren. „Robena?", hatte er geflüstert. Ich glaube, wir waren beide ganz schön blass um die Nase.

* Papas Trauer ist tief. Ihn so leiden zu sehen, verstärkt meine eigene Trauer um Mutter.

* Erneut muss ich ein Geheimnis um die Herkunft meines Vaters machen. Unsere Söhne glauben, er wäre

irgendein ferner Verwandter, der von einer langen Reise zurückgekehrt ist.

* Alasdair hat gestern mich und Vater zur Rede gestellt. Ihm ist natürlich auch aufgefallen, dass sein Schwiegervater nicht gealtert ist.

* Wenn mein Mann nur nicht so erzkatholisch wäre! Er schrie, Fearghas wäre mit dem Teufel im Bunde. Das gäbe es nicht, dass Menschen über so viele Jahre hinweg nicht altern. Und die Geschichte mit dem singenden Steinkreis würde er ihm auch nicht glauben. Zum Glück haben die Jungs das nicht gehört, weil sie mit den Nachbarskindern draußen spielten. Ich aber, ich glaube Papa. Er sagt, er hätte, von einer Melodie angelockt, damals einen Steinkreis betreten. Der Gesang der Steine wäre so schön für ihn gewesen, dass er diesen Ort nicht mehr verlassen wollte. Er hätte sich ein kleines Feuer in der Mitte angezündet und die Nacht dort verbracht. Als er wieder erwachte, hätte er ein Buch in seiner heilen Hand gehalten, und der Gesang wäre langsam verstummt. Ihm war schwindelig, und er hatte wirre Erinnerungen an einen Traum von Drachen, die riesige Feuer zum Erzschmelzen unterhielten. Viele Erinnerungen. Zu viele für nur einen Traum. Auch wäre er im Frühling eingeschlafen und im Spätherbst erwacht. Er sei auf dem Heimweg gewesen, sagte er, als er am Steinkreis vorbeigekommen wäre. Die Sehnsucht nach Frau und Kind hätte ihn zu sehr gequält, als dass er noch länger ein Wanderbarde hätte sein können. Doch müsse er wohl irgendwie aus der Zeit gefallen sein. So viele Jahre würden ihm fehlen, nicht nur eine Nacht, oder eine

Jahreszeit. Er könne es nicht verstehen. Das Buch? Ja, das habe er noch.

* Alasdair hat letzte Nacht die Magiyamusa-Fairytales gelesen. Er hat wohl die ganze Nacht im Sessel am Kamin verbracht. Ich sah ihn schlummernd, das Buch auf den Knien liegend, als ich weit nach Mitternacht in die Küche ging, um mir ein Glas Wasser zu holen. Eine Whiskyflasche, halb geleert, stand auf dem Fußboden neben dem Sessel. Sein Hemdkragen stand weit offen. Die Haare verzaust. Mein Gatte, sonst die Korrektheit in persona. Beim Frühstück trug er noch dieselbe Kleidung. Er war sehr still.

* Am Sonntag nach der Kirche hat Alasdair mit Vater einen langen Spaziergang gemacht. Als sie zurückkamen, blickte ich ihnen bang entgegen. Aber dann sah ich, dass beide Männer entspannt waren und sich lebhaft unterhielten. Mir fiel ein Stein vom Herzen. Kenny und Carson liefen ihnen entgegen und zogen ihren „Onkel Fearghas" in die Küche, wo ein Kuchen auf dem Tisch stand. Alasdair kam zu mir, gab mir einen Kuss und streichelte über mein Haar. Da wusste ich, alles wird gut.

* Mir ist gleichermaßen zum Lachen und Weinen. Wie konnte ich nur so naiv sein? Ich hatte ihre entspannte Haltung nach dem Spaziergang ganz falsch interpretiert. Alasdair glaubt Papa immer noch kein Wort. Ich kann es ihm nicht verübeln. Singende Steinkreise! Herrje! Aber wenigstens hält er ihn für harmlos. Ein Irrer, das ja. Aber harmlos. So hat er es ausgedrückt. Aber ich bin seine Frau, ich sehe in sein Herz. Und dort lese ich eine leise Furcht heraus, dass es

doch wahr sein könne. Letztlich bin ich froh darüber, dass ich Alasdair nie von meinen nächtlichen Ausflügen mit Gäa erzählt habe. Oder woher ich all mein Kräuterwissen habe. Interessant, dass er es nie hinterfragt hat. Vielleicht denkt er, es ist altes Familienwissen?

* Papa hat mir das Buch gezeigt, das er im Steinkreis vorgefunden hat. Es ist ein seltsames Ding. Kein Papier, aber auch keine Kalbslederhaut. Irgendwas dazwischen? Nein, irgendwas gänzlich unbekanntes. Mir scheint, es sind winzige Goldfäden eingewebt. Auf dem Buchdeckel prangt ein sehr fremdartiges Schriftzeichen. Es ist keine Rune, aber so ähnlich. Sein Anblick löst in mir ein Gefühl der Furcht aus. Die Seiten des Buches sind leer! Papa sagte, sein Pflegevater Gandarel hätte mal etwas Ähnliches in den Sand gemalt, als er ihm über die Altvorderen etwas erzählen wollte. Aber als jemand vorbeiging, löschte er es schnell aus. Verbotenes Wissen? Ich hoffe, Gäa kann mir mehr darüber sagen. Aber unsere letzte Begegnung ist schon lange her. Was, wenn sie nicht mehr zu mir kommt?

Als mir klar wurde, was ich zuletzt gelesen hatte, setzte scheinbar mein Herzschlag kurz aus und ich schnappte nach Luft. Die Beschreibung passte genau zu dem leeren Buch mit dem handgeschöpften Papier, das ich als Notizbuch hatte verwenden wollen! Ich atmete tief durch und versuchte, mich zu beruhigen. Ob Mafalda es auch vor meiner Mutter gerettet hatte? Der Knoten in meiner Brust wollte sich nicht lösen. Irgendwas übersah ich. Was konnte es nur sein? Ich rutschte vom Fels herunter und ging auf und ab. Grübelte. Atmete. Raufte mir die Haare. Und dann dämmerte es mir! So schnell ich nur konnte, rannte ich zurück zum Crofterhaus und suchte nach dem Schwert. Verdammt! Wo hatte Cormag es hingetan? Auf dem Schrank lag es nicht. Ach nein, natürlich nicht - ich hatte es doch in die Holzhütte mitgenommen! Ich rannte rüber und schließlich zog ich es fahrig aus dem Schlafsack hervor.

Tatsächlich! Das Zeichen auf der Schwertklinge hatte sehr viel Ähnlichkeit mit dem, woran ich mich erinnerte. Um es mit letzter Sicherheit sagen zu können, müsste ich das Buch erst sehen, aber mein Gefühl sagte mir, dass es dasselbe war.

Es galt, ein Geheimnis zu lüften!

Ich suchte kurzentschlossen mein letztes Kleingeld zusammen und machte mich auf den Weg nach Tincraig, um Mafalda anzurufen. Mit etwas Glück würde sie den Hörer abnehmen, nicht Mutter. Der Weg ins Tal hinunter schien nur so unter meinen Füßen dahinzufliegen. Die Aufregung beflügelte mich. Was mich wiederum an meinen Traum erinnerte, wo ich wie ein Papierdrachen durch die Lüfte geflogen war. Ob er eine tiefere Bedeutung hatte? Hatte Tosh mich mit Absicht losgelassen? War das schaurige Lachen von ihm gekommen? Für was wohl die brennenden Federn standen? Ein seltsames Symbol.

Schließlich kam ich schwer atmend vor der Telefonzelle zu Stehen. Es war ein weiter Weg gewesen, und mir graute schon vor dem Aufstieg. Mit zitternden Fingern wählte ich unsere Nummer und lauschte dem Rufzeichen. Nach dem zehnten Klingeln hängte ich enttäuscht den Hörer wieder ein. Im Münzfach klimperte es und ich nahm das Geld entgegen. Keiner zu Hause. Morgen würde ich es wieder versuchen, nahm ich mir vor. Grimmig starrte ich das Telefon an und drohte ihm in Gedanken, es solle mir wenigstens Tosh herbeizaubern. Die Nummer hatte ich noch in meiner Jackentasche. Doch sollte ich ein zweites Mal enttäuscht werden. Unzufrieden machte ich mich auf den Rückweg. Mein Leben war in einer Sackgasse angekommen. Wieder fühlte ich mich wie die geborene Versagerin – alles, was ich anfing, ging schief. Mit einem gerüttelt Maß an schlechter Laune ging ich in den Laden, wo es diese herrlichen Toffees gab und investierte mein letztes Geld. Ich würde mir eben was von Cormag leihen müssen für das nächste Telefonat. Punkt. Jetzt wollte ich diese karamelligen Glücksbringer haben. Außerdem hatte ich das Mittagessen mittlerweile übersprungen. Rechtfertigungen waren also zur Genüge vorhanden. Mit Inbrunst stopfte ich mir den Mund mit den sahnigen Bonbons voll und trat den Heimweg an.

Als ich Tincraigs Ortsrand erreichte und den steilen Bergweg einschlagen wollte, kam mir ein Mann entgegen. Mit großen Augen sah er mich fragend an und verlangsamte sein Tempo. Ich fragte mich, ob er noch nie eine frustrierte Frau, die sich mit Süßem vollstopft, gesehen hatte und überlegte mir eine pampige Antwort, falls er es wagen sollte, dumme Sprüche abzulassen. Doch zu meiner Überraschung sprach er mich sehr höflich an.

„Verzeihung, darf ich Sie etwas fragen?"

Ich nickte zurückhaltend.

„Ich suche ein junges Mädchen in Ihrem Alter, eine Engländerin. Die Beschreibung passt genau auf Sie. Ist Ihr Name zufällig …?"

Genau in diesem Moment quietschten Autobremsen neben mir. Ich traute meinen Augen nicht – Cormag saß am Steuer!

„Sofort in den Wagen! Sie sind hinter dir her!", brüllte er mich an.

Der Mann streckte seine Hand nach mir aus, aber ich duckte mich und rannte geistesgegenwärtig zum Rover. Ich hatte die Tür noch nicht richtig zugemacht, da trat Cormag auch schon auf das Gaspedal.

„Was zum Teufel machst du hier allein in Tincraig? Wieso bleibst du nicht auf dem Berg, wo dich keiner sieht?"

„Selber *was zum Teufel*! Du hast ein Auto? Wieso sind wir dann neulich zu Fuß nach Tincraig gegangen? Und wer ist hinter mir her? Vor wem bin ich davongelaufen?"

Cormag warf mir einen verächtlichen Blick zu. „Was glaubst du wohl? Du bist eine Minderjährige, eine Ausreißerin! Schon vergessen, dass du aus der Klappse abgehauen bist? Natürlich suchen die dich. Deine Mutter sucht dich, die Polizei – alle! Und ich bin das arme Schwein, das seinen Kopf dafür hinhalten muss, wenn sie dich bei mir finden. Tosh verlangt viel zu viel von mir! Ich kann nicht ständig dein Kindermädchen spielen."

„Der Mann sah aber nicht wie ein Polizist aus", protestierte ich schwach. Er war mir sogar in gewisser Weise sympathisch gewesen, seine Frisur hatte mich an Tosh erinnert. Der Unbekannte hatte genau dieselbe Haarfarbe wie er, nur mit Grau vermischt.

Mit einem Blick auf die Tüte in meiner Hand fragte Cormag fassungslos: „Du bist wegen Toffees den weiten Weg gelaufen?"

Beschämt steckte ich sie in meine Jackentasche und schaute schweigend aus dem Fenster. Mein Herz klopfte immer noch vor Aufregung. Wie hatte Mutter – oder die Klinik – erfahren, dass ich hier in Schottland war? Genau hier in der Gegend? Außer Tosh und seinen Freunden wusste doch niemand, wo ich mich aufhielt. Irgendwas stimmte hier nicht. Auch Cormag kam mir komisch vor. Sein Tonfall war so aggressiv, richtig proletenhaft! Das passte nicht zu dem Mann, wie ich ihn bisher kannte. Für den Rest der Fahrt auf der holprigen Landstraße wechselten wir kein Wort mehr. Ich bekam Kopfschmerzen und war froh, als er schließlich in einen Seitenweg fuhr und den Wagen in einem Schuppen abstellte. Er warf den Schlüssel in den Briefkasten eines solide gebauten kleinen Hauses und bedeutete mir, ihm zu folgen. Offenbar war es doch nicht sein eigener Wagen, sondern der eines Nachbarn. Nach einer Weile gelangten wir auf den Weg zu Cormags Anwesen, den ich das erste Mal mit Tosh gegangen war. Es kam mir vor, als wäre das eine Ewigkeit her. Die Sonne ging langsam im Westen unter, der Tag neigte sich seinem Ende zu. Ebenso meine Kräfte. Mürrisch stapfte ich Cormag hinterher. Kurz bevor wir zu seinem Haus kamen, bemerkte ich etwas Glänzendes in einem Ginsterbusch, nahe des Abhangs. Das letzte Sonnenlicht reflektierte auf einer Brosche. Sie kam mir bekannt vor. War das nicht Ilysas Schmuck? Ich nahm sie an mich. Vielleicht kam sie ja mal zu Besuch, dann würde sie sich bestimmt freuen, ihr Schmuckstück wiederzubekommen.

An diesem Abend erlebte ich zum ersten Mal, dass Cormag seinen täglichen gebratenen Speck mit Bohnen nicht aufaß. Er stocherte in seinem Essen herum und warf es schließlich fort. Dafür trank er umso mehr von seinem Whisky. Seine Augen waren gerötet und sein Atem ging schwer. Manchmal starrte er mich an, sagte aber nichts. War er wütend auf mich? Ich beeilte mich, meine Haferflocken mit getrockneten Apfelringen aufzuessen. Still und verunsichert spülte ich das Geschirr, wünschte ihm eine gute Nacht und verzog mich in die Hütte.

Kapitel 16 – In Yggdrasils Labyrinth

In dieser Nacht schlief ich schlecht. Ich wurde immer wieder wach und grübelte. Meine Lage hatte sich durch meine Flucht aus der Klinik nicht wesentlich verbessert. Selbstbestimmung! Pah! Im Grunde war ich immer noch eine Gefangene. Ich hatte mich Tosh anvertraut, der wiederum hatte mich Cormag anvertraut. Und nun lebte ich ohne Strom und fließendes Wasser, schlief auf dem Boden einer Holzhütte in einem Schlafsack, war mittellos und verängstigt wie ein kleines Kind. Wo war denn nun meine heraufbeschworene Selbstbestimmung und Freiheit? Ich war vor meinen Problemen bloß davongelaufen, weiter nichts. Und ich schämte mich sehr, dass ich Mutter und Mafalda im Unklaren gelassen hatte. Vielleicht hatten die Ärzte und Lehrer ja doch Recht? *Zweifelgeister machten sich in mir breit, sie lachten schäbig und zeigten mit ihren knochigen, hässlichen Fingern auf mich.* Unbemerkt war ich in eine Art Halbschlaf geglitten, Traum und Wirklichkeit vermischten sich miteinander. *Mutter stand wutentbrannt vor der Tür und bollerte dagegen. Sie schrie mich an, ich solle endlich aufstehen und meine Pflanzen verbrennen!*

Plötzlich wurde die Tür tatsächlich aufgerissen und ein Schwall kalter Luft weckte mich auf. Im Zwielicht des frühen Morgen stand Cormag auf der Türschwelle. Seine Augen glitzerten seltsam. Er sah elend aus, er hatte tiefe Schatten unter den Augen.

„Steh auf, Mädchen. Pack deine Sachen. Wir müssen fort."

„Was ist los?", murmelte ich schlaftrunken.

„Keine Zeit für Erklärungen. Sie kommen!", raunte er und strich nervös über seinen Vollbart.

In Windeseile zog ich mir Stiefel und Jacke an, packte meine Siebensachen und das Schwert. Wo wollte Cormag mit mir hin? Zum Nachbarn mit dem Auto? Ich ging vor die Hütte und schaute mich vorsichtig um. Ich sah niemanden, auch nicht Cormag. Verwirrt überlegte ich, ob ich das auch nur geträumt hatte, aber dann kam er hinter dem Haus hervor und – ich traute meinen Augen nicht – führte zwei gesattelte Pferde am Zügel. Donkey erkannte ich sofort. Er wieherte leise, als er mich sah.

„Du kannst doch reiten?"

„Sagen wir, ich habe schon mal auf einem Pferd gesessen. Und zwar auf diesem! Wie kommt Donkey hierher? Das sind Pferde vom Glenmoran-Gestüt. Hast du nicht gesagt, wir müssten schnellstens weg? Wieso willst du auf einmal einen Ausritt machen? Ich dachte, wir laufen jetzt zu deinem Nachbarn, der den Wagen im Schuppen stehen hat."

„Hast du auch alles? Wir werden wohl länger fort sein."

„Cormag, wohin willst du mit mir? Und wer kommt? Ich sehe niemanden."

„Ich weiß, dass sie dich heute in der Frühe holen wollen. Es sind viele. Sie tragen Waffen. Der Adler hat es mir in meiner Morgenmeditation gesagt. Wir fliehen in die Berge. Ich habe dort eine Hütte, von der kaum jemand weiß."

Er band meine Sachen hinter dem Sattel fest und überreichte mir anschließend zu meiner großen Überraschung eine lederne Rückenschwertscheide. Ich schnallte sie um und kam mir wie ein weiblicher Robin Hood vor. *Nennt mich Robena Hood*, dachte ich begeistert. Für einen Moment war meine Angst verflogen. Ich ließ das Elbenschwert hineingleiten und fühlte mich unbesiegbar.

„Danke, Cormag. Das Teil ist wunderschön."

Dann saß ich ohne Hilfe auf und ritt hinter ihm her. Nervös sah ich mich nach Verfolgern um und nestelte an meiner Kette mit dem roten Stein. Ob der schwarzhaarige Mann wirklich ein Polizist in zivil war, oder ein Detektiv? Er musste Verstärkung angefordert haben. Aber Waffen? Das konnte ich mir nicht vorstellen. Bald schon war ich vom Ritt erhitzt. Ein leichter Regen fiel. Der Himmel war bleigrau. Über uns kreiste für ein, zwei Minuten ein Adler. Alles erschien mir unwirklich. Wieder war ich auf der Flucht! Wir brauchten den halben Tag, um zur Berghütte zu gelangen. Mehrmals mussten wir von den Pferden absteigen und sie am Zügel führen, weil der felsige Weg an manchen Stellen gefährlich schmal war. Als wir das Schlimmste geschafft hatten, griff ich in meine Jackentasche, um die letzten Toffees zu essen. Dabei stach ich mich an der Eulen-Brosche. Was Ilysa wohl von uns gewollt hatte? Sie musste zum Crofterhaus gekommen sein, als ich in Tincraig war und Cormag sonst wo unterwegs.

Cormag war seltsam aufgekratzt, als wir am Ziel eintrafen. Er sattelte die Pferde ab und begann, seines kräftig abzureiben. Neben der Hütte war eine Art offener Schuppen. Darin lagen Hufeisen, Werkzeuge, alte Handtücher und komische Bürsten. Ich schaute mir bei Cormag ab, wie man das Fell bearbeitete und ahmte ihn nach. Sichtlich erfreut über meine Initiative, nickte er beifällig und murmelte *Erst das Tier, dann der Mensch*. Er erklärte mir, wie man mit dem Striegel das Fell anraut, um es anschließend mit der Kardätsche glattzustreichen.

„Über den unbemuskelten Körperteilen, zum Beispiel über den Gelenken, darfst du nur leichten Druck ausüben, Tibby. Sonst tust du dem Pferd weh. Es ist wichtig, dass ein Tier seine Fellpflege immer als angenehm empfindet."

„Ich verstehe. Aber wieso hat das Ding hier", ich hielt die Kardätsche hoch, „einen so komischen Namen?"

„Früher wurde die Kardätsche aus den Fruchtständen der Kardendistel gemacht. Man nahm aus der Natur, was man brauchte. Nicht so wie heute, wo man nur in den nächsten Laden gehen muss."

Donkey genoss die Pflege. Meine Beine waren wackelig und der Hintern schmerzte. Reiten war furchtbar anstrengend, wenn man es nicht gewohnt war. Ich zog meine rutschende Hose hoch und schnallte den Gürtel enger. Mir wurde in diesem Moment bewusst, dass ich Gewicht verloren hatte, seit ich in den Highlands lebte. Kein Wunder. Ich hatte noch nie so viel Bewegung gehabt.

Cormag lüftete unterdessen die Hütte und entfernte die Fensterläden. Der lange Ritt hatte seiner Gesichtsfarbe gut getan. Auch die Schatten unter den Augen waren nicht mehr so ausgeprägt. Er brachte mir einen Becher Wasser, den ich dankbar und zügig leerte.

„Ich mache jetzt weiter bei den Pferden. Sie brauchen auch Wasser und ihr Futter. Geh du hinein und ruhe dich aus. Du warst echt tapfer, Tibby", lobte er mich.

Erschöpft sah ich mich in der Hütte um. Ich sah Lebensmittelvorräte in einem Regal, das von der Decke bis zum Boden reichte. Hier waren Kerzen, Geschirr, jede Menge Feuerholz, Wasserkanister, vier schlichte Schlafstellen mit Wolldecken. Der Tisch war sauber. Es gab einen Anbau mit einer Rindenschrot-Toilette. Langsam dämmerte es mir, dass es sich nicht um eine übereilte Flucht gehandelt hatte. Cormag musste dies von langer Hand vorbereitet haben. Auch die Reittiere musste er in der Nähe des Crofterhauses versteckt gehabt haben. Das Gestüt war zu weit weg, als dass er sie erst am Morgen hätte geholt haben können. Mir wurde übel vor Angst. Ich konnte ihm nicht vertrauen! Vielleicht war gar niemand hinter mir her, aber Cormag hatte mich entführt? Ich erinnerte mich an den Abend, als wir gemeinsam das Schwert betrachteten. Er hatte gesagt: *Nichts wünsche ich mir mehr, als dich auszubilden! Niemand, der je durch diese Tür kam, war vielversprechender als du.* Mir schwante, dass er das mit der Gefährtin wohl doch sehr ernst und wörtlich gemeint hatte. Ich wollte das Element Feuer mit ihm erkunden, das ja. Aber doch nicht seine schamanische Schattenwelt betreten! Ich wusste überhaupt nicht, was genau er damit gemeint hatte.

Oh, Tosh. In welche Lage hast du mich gebracht?
***
Der Ritt hatte mich dermaßen erschöpft, dass ich am nächsten Tag bis in den Vormittag hinein fest schlief. Meinen ganzen Mut zusammennehmend, stellte ich Cormag sehr bald zur Rede. Wider Erwarten wurde er nicht wütend und machte auch nicht den Eindruck, bei etwas ertappt worden zu sein. Nein, er schien eher amüsiert und signalisierte Verständnis für meine Schlussfolgerungen. Es sei in der Tat so, dass er die Hütte schon vor einiger Zeit vorbereitet hätte, und zwar für Ilysas Ausbildung. Ein längerer Aufenthalt für ihre schamanische Ausbildung sei geplant gewesen, aber leider hätte sie ihre Pläne geändert. Endgültig, fügte er hinzu. Als er das sagte, zuckte unter seinem rechten Auge ein Muskel. Ob es nicht wunderbar sei, wie sich manches fügen würde, fragte er mich lächelnd. Doch das Lächeln wanderte nicht bis in seine Augen.

Ich ließ mich von seinen Worten und der herrlichen Umgebung einlullen. Cormag zeigte mir nach dem Mittagessen hoch oben auf dem Gipfel einen wundervollen Ausblick auf den fernen Atlantik. Man konnte das Meer gerade noch so erkennen. Der Wind umwehte meine Nase mit salzhaltigen Düften und trug meine Ängste mit sich fort. Cormag beschrieb mir wortreich die wilde Schönheit der Küste, erzählte mir von Robben, Selkies und Algen fressenden Schafherden. In der Nähe der Berghütte war ein Wasserfall, der zu einem kleinen See wurde, der wiederum überlief und einen weiteren Wasserfall erschuf, der über schroffe Felsen steil nach unten donnerte. Das konnte man von hier oben wunderbar sehen. Das Moos auf den Felsen war feucht und rutschig. Es war nicht ganz ungefährlich, dort zu sein. Aber der Anblick entschädigte überreich für die Gefahr. Ich hatte noch nie etwas so Schönes gesehen. Die Wolkendecke riss auf und die innige Begegnung von Sonne und Wasserschleier zauberte für ein oder zwei Minuten einen traumhaften, dreifachen Regenbogen.

Wir stiegen wieder herab vom Gipfel, was über eine Stunde in Anspruch nahm. Der Wind war stärker geworden und ich fröstelte. Cormag nahm mich an schwierigen Stellen an die Hand und führte mich schließlich direkt auf den Wasserfall zu. Mein Haar, ungeflochten wie es war, kräuselte sich durch die hohe Luftfeuchtigkeit. Mir schien, dass mein Inneres reingewaschen würde. Hier spürte ich eine sehr feine vitale Energie – kraftvoll, aber auch ... ja, irgendwie *elegant*. Ich war mir sicher, dass ich hier auf Undinen treffen würde, hätte ich die Zeit und Ruhe, mich in Trance zu versetzen. Schweigend folgte ich dem Mann, dem ich am Morgen noch misstraut hatte. Wir kletterten seitlich auf den Wasserfall zu. Ehe ich begriff, stand ich plötzlich hinter dem Wasserfall in einer großen Höhle. Über unseren Köpfen waren noch gut zwei Armlängen Raum, und in die Tiefe erstreckte sich dieser Ort um ein Vielfaches. Er war in ein Dämmerlicht getaucht, die Außenwelt wurde vom Wasser gefiltert. Nur das Donnern des Wasserfalles konnte ich hören und die prickelnde Energie fühlen. Die Höhle war sehr, sehr alt.

„Kannst du es spüren?", schrie Cormag in mein Ohr.

Ich nickte begeistert.

„Willst du versuchen, sie zu sehen? Ich kann dir dabei helfen. Setz dich auf den Fels dort."

Etwa in der Mitte der Höhle war eine hüfthohe Erhebung, die an einen Altar erinnerte. Ich wischte den Felsblock mit dem Ärmel meiner Wetterjacke einigermaßen trocken und setzte mich mit Blick zum fallenden Wasser. Hier war es ein wenig leiser. Cormag trat hinter mich und forderte mich auf, ihm alles genau zu beschreiben. Er selbst könne zwar die Anwesenheit des Naturgeistes wahrnehmen, aber er hätte kein inneres Bild dazu.

„Entspann dich und lasse dich ganz auf den Ort ein. Ich werde dir mit meiner Kraft helfen, die Konzentration zu halten."

Cormag legte seine großen Hände auf meine Schultern. Von ihnen gingen Ruhe und Wärme aus. Es dauerte einige Zeit, aber dann glitt ich in einen Schwebezustand über, der es mir erlaubte, die ätherische und die stoffliche Welt gleichermaßen wahrzunehmen. Ach, es war wundervoll! Ich konnte deutlich spüren, wie der Wasserfall, sein Becken aus Fels, Bäume, Farne und selbst das Moos von der Anwesenheit der Undine beseelt wurden. Sie war in ein zartes Rosenrot gehüllt, ihre Augen waren hell und strahlend. Ihr Blick war wild, aber nicht unfreundlich. Wenn ich direkt hinsah, verblasste ihre Gestalt, ich konnte sie nur aus dem Augenwinkel deutlich wahrnehmen. Ich beschrieb Cormag den Naturgeist, so gut ich konnte. Worte reichten im Grunde dafür nicht aus, sie konnten dem, was ich im Geiste sah und fühlte, nicht gerecht werden. Das Bemerkenswerteste an der Erscheinung war aber die große, regenbogenfarbige Aureole, die sie umgab, wie manchmal der Mond ein Halo hat. Darin tanzten winzige Farbkugeln in zartem Grün und Violett. Die Aureole selbst war von einem strahlendweißen, schillernden Saum umhüllt. Der Durchmesser mochte wohl mehr als drei Meter betragen. Die Erscheinung der Undine pulsierte vor Lebendigkeit. Ihre Kraft war es, die diesen Ort nährte und seine Schönheit mit Heiligkeit erfüllte. Das goldene Sonnenlicht – in der physischen Welt durch Wolken getrübt – war in der ätherischen Ebene gänzlich ungefiltert, und seine Lebensenergie und die magnetische Kraft des fallenden Wassers wurden von der Wasserfrau aufgenommen, gewandelt und in einem hellen Lichtblitz über ihre Stirn wieder abgegeben. Ich verstand nicht, was genau damit bewerkstelligt wurde, aber es musste ja seinen guten Grund haben. Ganz tief in mir spürte ich auch Gäa. Sie war anwesend, aber auch fern. Von ihr ging ein leises Gefühl der Besorgnis aus. Aber das hatte nichts mit der Undine zu tun, sondern mit dem Mann, der hinter mir stand. Als ich an Cormag dachte und meine

Konzentration sich wieder mehr auf die physische Welt ausrichtete, fühlte ich, dass mein Rücken an seinen Oberkörper angelehnt war und er seinen Kopf auf meine Schulter gelegt hatte. Seine Arme schmiegten sich um meine Schultern.

Ich atmete tief ein und ging aus der Trance heraus. Irritiert ließ ich mich vom Fels gleiten und stellte mich auf meine Füße. Cormags männlichen Duft in der Nase zu haben, war gleichermaßen beunruhigend wie aufregend. Meine Hände waren ganz kalt geworden, ich rieb und massierte sie mir und ging auf und ab, um die Blutzirkulation wieder anzuregen. Cormag stand immer noch hinter dem Fels und er hatte seine Augen geschlossen. Sanft wiegte er seinen Oberkörper hin und her. War auch er in Trance gegangen und nahm auf Schamanenart die durch und durch weibliche Energie dieser Höhle wahr? Er öffnete seine Augen, straffte seinen Körper und lächelte mich an.

„Das war großartig, Tibby. Durch deine Nähe konnte ich viel besser die vitale Energie dieses Kraftortes in mich aufnehmen. Du bist viel besser und stärker als Ilysa. Jetzt lass uns zurück in die Hütte gehen. Ich habe einen Bärenhunger, du auch?"

***

Gegen Abend saß ich allein am Kamin. Cormag kümmerte sich draußen um die Pferde. Donkey hatte ein lockeres Hufeisen, und das andere Highland Garron schien eine Sehnenentzündung am linken Hinterlauf zu haben. Ich hingegen widmete mich dem Tagebuch. Ich wollte nicht, dass die Lektüre endete.

Doch konnte ich mich damit trösten, noch längst nicht alle Magiyamusa-Geschichten gelesen zu haben. Die letzten Zeilen des kostbaren Tagebuches waren hochinteressant.

Kenny und Carson profitieren sehr von der Anwesenheit meines Vaters. Alasdair liebt seine Söhne, aber er hat wenig Zeit für sie. Seine Arbeit, mit der er die Familie ernährt, nimmt sehr viel Kraft und Zeit in Anspruch. Für die Apotheke haben wir jetzt einen Helfer angestellt, damit Alasdair sich mehr der Herstellung und dem Vertrieb unserer pharmazeutischen Produkte widmen kann. Die Verpackung und der Versand sind meine Aufgaben, neben dem Führen des Haushaltes. Die Gestaltung der Werbeplakate haben wir Fearghas überlassen. Das war eine weise Entscheidung. Einerseits, weil er somit etwas zu tun hat und zum Erfolg des Familienunternehmens beiträgt – andererseits sind die Umsätze seitdem gestiegen. Kenny und Carson werden täglich von ihm im Zeichnen und Musizieren unterrichtet. Sie sind sehr begabt, sagt Vater.

Es ist ein Glück, dass die Geschäfte so gut laufen. Wir brauchen viel Leinwand und Ölfarben. Vor allem der kleine Carson zeigt sich für die Malerei begabt. Kenny hingegen ist sehr gut in Mathematik und Musik. Für Heilkräuter, die Natur und Medizin interessieren sie sich beide leider gar nicht. Ich habe wunderbare Söhne, doch manchmal wünsche ich mir ein drittes Kind, vielleicht sogar noch ein viertes. Mir fehlen Töchter, kleine Erdsängerinnen ... ich bin so allein mit meiner Gabe und meinen Interessen. Doch fühle ich auch die Gewissheit, dass dieser Wunsch unerfüllt bleiben wird.

* Vater besucht in letzter Zeit öfter mal Gowan und Amelia. Das tut ihm gut. Auch schaut er in der alten Schmiede vorbei und hilft, die neuen Gesellen auszubilden. Trotz allem, seine Augen sind randvoll mit Trauer. Aber er spricht seltsamerweise nie über Mutter. Innerlich bin ich ihm fern und fremd geworden. Das tut mir weh.

* Ich habe neulich den roten Stein hervorgesucht, weil ich die alten Zeiten heraufbeschwören wollte, um wieder mehr Nähe zwischen uns herzustellen. Aber er hat sich nur aufgeregt. Damals, als ich noch ganz klein war, hätten sie mich fast an das Elbenschwert verloren, und das könne er sich nie verzeihen. Besser wäre es, ich würde das Drachenauge tief im Meer versenken, damit es niemals wieder das Elemental im Schwert sehend und mächtig machen würde. Ich fragte Vater, wie er das meine, ich verstand es nicht. Er sagte, dass die Erdgöttin den Seelenhunger nicht für immer vom Schwert nehmen konnte, vielleicht für hundert Jahre oder wenig mehr. Danach würde der Stein wieder zum Drachenauge werden, sich erwärmen und das Schwert suchen. Und dann, wieder vereint mit dem Drachenkorpus des Schwertes, würde es das erstbeste Blut lecken und die Seele des bedauernswerten Unschuldigen für sich fordern. Er wolle es sich nicht ausmalen, was mit einer menschlichen Seele passiere, die gegen ihren Willen in ein Elbengrab gezogen würde und sich mit dem Metall-Elemental vereinen müsse.

Aber ich, ich bin mir sicher, dass ich seiner Warnung zum Trotz den Stein aufheben muss, weitergeben muss an meine Nachfahrinnen, die neuen Erdsängerinnen. Etwas in mir weiß um das kommende Schicksal, das sich erfüllen muss.

*Ich habe letzte Nacht von Gäa geträumt. Sie zeigte mir ein Kleeblatt und ich hörte eine mir fremde Stimme, die sagte, dass nur die Vier die alte Ordnung wiederherstellen könne. Dann wandelte sich das Kleeblatt und jedes Blattteil sah anders aus: Eins war aus Feuer, eins aus Erde, eines war Luft, dass vierte war Wasser. Zusammen ergaben sie ein Fünftes Element. Ich fragte Gäa nach der Bedeutung, aber sie lächelte nur und wiegte ihre Hüften. Gäa tanzte!

Mit Wehmut schloss ich das Tagebuch meiner Ahnin. Ich drückte es zärtlich an mich und lies die letzten Zeilen in mir nachklingen. Die Holzscheite im Kamin knisterten und ich genoss die wohlige Wärme, die davon ausging. Dennoch war mir nicht wohl. Ich machte mir Gedanken, weil niemand wusste, wo ich mich aufhielt. Was, wenn Tosh zum Crofterhaus käme und mich nicht vorfinden würde? Was, wenn mir hier in den Bergen etwas zustoßen würde oder gar Cormag und mir gleichzeitig? Mein Verschwinden bliebe für immer ein Rätsel. Die Flucht war übereilt und ein Fehler gewesen. Das wurde mir nun klar, wo ich Muße zum Nachdenken hatte. Ich hatte mich überrumpeln lassen von Cormags Beschützerinstinkt. Wir mussten wieder zurück. Es half nichts! Das musste sein, auch auf das Risiko hin, von der Polizei entdeckt zu werden. Doch ich wollte keinesfalls in die Klinik zurück. Ob ich gemeinsam mit Tosh im Studentenwohnheim leben könnte? Ach nein, da waren ja Ben und Noah mit im Zimmer. Nein, den Gedanken musste ich fallen lassen. Ich könnte Mafaldas Angebot annehmen und zu ihrem Onkel nach Wales gehen. Oder sollte ich versuchen, mich mit Mutter zu versöhnen?

Versonnen nestelte ich am Kettenanhänger und drehte den roten Stein zwischen Daumen und Zeigefinger hin und her. Meine Gedanken gingen nun ins Leere, ich war müde. Höhle und Wasserfall waren ein sehr intensives Erlebnis gewesen. Es brauchte einige Zeit, ehe in mein Bewusstsein drang, dass der Stein wärmer war, als er durch Zimmerwärme oder durch meine Körperwärme hätte sein können.

... sich erwärmen
... das Schwert suchen
... unschuldige Seele einfordern

Entsetzt sprang ich auf und ließ beinahe das Tagebuch ins Feuer fallen. Ich klaubte es schnell vom Boden auf und trat einen Schritt zurück. Mein Herz fing an, schmerzhaft gegen meinen Brustkorb zu klopfen. Angst überwältigte mich. Der Stein an meiner Kette erwachte zum Drachenauge! Die Zeit war abgelaufen! Was sollte ich jetzt tun? *Immer mit der Ruhe,* ermahnte ich mich. *Vielleicht bilde ich mir das auch nur ein, dass er unnatürlich warm ist.*

Um mich abzulenken, deckte ich den Tisch. Zeit fürs Abendessen. Seltsam, wie gut gefüllt die Lebensmittelvorräte hier waren im Gegensatz zum

Crofterhaus. Da aßen wir fast nur Speck und Bohnen, oder in Öl ertränkte Pellkartoffeln mit Bergen von gebratenen Zwiebeln - oder eben Porridge bis zum Abwinken. Hier hingegen lachten mich Dosen mit Kochschinken an, Corned Beef, Sardinen in Öl, Tunfisch, Kondensmilch, viele Päckchen mit Schwarztee, Kakao, weißer Zucker, Nudeln und Reis, getrocknetes Suppengemüse und andere Schätze. Da waren auch Stapel von in Folie verschweißten, viereckigen, schwarzen Brotscheiben. Jedenfalls nahm ich an, dass das Brot war. Ich nahm zufrieden eine Auswahl mit an den Tisch und setzte Wasser für den Tee auf.

„Oh, ich sehe, du hast meine Gedanken gelesen", rief Cormag zufrieden, als er zur Tür hereinkam.

„Nein, ich hörte deinen Magen knurren", versuchte ich zu scherzen.

Cormag stank nach Pferd und Schweiß, seine Hände waren nicht sauber. Dennoch setzte er sich an den Tisch und trank seinen geliebten Whisky. Unglaublich, was der Mann vertrug. Das ließ auf beständige Übung schließen.

„Magst du Pumpernickel?"

„Ob ich was mag?", fragte ich entgeistert. Das fremdartige Wort konnte ich kaum aussprechen.

„Na, das Brot hier auf dem Tisch. Das heißt so. Warst du schon mal in Deutschland?"

Ich schüttelte traurig den Kopf. Mutter war mit mir nie verreist seit Vaters Tod. Sie war immer zu beschäftigt gewesen, und auf ihren Geschäftsreisen wollte sie sich nicht mit mir abgeben. Cormag bemerkte meinen Stimmungsumschwung nicht und begann lebhaft zu erzählen, wie er als Drum Major mit seinen Musikerkollegen durch die halbe Welt gereist war. Aus Deutschland hatte er eine Vorliebe für dieses leicht süßlich schmeckende Brot mitgebracht, ebenso die Wanduhr.

„Was ist das eigentlich für ein komisches Geräusch, das dieser Vogel macht, wenn er aus der Uhr kommt?"

„Das hast du wohl vorher noch nie gesehen, was? Das ist eine Schwarzwälder Kuckucksuhr. Der Ruf des Vogels zeigt die Stunden an. Du solltest unbedingt mal Schwarzwälder Kirschtorte versuchen. Oder einen Bollenhut tragen!"

Cormag lachte auf und der Silberadler auf seiner breiten Brust hüpfte auf und ab. Nur er wusste, was daran so komisch sein sollte. Ich biss lieber in das Brot, das ich dick mit Corned Beef belegt hatte. Es war das Beste, was ich seit langem gegessen hatte. Unwillkürlich entfuhr mir ein leiser Seufzer.

„In der Höhle …", begann Cormag.

„Ja?", frage ich mit vollem Mund.

„Du warst so wundervoll. Weißt du eigentlich, was mit uns da passiert ist?"

„Du meinst, außer dass wir sehr nass geworden sind?", scherzte ich unbeholfen. Aber es war dem Mann ernst. Die Art, wie er mich ansah, verunsicherte mich. Aber sie schmeichelte mir auch. Ich sah tiefe Verehrung. Das tat mir unendlich gut.

„Wir sind im Geist vereinigt gewesen, die innigste Art, einander zu begegnen. Inniger als das, was Mann und Frau im Bett tun. Hast du es nicht gefühlt? Ich war so tief in der inneren Schau versunken. Das erste Mal konnte ich einen Blick auf die große Wesenheit des Wasserfalles werfen. Ich sah die schimmernde Aura, ich konnte für einen winzigen Moment selber Wasser sein. Ich sah sogar die Umrisse der Undine und ihre Reißzähne. Das hast du mir ermöglicht."

Verlegen lauschte ich seinen Worten. Ich hatte von ihm selbst nichts wahrgenommen. Erst, als ich vom Felsen glitt, war ich mir seiner virilen, körperlichen Präsenz bewusst geworden. Aber das war sicher nicht das, was er eben gemeint hatte. Und ganz sicher hatte die wunderschöne Undine keine Reißzähne gehabt! Das stimmte etwas nicht mit ihm, wenn er eine Dienerin der Gäa, und das war jedes Naturwesen ohne Ausnahme, als ein Furcht einflößendes Wesen wahrnahm. Hatte er sich möglicherweise alles nur eingebildet, fantasievoll imaginiert? War er gar kein echter Schamane? Aber er musste gewisse Fähigkeiten haben, denn er und sein Adler hatten mich aus dem Koma geholt, überlegte ich. Dann geschah etwas völlig Unerwartetes. Cormag stand auf, kniete vor mir nieder und küsste zärtlich meine Hand!

„Bleib bei mir, Tibby. Sei meine Gefährtin! Ich nehme dich mit in die Schattenwelt und gemeinsam werden wir die Schatten unter den Wurzeln von Yggdrasil erforschen und schließlich beherrschen. Du mit deiner außergewöhnlichen Kraft, du bist das, was mir gefehlt hat. Ich bin ohne dich nur ein halber Schamane. Nur ein halber Mann! Ich weiß jetzt erst, was mir all die Jahre gefehlt hat."

Er atmete schwer und sein Whiskyatem stach in meine Nase, vermischt mit altem Männerschweiß. Mir wurde leicht übel und mein armes Herz klopfte schon wieder vor lauter Schreck. Nichts in meinem bisherigen Leben hatte mich vorbereitet auf eine Situation wie diese. *Gäa, steh mir bei!*

„Aber was ist mit Tosh?", stammelte ich. Ich hoffte, Cormag würde wieder zu Verstand kommen, indem ich meinen Verlobten erwähnte.

Er machte eine wegwerfende Handbewegung. „Ach, vergiss ihn. Er ist doch nur ein Junge, ein Träumer. Was hat er dir schon zu bieten? Du brauchst einen richtigen Mann, einen, der dich führt und beschützt. Jemanden wie mich, denn ich kann dein Potential erkennen. Ich führe dich zur Macht! Was könntest du mehr wollen?"

Cormag strich mir jetzt zärtlich über die Wange und fuhr mit seinem Zeigefinger über meinen Hals, hinab zu meinem Brustansatz und verharrte dort. Herausfordernd blickte er mir in die Augen. Ich rang mir ein beschwichtigendes Lächeln ab und nahm seine Hand von meiner Brust. Fieberhaft suchte ich nach einem Ablenkungsmanöver. Mein Blick fiel auf das Elbenschwert am Kamin und mir kam eine Idee.

„Cormag, ich brauche deinen Rat als mein Mentor. Ja, ich denke, Tosh könnte mir da nicht weiterhelfen, aber du."

Gespielt unterwürfig klimperte ich ein wenig mit den Wimpern. Es lenkte ihn tatsächlich ab! Ich deutete auf seinen Stuhl und er nahm wieder am Tisch Platz.

„Was möchtest du wissen, meine Liebe?", fragte er eifrig bemüht.

Ich nahm die Halskette ab und legte sie auf den Tisch.

„Fühl mal", forderte ich ihn auf.

Meinem Wunsch folgend, griff er nach dem roten Stein und legte ihn auf seine Handfläche.

„Er ist ungewöhnlich warm, fast schon heiß. Ich fühle eine starke Energie von ihm ausgehen."

Ich nickte bedeutungsvoll.

Cormag runzelte seine Stirn. „Ich erinnere mich. Als Tosh dich das zweite Mal zu mir brachte, da sprachen wir über das Schwert. Dein Ahn, der Elbendrache, hat es geschmiedet. Und später wurde seine Tochter durch das Schwert zur Erdsängerin erweckt. Wie hieß noch gleich der Teil der Anderwelt, aus der der Elb stammte? Magissama?"

„*Magiyamusa*", verbesserte ich. Um ihn beschäftigt zu halten, griff ich nach dem Tagebuch und las die Stelle vor, die mich beunruhigte.

„Es ist wieder seelenhungrig geworden und sucht jetzt möglicherweise nach mir."

Bestürzung zeigte sich auf dem geröteten Gesicht meines Gegenübers. „Das werde ich nicht zulassen. Gib mir den Stein, ich will ihn verwahren."

Ohne auf mein Einverständnis zu warten, nahm er die Kette mit dem Anhänger und legte sie in einen Tontopf auf dem Kaminsims. Erleichtert begann ich, den Abendbrottisch abzuräumen. Wenn er mir jetzt nicht gleich wieder an die Wäsche ging, würde ich vor ihm sicher sein, hoffte ich. Er sah müde und erschöpft aus. Ein Fluchtplan nahm in mir Gestalt an: In aller Herrgottsfrühe würde ich das Schwert und Donkey nehmen und abhauen. Ich vertraute darauf, dass ein Pferd immer in seinen Stall zurückfand und würde einfach drauflosreiten. Wie absurd! Ich flüchtete wohl nur noch? Meine Nerven flatterten und ich wühlte in meiner Jackentasche nach einem hoffentlich übersehenen Toffee. Aber ich fischte nur Ilysas Brosche heraus.

„Wo hast du die her?", wisperte Cormag wie versteinert. Er war leichenblass. Verstört griff er nach seinem Adleranhänger, als würde er an ihm Halt suchen. Instinktiv spürte ich, dass die Brosche, warum auch immer, mir Macht über den Mann verlieh. Er fürchtete sich offensichtlich. Einer Eingebung folgend, log ich ihn an.

„Ich weiß nicht, wie sie in meine Jacke gekommen ist. Das ist ja unheimlich, ich könnte schwören, die war vorhin noch nicht da. Wem sie wohl gehören mag?"

Cormag schaute sich furchtsam in der Hütte um, so als würde er erwarten, Ilysa hier zu sehen. Zwei Gefährtinnen sind eine zu viel. Er griff schweigend nach der Whiskyflasche und zog sich in seine Schlafecke zurück.

Ich sandte insgeheim ein Dankgebet an alle Schutzgeister dieser Welt und zog mich ebenfalls zurück in meine Koje, zog den Vorhang vor und zitterte am ganzen Körper. Es dauerte sehr lange, bis ich in den Schlaf sank. Ich hatte einen luziden Traum von Gäa. *Sie führte mich an einen merkwürdigen Ort.*

Riesige Holzschlangen machten das Vorwärtskommen schwer. Ich brauchte eine Weile, um zu begreifen, dass das Baumwurzeln waren und ich so klein wie eine Ameise. Gäa zeigte mit ihrer Hand, auf der kleine weiße Blumen wuchsen, auf einen schmalen Spalt, der ins Innere der Holzmasse führte. „Geh und suche den Adler", war ihr Befehl. Ich gehorchte ohne Zögern und schlüpfte in die lautlose Dunkelheit zwischen den Wurzeln Yggdrasils. In der Ferne sah ich ein Tor. Sein Rahmen schimmerte bläulich und verströmte eisige Kälte. Da dies das Einzige war, was ich an diesem Ort sehen konnte, ging ich darauf zu. Nach ein paar Schritten stolperte ich und fiel. Unter mir lag eine riesige Adlerfeder. Sie begann zu vibrieren, begann zu schweben! Wir flogen geradewegs auf das Tor zu. Bevor sie das Portal passierte, sprang ich ab. Ich ertrug die Kälte nicht, die dieser Raum auf der anderen Seite ausstrahlte. Ich sah mich selbst dort stehen, aber ich war groß und schlank, weitaus schöner als die Models meiner Mutter. Eine Verheißung erschallte, Cormag würde mich zu wahrer Macht und Größe führen – ich müsste nur das Tor durchschreiten. Doch die Kälte, die mich schaudern ließ, diese Kälte war auch in den Augen meines anderen Ichs. In meinen fremden Händen hielt ich eine verdorrte Pflanze. Mutter stand dort, sie schaute bewundernd zu mir auf. In meinem Inneren tobte ein Kampf. Wie sehr ich mir doch wünschte, Mutter zu gefallen! Aber der Preis war einfach zu hoch.

Die Feder verwandelte sich nun auf der anderen Seite des Portals in einen Adler. Ein Auge funkelte mordlustig, das andere Auge war blind und bleich wie der Mond und weinte bittere Tränen. Der Adler trug einen Totenschädel, seine scharfen Krallen hatte er in die leeren Augenhöhlen geschlagen. Schließlich verwandelte er sich in ein bläuliches Wabern, das an einen Quecksilbersee erinnerte. Daraus formte sich brodelnd ein Schwert. Großer Gott! Cormag war an das Schwert gebunden – er sah aus wie ein altrömischer Verbrecher, der ans Kreuz geschlagen worden war. Ein silberner Eis-Drache saß auf seiner Schulter, den mächtigen Dornenschwanz um seine breite Brust geschlungen. Er fauchte. Cormag litt unendlich. Seine blutunterlaufenen Augen sandten mir zwei Worte der Verzweiflung zu: „Erlöse mich!"

Erschaudernd wandte ich mich von dem grausigen Bild ab. Hilflos tastete ich mich im Dunkel des Wurzeldickichts voran. Wo war Gäa? Ich ertrug das hier nicht, ich brauchte Hilfe! Meine Panik wuchs mit jedem einzelnen Schritt im Labyrinth Yggdrasils. Ganz allmählich spürte ich eine mildere Schwingung und ich folgte ihr wie ein Zugvogel seinem Magnetsinn folgt. Meine Augen hatte ich längst geschlossen, denn in dieser Finsternis waren sie nutzlos. Ich fühlte, ich lauschte, ich tastete mich mit nackten Füßen voran. Die Kälte unter meinen Fußsohlen wich langsam einer angenehmen Wärme und ich folgte ihr, als wäre ich wieder ein kleines Kind und spielte mit meinen Schulkameraden „kalt-warm-heiß-gefunden". Mein Atem beruhigte sich zunehmend. Dann hörte ich ein leises, freundliches Zischeln und öffnete meine Augen. Eine kleine, rote Lichtkugel schwebte niedrig über dem

Boden und erschuf eine Spirale aus kleinen Flämmchen, von Außen nach Innen. Als sie in der Mitte ankam, dehnte sie sich aus und ein kleiner, rotgolden geschuppter Drache entsprang ihr. Seine Augen spiegelten Freude und ich wusste, dieses Wesen war mir wohlgesonnen. Spontan ging ich auf ihn zu und nahm ihn liebkosend in meine Arme. Seine Wärme durchdrang mich bis in die letzte Körperzelle und schenkte mir neue Kraft und Furchtlosigkeit. Für einen Moment konnte ich das Grauen vergessen.

Plötzlich aber wuchs der Drache an auf Manneshöhe, und ein spitzohriges Zwitterwesen aus Drache und Mann stand vor mir, nicht-menschliche Augen starrten mich aus einem echsenartigen Kopf an. Dann wechselte es seine Gestalt erneut und ein hochgewachsener Mann mit langem blauem Haar in rotgoldener Uniform sah mich an, er hatte Elbenohren. Längst wusste ich, wem ich hier begegnete und war furchtlos. Dann wiederum stand ein weißhaariger Menschenmann vor mir, vom Alter gebeugt, eine Hand war zu einer Klaue zusammengewachsen und trug bis in den Unterarm hoch schreckliche Brandnarben. „Fearghas, Ahnherr", flüsterte ich ergriffen.

Das Wesen löste seine Erscheinung wieder auf und schnurrte zu der roten Lichtkugel zusammen. Goldene Fünkchen umtanzten sie. Von Geist zu Geist sprach sie zu mir: „Ich habe vor über Hundert Jahren deiner Zeit große Schuld auf mich geladen, als ich das Schwert erschuf, das nicht in die Sphäre der Erde gehört. Es ist ein nicht rechtmäßiges Teil der Dimension, zu der du gehörst. Bitte vergib mir das Leid, das ich auf meine

Nachkommen herabbeschwor. Ich wusste nicht, was ich tat, denn meine feurige Seele war erfroren in Einsamkeit und Trauer. Tibby, tapfere Maid, ich werde von nun an immer bei dir sein und dich leiten. Das Hohe Licht gewährt mir in seiner großen Liebe die Gnade, mich von Sünde und Schande reinwaschen zu dürfen. Wisse, das Feuer in Glenmoran hatte ich entfacht, nicht du. Aber der Erbe des Hauses betrat den Raum und so konnte ich dich nicht mehr warnen vor der verderbten Magie des Adlermannes. Wisse auch dies: Du hast das wichtigste Teil deines Erbes noch gar nicht entdeckt. Das Mondrunenbuch! Erforsche das Buch, das im Mondlicht spricht und befreie mit der Kraft von vier Erdsängerinnen die Väter der Urzeit – die Drachengötter, die dem Urmenschen das Feuer brachten. Sie harren schon viel zu lange aus im Stein und singen klagend ihr Lied der Sehnsucht nach den Sternen – ihrer Heimat."

Ich erwachte. Wie gelähmt starrte ich in die nachtdunkle Sphäre meiner Schlafkoje. Ein unglaublicher Traum! Mehr als nur ein Traum ... Meine Rückenmuskeln waren verkrampft und ich drehte mich unter Schmerzen auf die Seite, tastete nach dem Elbenschwert, um Halt zu finden in der Kraft meiner Ahnen. Doch meine Hand fand es nicht. Da fiel mir ein, dass ich es am Kamin hatte stehen lassen. Wenn diese Nacht doch nur bald enden würde! Ein Sturm war aufgezogen und der Wind klapperte mit den Fensterläden, als wollte er daran rütteln, um mich aus diesem Highland-Alptraum zu befreien. Die Pferde wieherten ängstlich. Und ich hörte noch ein beunruhigendes Geräusch: In dieser Nacht hörte ich Cormag bitterlich weinen.

Das Licht des neuen Tages erwartend, lag ich Stunde um Stunde wach und prägte mir ehrfürchtig die Worte ein, die Fearghas zu mir gesprochen hatte.

Kapitel 17 - Seelenhunger

Als der Morgen graute, schlug ich fröstelnd meine Wolldecke zurück und stand leise auf. Ich hatte komplett angezogen geschlafen, sogar meine Schuhe hatte ich anbehalten, falls Cormag auf dumme Gedanken kommen würde. Bereit sein ist alles! Das hatte ich inzwischen gelernt. Ich legte mir die Rückenschwertscheide an und tastete mich im Zwielicht Richtung Kamin vor, um mein Schwert zu holen. Aber es stand nicht dort, wo ich es am Vorabend gelassen hatte. Ich schaute mich suchend um – und schrie entsetzt auf!

Cormag lag in seinem eigenen Blut am Boden, die Augen weit offen. Das Schwert lag lose in seiner schlaffen Hand. Ich konnte mich nicht rühren. Nie zuvor hatte ich einen Toten gesehen. Meine Knie gaben nach und ich sank zu Boden. Der Geruch von kalter Asche und schalem Whisky stieg in meine Nase. Schweigend saß ich dort und starrte auf die unwirkliche Szenerie. Die Worte der ersten Erdsängerin kamen mir in den Sinn: *Danach würde der Stein wieder zum Drachenauge werden, sich erwärmen und das Schwert suchen. Und dann, wieder vereint mit dem Drachenkorpus des Schwertes, würde es das erstbeste Blut lecken und die Seele des bedauernswerten Unschuldigen für sich fordern.* Meine Augen suchten den Drachenkopf am Schwertgriff, aber ich wusste vorher schon, was ich sehen würde: Das Drachenauge saß fest in der Augenhöhle. *Oh,*

Cormag, ich hatte dich doch gewarnt. Warum nur hast du den Stein zum Schwert gebracht? Nun hat es dein Leben eingefordert. Mit Mühe stand ich auf und holte seine Jacke, legte sie über seinen Kopf und Oberkörper. Die offenen Augen zu schließen, brachte ich nicht über mich. Da fiel mir auf, dass das viele Blut aus einer Kopfwunde stammte, denn an der Tischkante klebten geronnenes Blut und einige Haare. Seltsam nüchtern schlussfolgerte ich, dass Cormag zuerst durch die finstere Magie des Schwertes den Tod gefunden hatte und dann zu Boden ging, sich den Kopf anschlagend. War es meine Schuld, dass dieser Mann tot war? Ich war es gewesen, die nach dem magischen Schwert gesucht hatte. Ich war es gewesen, die es im Bergstollen fand und in die Welt über Tage zurückbrachte. Dabei hatte ich selber fast den Tod gefunden. War das Schwert böse? Brachte es Unheil über alle, die mit ihm zu tun hatten? Warum nur hatte ich es so begehrt? Heiße Tränen liefen mir über meine Wangen, die eiskalt waren. Es hatte doch alles so schön angefangen an meinem Geburtstag, als ich mein Erbe antrat. Und jetzt war alles nur noch Elend und Furcht. Wäre ich doch nur nie nach Schottland gekommen!

Da merkte ich, dass aus Cormags Jackentasche einige Briefe herausgerutscht waren, als ich sie über ihm ausgebreitet hatte. Die Sonne war inzwischen aufgegangen und das Licht reichte aus, um zu sehen, dass sie an mich adressiert waren. Sie waren von Tosh! Warum hatte Cormag sie mir nicht gegeben? Schluchzend riss ich die Briefumschläge auf und las sie, einen nach dem anderen. Tosh hatte mir doch tatsächlich fast jeden Tag geschrieben! Meine Tränen wollten kein Ende nehmen. Seine liebevollen Worte drangen tief in mein wundes Herz. Im letzten Brief stand: *Ich bin in Sorge um dich, mein Liebling. Du rufst nicht an, du schreibst nicht. Ich glaube auch, dass ich einen großen Fehler gemacht habe, als ich dich zu Cormag brachte. Sein Haus ist viel zu unbequem für ein feines Mädchen wie dich. Ich habe Vater gebeten, nach dir Ausschau zu halten und dich mit nach Strathpeffer mitzunehmen. Nach Hause! Du kannst in meinem Zimmer schlafen. Ehrlich gesagt, hat es mich etwas Mut gekostet, meinen Eltern zu sagen, dass wir verlobt sind und auch schon das Aufgebot bestellt haben. Sie wollen dich unbedingt kennenlernen.* Mir dämmerte, dass Cormag mir die Briefe in voller Absicht unterschlagen hatte. Er hatte mich für sich haben wollen, kein Zweifel. Irgendwie tat er mir jetzt viel weniger leid, wo ich wusste, dass er mich dermaßen betrogen hatte. Ich raffte mich auf, steckte die Briefe und etwas Proviant in meinen Rucksack und nahm dann, meinen Mut zusammennehmend, Cormag das Schwert aus der Hand. Da sah ich einen leichten Schnitt in seiner Handinnenfläche. Dort also hatte das nach Leben durstende Schwert ‚sein Blut geleckt'. Mit zwiespältigen Gefühlen betrachtete ich das Erbstück, das mir bis zum heutigen Tage nur Freude und Kraft geschenkt hatte. Sollte ich es hierlassen? Plötzlich bekam ich eine Gänsehaut. Die Rune in der blauen Fläche war verschwunden! An ihrer Stelle war nun der Umriss eines Adlers. Da wurde mir klar, dass

Cormag nicht einfach nur tot war, nein, sein Geist, seine Seele – war in das Schwert eingegangen!

Der Sturm nahm an Kraft zu. Das Heulen des Windes zerrte an meinen Nerven. Plötzlich bekam ich keine Luft mehr. In Windeseile schob ich mein Schwert in die lederne Scheide und rannte aus der Hütte. Die Pferde waren unruhig. Mit Mühe sattelte ich Donkey und stopfte meinen Rucksack in die Satteltasche, um das kostbare Tagebuch vor dem Regen zu schützen. Ich wollte einfach nur noch weg. Für einen Moment erwog ich, Cormag auf dem namenlosen Garron mit ins Tal zu nehmen, doch war dies von vornherein zum Scheitern verurteilt. Wie hätte ich auch den schweren Mann auf den Rücken des Pferdes hieven sollen? Lachhaft!

Die Luft knisterte. Ein Gewitter zog rasch auf. Ich fluchte und schnauzte Donkey an, er solle still halten. Doch die ersten Blitze und krachender Donner versetzten die Tiere in Angst und Schrecken. Das namenlose Garron stieg auf die Hinterhand und flüchtete aus dem Unterstand. Energisch prüfte ich den Bauchgurt auf festen Sitz und flehte mein Pony an, die Nerven zu behalten, bis ich aufgesessen war – doch vergeblich. Auch Donkey ließ mich im Stich. Meine Haare flatterten vor meinen Augen, als ich ihm kopflos hinterherlief. Das Unwetter machte mir wirklich Angst. Ich war etwa 200 Meter von der Hütte entfernt, als ein Blitz mit gewaltigem Getöse in die Hütte einschlug und sie in Brand setzte. Nun gab es für mich kein Zurück mehr. In meiner Not irrte ich umher. Die Pferde waren aus meiner Sichtweite entschwunden. Ich konnte nur inständig hoffen, dass sie nicht in die Klamm abstürzen würden. Letztlich blieb mir nichts anderes übrig, als mich unter einen Felsvorsprung zu kauern und zu beten. Ich konnte den Brandgeruch nicht ertragen, und vor allem nicht, dass Cormag dort oben lag und in den Flammen verging. Meine Einsamkeit und Verzweiflung waren grenzenlos. Ich erwog, in der Höhle hinter dem Wasserfall Zuflucht zu suchen, doch ich wusste den Weg nicht mehr. So saß ich dort zusammengekauert, Stunde um Stunde. Irgendwann setzte starker Regen ein, aber für die Hütte kam er sicher zu spät. Durstig trank ich kühles Regenwasser, das sich in kleinen Felsmulden sammelte. Ich weinte um Cormag. Ich weinte um den Inhalt meines Rucksackes, der mit dem Pferd zusammen auf und davon war. Das Tagebuch meiner Ahnin! Nie wieder würde ich es lesen können! Ich konnte mir nicht vorstellen, Donkey wiederzufinden. Die Pferde waren inzwischen weit, weit weg oder sogar zu Tode gestürzt. Wie sollte ich nur jemals zurück in die Zivilisation finden? Und zu Essen hatte ich auch nichts. Wider besseres Wissen wühlte ich in meinen Jacken- und Hosentaschen, aber ich förderte nur Ilysas Brosche zutage. Dieses Geheimnis, das sie umgab, und die Furcht in Cormags Augen – das gab mir zu denken und lenkte mich für einige Zeit ab.

Ich war so müde und erschöpft, dass ich trotz aller Plagen einnickte. Als ich wieder erwachte, durchgefroren und steifbeinig, war ich auf seltsame Art und Weise gleichermaßen ‚leer' wie hellwach. Etwas in mir wartete auf eine Entscheidung. Es war, als würde ich mich selbst mit neutralem Interesse von Außen beobachten. Wird sie überleben oder gibt sie auf? Auf diese Frage gab es nur eine Antwort. Entschlossen machte ich mich an den Abstieg und schaute nicht zurück.

***

Die Wolken hingen extrem tief. Ungebremst fegte der Sturm vom Atlantik in die Highlands. Dicke Regentropfen fielen auf Äste, Flechten, braune Pilze. Ich sah so Unglaubliches wie Wasserfälle, die durch Orkanböen nach oben flossen! Ich ging durch ausgedehnte violette Heidefelder und fühlte mich der realen Welt entrückt. Doch das Glück war mir hold. Als meine Kräfte, nach quälenden Stunden des Umherirrens, vollends zu schwinden drohten, hörte ich ein Wiehern. Nie war ein Pferd willkommener gewesen, als in diesem Moment. Donkey war ein Geschenk des Himmels. Zutraulich ließ er mich jetzt aufsitzen. Ich umklammerte seinen klatschnassen Hals und ruhte mich aus. Meine Hand tastete nach der Satteltasche. Ja. Der Rucksack war immer noch da. Ein tiefes Gefühl des Glücks durchströmte mich und ich lernte an diesem Tag, wie allumfassend sich echte Dankbarkeit anfühlte. Donkey, dieses wundervolle Highland Garron, trug mich sicher und vorsichtig über Stock und Stein. Ich vertraute seinem Instinkt und hoffte, es würde seinen Heimatstall finden. Als ich mich einigermaßen erholt hatte, setzte ich mich aufrecht und konnte sogar die wilde Schönheit der Highlands genießen. Eine sanfte

Euphorie machte sich in mir breit. Ich würde leben. *Ich lebte!* Ja, ich fühlte mich durch und durch lebendig und stark, obwohl der Hunger mich quälte. Die alte zaghafte Tibby hatte ich oben in der Hütte zurückgelassen. Eine neue Tibby – Isabell, die Erwachsene – war auf dem Weg in ein selbstbestimmtes Leben.

Donkey richtete seine Ohren lauschend nach vorn. Ich hörte es auch, das Wiehern und Schnauben. Ein Reiter kam auf uns zu.

Tosh!

Die Nacht kommt

Es ist spät am Abend, als ich meine Erzählung beende. Ailith ist den ganzen, geschäftigen Tag lang nicht von meiner Seite gewichen, sie klebte förmlich an meinen Lippen. Ihr Großvater Tosh hat sich längst zu uns gesellt. Wir sitzen auf der Süd-Terrasse von Glenmoran. Wir, der Laird und die Lady und die einzige Enkeltochter. Unsere Erbin. Er lächelt wissend, als ich beginne, das Geschenk für Ailith aus seiner Umhüllung zu befreien. Ihre Augen werden groß, als sie das Elbenschwert entgegennimmt. Mit ehrfürchtigem Staunen betrachtet sie den geschmiedeten Drachen, der sich um den Griff windet. Sie zieht das Schwert aus der ledernen Scheide und streicht sanft über die schimmernde Klinge.

Ailith hat noch so viele Fragen. Und so erzählt Tosh, wie er mich damals erleichtert in seine Arme geschlossen hatte, als er, seinem Instinkt folgend, mich mitten zwischen Fels und Heide fand. Wie Epona, die Pferdegöttin, hätte ich auf ihn gewirkt, mit meinem wehenden, langen Kupferhaar mit blau schimmernden Strähnen und dem Schwert auf dem Rücken. Meine Augen hätten vor Glück gestrahlt wie Sterne in dunkler, wolkenloser Nacht, als unsere Blicke sich begegneten. Von der Hochzeit in Gretna Green erzählt er ihr und wie sehr sich Großtante Annella gegen die Eheschließung ‚mit der Verrückten' gewehrt hatte und sogar mit Enterbung drohte. Doch letztlich hatte sich der Großonkel durchgesetzt, der bald schon einen Narren an mir gefressen hatte. Ob Ilysa ihre Brosche wiederbekommen hätte, will sie wissen. Ich muss diese Frage verneinen, denn wir haben sie nie wieder gesehen, Ilysa war wie vom Erdboden verschwunden. Als meine Enkelin mich fragt, ob ich mich mit meiner Mutter wieder versöhnt hätte, zieht mein altes Herz sich schmerzlich zusammen. Ich erzähle ihr, dass Mutters Liebhaber sie nach und nach um ihr Geld gebracht hatte, raffiniert und skrupellos. Als sie ganz unten angekommen war, erinnerte sie sich ihrer Tochter und kam als Bittstellerin nach Schottland zu uns. Ailith zieht die richtige Schlussfolgerung, dass die alte Maffie, ihr geliebtes „Hutzelweibchen", die ehemalige Hausdame von Glenmoran, identisch ist mit Mafalda, die ich zwei Jahre nach unserer Hochzeit als Kindermädchen für unseren Erstgeborenen eingestellt hatte.

Wir beantworten ihr alle Fragen und die Nacht schreitet voran. Ich warte gespannt, ob sie die Frage aller Fragen stellt. Und dann kommt sie tatsächlich, diese Frage, denn ihr fällt die Adlersilhouette auf.

„Ist Cormag immer noch im Schwert?"

Glossar und Anmerkungen

Cheese Scones – kleines, brötchenartiges Gebäck mit Käse
Highland Garron – typisch schottische Pferderasse
Selkies – mythologische Robben, die am Strand ihren Pelz ablegen und zu wunderschönen Menschenfrauen werden
Drum Major - Tambourmajor
Round Pen – Trainingszirkel für Pferd und Reiter
Geasan – gälischer Zauberspruch
Black Bun – Früchtebrot nach schottischer Art
Undine – weiblicher Wassergeist der Mythologie
Zu Gretna Green: Ab 1856 verlangte das schottische Gesetz, dass die Paare vor der Eheschließung sich mindestens 21 Tage in Schottland aufgehalten haben müssen. Diese Regelung wurde im Jahr 1977 wieder aufgehoben. 1929 wurde das Mindestalter für eine Eheschließung auf 16 Jahre heraufgesetzt, wobei immer noch keine elterliche Einwilligung verlangt wird.

In Großbritannien kam die **Volljährigkeit ab 18 Jahren** erst 1970. Tibby wurde also mit 20 Jahren volljährig.

Impressum:
Marlies Lüer, Esslinger Str. 22, 70736 Fellbach

***

Dieser Roman basiert auf „Midirs Sohn" und wird eine Fortsetzung bekommen: „Schwertgeist"

***

Besuchen Sie die Website der Autorin:
www.Kerzenschatztruhe.de

Das vollständige Tagebuch von Isabell „Tibby" Rosehill, der Ahnin

* Mama hat mir Schreiben gelernt. Da war ich sieben Jahre. Ich konnte da mein Namen schreiben und wo wir wonen. Jetzt bin ich neun. Darum kann ich jetzt fiel meer schreiben. Mama hat mir ein Tagebuch geschenkt. Das ist eine Belonung sagt sie. So wie mein Lederdrache, den sie mir zu meinem zweiten Geburtstag genäht hatte. Ich soll ühben. Papa sagt, Rechnen muss ich auch ühben. Das am meisten.

* Großonkel sagt ein Datumm gehört auch zum Tagebuchschreiben. Also: heute ist der älfte März. Ich versuche jeden Sonntag was zu schreiben. Zwischen Frühstück und Kirche. Da darf ich nie raus zum Spielen. Weil mein Kleid sonst schmutzich wird sagt Mama. Papa sagt ich bin eine wilde Fee. Mama macht dann ein ärgerliches Gesicht. Großonkel ist mit Großtante heute bei uns zu Besuch. Er sagt Datumm schreibt man mit einem „m". Also: Datum! Und schmutzich mit g: schmutzig!

* Heute hat Mama geweint. 9. April. Habe lange nicht im Tagebuch geschrieben. Aber darum ist sie nicht traurich. Traurich vielleicht auch mit g?

* Papa darf mir keine Gutenachtgeschichten mehr erzehln. Mama verbietet es. Sie sagt, er soll mir keine Flausen in den Kopf setzen. Was sind Flausen und wie tut man sie in einen Kopf? 18. April.

* Dritter Mai. Mama ist über Nacht bei Großtante, weil die sehr krank geworden ist. Sie kann den rechten Arm und das rechte Bein nicht mehr bewegen. Papa

kann mir darum entlich wieder eine der Gutenachtgeschichten erzehln. Ich habe mir die von der Farn-Fee die Blaubeerwein machen wollte gewünscht. Und weil ich dann immer noch wach war, hat Papa mir noch vom Wassakobold erzelt, der nicht mehr schwimmen wollte.

* Ich mag nicht jeden Sonntag schreiben. Elfter Juni. Nicht älfter!

* 22. August. Habe lange nicht mehr in mein Tagebuch ~~geschriben~~. Geschrieben. Wir haben jetzt in der Nachbarschaft eine Lererin wohnen. Sie hat mit mir, Ainsley, Carson und Eoghan schreiben geübt. Weil unsere Eltern das Schulgeld nicht zahlen könn. Miss Fenella, ich mag sie gern. Ich habe eine Liste machen müssen von den Wörtern, die ich immer falsch schreibe. Zuhause soll ich damit weitermachen, wenn ich welche im Tagebuch finde. Sie sagt, Tagebuch schreiben ist gut für mich. Also: erzählen, Datum, endlich, schmutzig, wohnen, üben. Und immer diese – ich und –ig-Wörter! Das verstehe ich nicht. Klingt doch alles gleich. Traurig, schmutzig, trotzig (ich bin das sagt Mama), Honig, gierig, sonnig, heftig, König. Aber: wirklich, herrlich, pünktlich, ängstlich, weiblich, nützlich, freundlich.

* 8. September. Wir haben eine lange Wanderung gemacht. Waren auf dem Berg bei der Kwelle und dem Wasserfall, und dann zurück durch das Felsental, wo die Schafe grasen. Eoghan hat Tilly mit einem Stein beworfen. Miss Fenella hat ihm eine Ohrfeige gegeben. Ich habe der Lehrerin gezeigt, wo Mama und ich Heilkräuter für Großonkels Apotheke sammeln. Tilly

darf jetzt mit Eoghan, Carson und mir und Ainsley üben. Miss Fenella giebt uns zwei Mal in der Woche Unterricht. Mama macht dafür ihre Kleider umsonst heile.

* 14. September. Wir sollten als Hausaufgabe schreiben, was uns bei der Wanderung am besten gefallen hat. Ich mochte am liebsten den Wassageist in der Kwelle. Er ist eine sie. Sie hat mir zugewunken. Miss Fenella sagt: keine Geschichten erfinden! Aber wenn es doch wahr ist! Miss Fenella sagt, das hieße dann Nümfe und nicht Wassageist. Und auch: Wasser (!) Und dann habe ich mich wieder mit ihr gestritten! Denn: Quelle. Nymphe. Wer schreibt denn solche Wörter? Dann müsste man doch Kuelle sagen und Nimp-he. Warum darf man nicht so schreiben wie man spricht?

* 15. September. Papa hat wieder sein Gesicht gemacht als ich ihm von der Nümfe (jawoll!!!) erzählt habe. So, als wolle er was dazu sagen. Aber wenn Mama dabei ist, tut er es nie.

* 29. September. Eoghan hat Carson geschubst. Carson ist mit dem Kopf an einen Fels gefallen und hat geblutet. Als er wieder stand, hat er gekotzt. Dann ist Eoghan weggelaufen. Miss Fenella hat Carson ins Pfarrhaus getragen. Sie ist ziemlig stark. Meine Freundin Ainsley und ich haben durchs Fenster geschaut. Sie haben Carson einen dicken Verband um den Kopf gemacht. Dann hat Miss Fenella einen Jungen zu seinen Eltern geschickt. Und einen zu Eoghans Vater.

*4. Oktober. Carson ist immer noch zuhause und ziemlig krank. Eoghan nicht. Keiner kann ihn finden. (Für meine ig/ich-Liste: ziemlich!)

*7. Oktober. Wir gehen gleich in die Kirche. Heute Morgen habe ich im Herdfeuer was gesehen. Ich glaube, Papa auch. Gibt es Feuer-Nümfen? Im Garten hinterm Haus haben wir einen großen Haselnussstrauch. Das Haselmännlein hat gestern zum ersten Mal mit mir gesprochen! Mama habe ich das nicht gesagt. Er wünscht mir schöne Träume.

*11. Oktober. Eoghan ist wieder da. Er hatte sich in der Fraser-Höhle versteckt. Aber dann war der Hunger stärker als die Angst geworden, hat er gesagt. Sein Vater hat ihn grün und blau geschlagen zur Strafe. Jetzt hat er wieder mehr Angst als Hunger. Eoghan sagt, er will ein Guardsman bei den Scots Guards werden. Er kennt den Wahlspruch, und wenn er ihn felerfrei –fehlerfrei!- aufsagen kann, müssen sie ihn aufnehmen. Sagt Eoghan. Der Spruch heißt: Nemo Me Impune Lacessit. Das soll bedeuten: Niemand reizt mich ungestraft. Ich glaube aber nicht, dass die Soldaten Elfjährige in die Armee nehmen. Auch nicht, wenn sie so groß und stark wie Eoghan sind. Mit Miss Fenella üben wir jetzt Komma machen. An den richtigen Stellen.

*18. Oktober. Ich habe wieder die Träume von der Großen Mama.

*19. Oktober. Fantasie ist, wenn man sich was ausdenkt. Träume sind, was mein Kopf sich nachts ausdenkt. Erinnerungen sind, was man wirklich mal *erlebt hat. Aber manchmal träumt man, was man eigentlich erinnert, und das darum wirklich ist!*

* 28. Oktober. Onkel Gowans jüngster Sohn Kiron ist jetzt in der Schule. Onkel Gowan ist Schmied. Er kann das Schulgeld zahlen. Papa war früher auch Schmied. Bis das mit seiner Hand passiert ist. Er konnte lange nichts arbeiten und wir sind arm gewesen. Sehr arm. Großonkel und Großtante haben uns geholfen. Und Mama hat viele Kleider genäht. Als Papa dann die Arbeit im Rathaus bekommen hatte, wurde alles etwas besser. Er schreibt dort viel und räumt Akten auf, macht Botengänge und anderes. Sein Weg in die Stadt runter ins Tal ist sehr weit. Abends ist er oft müde, vor allem im Winter. Mama sagt, er schuftet für einen Hungerlohn. Aber jetzt sind wir nur noch arm, nicht mehr sehr arm.

* 30. Oktober. Die Große Mama kommt seit kurzem jede Nacht zu mir. Wir singen Lieder. Und manchmal singen die Pflanzen und Tiere auch mit uns. Das sind schöne Träume. Wenn die Mama an meinem Bett steht, stehe ich immer schnell auf, weil ich mich auf unsere Spaziergänge freue. Meinen Körper lasse ich dann im Bett. Ich habe zwei Körper. Einen richtigen und einen ganz dünnen, wie Luft, für die andere Welt. In der anderen Welt ist es immer hell und warm. Als ich mit Papa heute aus der Kirche kam, habe ich ihm davon erzählt. Er glaubt mir jedes Wort. Aber er sieht auch irgendwie besorgt aus. Mama war heute nicht in der Kirche, sie ist wieder bei Großtante Maisie.

* 2. November. Papa und ich waren auf der Bergwiese. Ich habe ihm ein paar Lieder und Töne

vorgesungen, die die Große Mama mir beigebracht hat. Er sagt, die Große Mama heißt eigentlich Gäa. Er hat mir das buchstabiert, damit ich es richtig schreiben kann. Überhaupt kann ich viel besser schreiben als früher. Miss Fenella ist sehr zufrieden mit mir, sagt sie. Auf der Wiese war es sehr kalt. Papa hat mir Tanzschritte gezeigt. Er sagt, wenn ich die Bewegungen richtig mache, dann kann ich, wenn ich älter bin, Dinge mit den Pflanzen machen. Ihre Farbe ändern und so. DAS kann ich kaum glauben. Ich denke, Papa nimmt mich auf den Arm!

* 2. Dezember. Heute fiel die Zeit bei Miss Fenella aus. Wir haben einen Schneesturm. Ich habe angefangen, Papas Gute-Nacht-Geschichten aufzuschreiben. Heute die von den blauen Schwänen und dem einen weißen.

* 8. Dezember. Großtante Maisie ist gestorben. Überübermorgen wird sie beerdigt. Wir sind alle sehr traurig.

* 11. Dezember. Letzte Nacht war Mama Gäa wieder bei mir. Wir sind diesmal aber nicht spazieren gegangen. Sie hat mir gezeigt, wie aus einer Raupe ein Schmetterling wird. Sie sagt, mit Großtante Maisie ist es auch so, und mit allen Menschen, ohne Ausnahme. Auch aus uns wird mal ein schönes, federleichtes Wesen, leichter noch als die kleinste Feder. Sie sagte, wir sind dann frei und glücklich und ein hell klingender Ton im Lied der großen, heiligen Engel.

* 19. Dezember. Das Wetter ist besser, wir gehen wieder mehr nach draußen. Ich helfe Mama auch oft beim Nähen. Ich bin schon ganz gut darin. Manchmal

gehe ich zu Großonkel Russel und helfe ihm, die Wohnung und die Apotheke sauber zu halten.

* 1. Januar 1878. Hogmanay ist vorbei. Wir sind ganz schön müde. Mama hatte einen prächtigen Haggis gekocht und Black Bun gebacken. Die Graupensuppe war auch lecker. Papa isst ja nur selten und wenig Fleisch, aber Mama, Großonkel Russel und ich, wir haben es uns schmecken lassen! Mama sagt, früher hat Papa gar kein Fleisch gegessen. Und früher hätte er viel Whiskey trinken können, aber nachdem er uns gefunden hatte, nicht mehr. Mama war ganz schön betrunken. Ich glaube, sie hat Unsinn geredet. Wann hat er uns denn jemals gesucht und gefunden? Wir sind doch immer alle da.

* 28. Januar. Der Winter ist sehr streng. Ich habe wieder viel Zeit, Papas Geschichten aufzuschreiben. Eoghan wohnt jetzt beim Pfarrer. Weil: sein Vater hat sich totgesoffen.

* 2. März. Ich war wieder bei Großonkel Russel. Wir haben die Apotheke aufgeräumt. Ich habe gemerkt, dass er langsam zu alt wird. Er verwechselt die Kräuter. Ich habe sie umgefüllt, ohne dass er es gemerkt hat. Mama hat ein ganz ernstes Gesicht gemacht, als ich es ihr erzählte. Vielleicht kann er auch nur nicht mehr richtig lesen. Ich habe kaum noch Zeit für mein Tagebuch! Ich muss Mama beim Nähen helfen und wir passen auch auf Großonkel Russel auf. Papa meint, die Trauer macht seine Augen und sein Denken schwach. Papa hat ein anderes Wort für Trauer benutzt, aber das weiß ich nicht mehr genau, es klang wie „Dullitschin".

5. März. Eoghan hat mir gesagt, beim Pfarrer hat er es immer warm und die Haushälterin kocht gutes Essen. Allerdings muss er sich jetzt jeden Tag waschen.

9. März. Mama hat Papa angefaucht. Er soll mir doch keine Flausen in den Kopf setzen. Inzwischen weiß ich ja, was das bedeutet. Ich will aber Papas Geschichten alle hören, alle! Und ich schreibe sie auch auf. Ob Mama nun will oder nicht. Ich bin doch kein Baby mehr. Ich weiß, was echt ist und was nicht. <u>Ich kann</u> mit den Pflanzen singen, auch mit dem Haselmännlein hinterm Haus. Das ist echt.

16. März. Ich habe entdeckt, dass ich auch mit den getrockneten Heilkräutern in der Apotheke singen kann. Sie lassen mich fühlen und sehen, für welche Krankheiten sie gut sind. Großonkel hat ein großes Buch über Heilkunde. Es sind sehr interessante Bilder drin. Vom Inneren der Menschen. Wie guckt man denn in einen Menschen hinein? Großonkel wollte es mir nicht sagen.

22. März. Es ist etwas Schreckliches geschehen.

24. März. Mama ist ganz müde und traurig. Sie redet kaum noch mit mir.

29. März. Miss Fenella schaut mich ganz komisch an, wenn sie denkt, ich merke es nicht.

12. April. Mama hat mich angelogen. Ich weiß das von Eoghan. Und der hat es heimlich mitgehört, als der Pfarrer mit Mama und Miss Fenella sprach. Papa ist nicht einfach nur verschwunden – Papa ist im Gefängnis!

13. April. Ich kann nicht glauben, dass mein Papa etwas Böses tut! Mama sagt, der Bürgermeister hat ihn reingelegt. Er hat ihn etwas Besonderes malen und schreiben lassen. Und das hat andere Leute geärgert, als sie es gemerkt haben. Mama hat gesagt, das, was Papa gemacht hat, nennt man Urkundenfälschung. Sie jammert immer wieder: Wäre er doch nicht so na-iehf! (Ich will Miss Fenella noch fragen, was das Wort bedeutet, mit Mama kann man gar nicht mehr reden) Großonkel Russel meinte, sie solle froh sein, dass seit Juni 1857 die Deportation nach Australien aufgehoben sei. Aber das hat Mama nicht getröstet! Als sie das hörte, hat sie nur noch mehr geweint. Und ich hab gleich mitgeweint. Wann kommt Papa denn wieder? Die Großen wollen es mir nicht sagen.

* Datumme sind doof! Ich will keine mehr schreiben. In meinem Buch mache ich, was ich will. Erwachsene sind auch doof!

* Im Gasthof wohnen jetzt drei Prosspektohren. Mama sagt, das sind Goldsucher. Sie werden den Berg ausweiden wie eine Gans und ihm seine Schätze stehlen. Ich würde so gerne mal Gänsebraten essen!

* Mama weint viel in letzter Zeit. Dann wieder schimpft sie auf Papa. Inzwischen weiß ich ja was naiv bedeutet und wie man es schreibt. Miss Fenella hat es mir erklärt. Warum man dafür eingesperrt wird, konnte sie mir nicht wirklich begreiflich machen.

* Onkel Gowan war neulich zu Besuch. Er war aufgeregt, als er Mama von der Sprengung der alten Mine erzählte. Die Goldsucher würden jetzt mutiger. Es hätte einen Erdrutsch an der anderen Seite des Berges gegeben, sagte er. Und dann hat er geflüstert: „Das Schwert wird möglicherweise freigelegt". Mama sagte:

„Das darf Tibby nicht wissen", und machte das Fenster zu. Tja, da hatte ich es aber schon gehört, weil ich zufällig genau unterm Fenster draußen gehockt hatte. Was für ein Schwert denn? Und warum darf ich nichts davon wissen?

* Wenn meine Sehnsucht nach Papa zu groß wird, dann hole ich mir Stift und Papier und schreibe noch mehr Gute-Nacht-Geschichten auf, und manchmal denke ich mir welche aus. Weil: Ich habe jetzt alle Geschichten von Papa im Buch, an die ich mich erinnern kann. Die, die ich selber schreibe, werde ich ihm vorlesen, wenn er wieder zuhause ist.

* Heute war ich wieder in den Bergen. Allein. Ich finde dort Vogeleier, essbare Kräuter und Beeren. Seit Papa im Gefängnis ist, reicht das Geld nicht mehr fürs Essen. Ich wachse so schnell und brauche neue Kleidung, Schuhe und das alles. Mama arbeitet sich halbtot und es kommt wenig bei rum. Wir müssen nämlich auch Papas Essen im Castle Jail bezahlen. Den Garten hinter unserem Haus pflege ich auch. Wenn Mama nicht aufpasst, spreche ich mit den Geistern der Pflanzen und sie zeigen mir, was sie brauchen, um gut zu wachsen. Ich kann mit Stolz sagen, dass unser Kohl, unsere Rüben, größer und süßer sind als die von anderen Leuten. Das Haselmännlein hat mir gesagt, dass heuer der Winter früh kommen wird, und er wird kälter sein als sonst. Darum habe ich mir was ausgedacht: Ich werde auf die Jagd gehen! Jetzt muss ich mir nur noch überlegen, mit welcher Waffe ich das mache und wo ich sie herbekomme.

* *Letzte Nacht hatte ich einen Traum. Von einem blauen Licht. Und einem Zwerg. Als ich morgens aufwachte, fiel mir alles wieder ein. Ich war noch ganz klein gewesen, da war Onkel Gowan auch zu Besuch da. Mit einem großen Schwert! Und das hatte nach mir gerufen und mich in ein blaues Licht eingesperrt. Ich hatte Angst. Richtig schlimme Angst. Dann war ich auf einmal irgendwo anders gewesen und sah zum ersten Mal die große Zauber-Mama. Sie war dick und rund, hatte Blumen im Haar und lachte gern. Wir haben Lieder gesungen und auf einer Wiese gespielt. Damals hatte das angefangen, mit der großen Mama, jetzt weiß ich wieder alles, und zwar ganz genau! Das mit dem Schwert hatte ich irgendwie vergessen, als ich größer wurde.*

* *Ich hätte es wissen müssen. Hätte ich bloß nicht nach dem Schwert gefragt! Mama hat ihr böses Gesicht gemacht. Sie behauptet, es wäre gar nichts passiert, als ich klein war. Und sie hätte mit Onkel Gowan neulich über ganz was anderes gesprochen. Was mir denn einfiele, Erwachsene zu belauschen? Und ich soll aufhören, an die große Mama zu glauben. Sonst wird der liebe Gott ganz traurig und der Pastor böse. Das wäre alles heidnischer Unsinn. Ich muss jetzt jeden Sonntag nach der Kirche noch in die Sonntagsschule gehen. Den Katteschissmus lernen und die zehn Gebote. Wenigstens ist Miss Fenella auch manchmal da und macht den Unterricht, wenn der Pastor nicht da sein kann. Weil Hochzeit ist oder Beerdigung. Kiron kommt auch. Und sein großer Bruder Lachlan ist auch dabei. Wenn die Sonntagsschule aus ist, bringen die beiden mich* *nach Hause. Wie eine Eskorte. Vermutlich, damit ich nicht wieder allein in die Berge gehe. Das hat Mama mir jetzt auch verboten!*

* Mit Kiron und Lachlan habe ich einen Handel abgeschlossen. Sie lassen mich gehen wohin ich will, und dafür sage ich keinem, dass sie es waren, die aus Versehen die Scheune vom alten Bixby angezündet haben.

* Jetzt, wo langsam unsere Vorräte zur Neige gehen, sagt Mama nichts mehr gegen die gejagten Schneehasen und Moorhühner, die ich manchmal erwische. Heute hat sie mir sogar Wasser heißgemacht, damit ich meine blaugefrorenen Füße aufwärmen konnte. Ich wünschte, ich hätte bessere Schuhe. Der letzte Bleistift wird immer kleiner. Hoffentlich kann Miss Fenella mir einen neuen schenken.

* Der Winter hat in seiner Kraft etwas nachgelassen. Die Sonne heute Mittag hat richtig gut getan. Wir haben einen Berg Wolle geschenkt bekommen. Mama zeigt mir, wie man spinnt und Strickgarn daraus macht. Ich kann das schon ganz gut. Aber was ich besser kann ist, mit Großonkel Russel Kräutertees mischen und wie man aus Pulver richtige Pillen macht, hat er mir auch schon gezeigt. Er sagt immer: ‚Wenn du bloß kein Mädchen wärst'. Mädchen dürfen nämlich keine Apotheke führen, auch nicht, wenn kein Mann als Nachfolger im Haus ist.

* Mama weint nicht mehr. Dafür schweigt sie. Und dann hat sie Tage, wo sie immerzu über Papa redet. Sie erzählt dann auch viel von früher, als sie noch in Glasgow bei Celia Fraser im Schwanen-Gasthof

gearbeitet hat. Dort hat sie Papa kennengelernt. Sie sagt, er hätte ganz lange Haare gehabt, wie eine Frau. Nur schöner, weil sie tiefblau waren. Mama redet viel Blödsinn in letzter Zeit. Ich glaube nicht, dass es ihr gut geht. Habe angefangen, Johanniskraut in ihren Abend-Tee zu mischen. Onkel Russel hat mir das erlaubt. Wenn es mit ihr schlimmer wird, soll ich es ihm sagen. Dann gibt er mir etwas Stärkeres.

* *Heute Abend sind wir satt und warm ins Bett gegangen. Onkel Gowan und Tante Amelia waren gestern hier. Ich nenne sie so, obwohl sie nicht meine richtigen Onkel und Tante sind. Sie haben uns einen Sack Erbsen und eine Speckschwarte mitgebracht. Mama hat leise geweint. Sie ist ganz dünn geworden, obwohl ich jagen gehe. Aber ich schaffe es nun mal nicht, jeden Tag was zu fangen. Onkel und Tante haben lange mit ihr geredet, während ich auf dem Dachboden war. Dort habe ich Papas Gute-Nacht-Geschichten versteckt. Auf dem Dachboden ist es dunkel. Aber ich brauche die Geschichten auch nicht lesen, ich kenne sie alle auswendig. Ich habe mein Ohr über den Spalt im Holzboden gelegt und gelauscht. Die beiden haben mit Engelszungen geredet. Großonkel Russel möchte, dass Mama und ich zu ihm ziehen, so lange Papa im Gefängnis ist. Mama hat irgendwann zugestimmt. Ich glaube, sie war unendlich müde und wollte die beiden nur loswerden.*

* *Habe mich geirrt. Drei Tage später sind wir bei Großonkel Russel eingezogen. ‚Nur bis zum Frühjahr' hat Mama gesagt.*

* Ainsley hat eine neue Puppe bekommen. Sie ist sehr schöhn. Aber ich spiele nicht mehr mit Puppen. Ich weiß jetzt nicht: schön mit oder ohne h? schön, schöhn, schöön? Sieht alles seltsam aus. Ich muss wen fragen, wie es richtig heißt.

* Mama durfte Papa im Gefängnis besuchen. Onkel Gowan hat sie begleitet. Sie waren vier Tage weg. Ich durfte solange bei Tante Amelia im Gasthof wohnen und ihr in der Küche helfen und Betten machen und solche Dinge. Es war ganz schön. Aber ich habe die Apotheke doch etwas vermisst. Als Mama wieder zuhause war, hat sie uns erzählt, dass der Pfarrer, der sich um das Gefängnis kümmern muss, meinen Papa besonders gern mag. Er hatte dem Direktor gesagt, er solle aus christlicher Nächstenliebe meinem Papa Farbe und Leinwand schenken, weil er so furchtbar traurig ist. Wie Mama das sagte, musste ich ein paar Tränen weinen, aber dann war ich gleich wieder tapfer. Jedenfalls malt Papa wohl sehr gut (ob er das Gefängnis von Innen malt?). Eins seiner Bilder wurde teuer verkauft. Den Gewinn hat der Direktor mit dem Pfarrer und Papa geteilt. Und er hat ihm gesagt, er soll noch viel mehr malen und auch seinen Jungs das schöne Malen beibringen. Wenn er das täte, bekäme er eine bessere Zelle und mehr Ausgang in den Hof, wo die Sonne manchmal scheint. Das Geld können Mama und ich wirklich gut brauchen. Im nächsten Winter werden wir nicht hungrig sein. Und ich bekomme auch neue Schuhe!

* Ich mag die Arbeit in der Apotheke sehr. Großonkel Russel erzählt mir viel über die Heilkraft der

Pflanzen und all der Pülverchen, die er hat. Ich lerne von ihm auch viel über Krankheiten, welche Medizin man den Leuten gibt. Er ist stolz auf mich, denn ich habe alles auswendig gelernt und kann Heil-Tees mischen. Morgen will er mir zeigen, wie man Salben anrührt. Manchmal muss ich ihn daran erinnern, wo welche Sachen stehen. Er vergisst viel und macht nicht alles fertig, was er angefangen hat. Aber ich passe gut auf. Ich höre auch gut zu, wenn die Kranken kommen und ihm sagen, was ihnen fehlt. Damit er keine falsche Medizin mehr rausgibt. Der Bäcker war neulich sehr böse auf ihn, weil er ihm keinen Hustentee angemischt hat, sondern was für den Bauch, zum besser aufs Klo gehen können.

* Gestern war mein vierzehnter Geburtstag. Mama hat mir ein wunderschönes Kleid genäht. Der Nachbarsjunge schaut mich ganz anders an als früher. Ich glaube, er findet mich hübsch.

* Heute ist der schönste Tag in meinem Leben. Papa ist wieder daheim! Wir bleiben vorerst weiterhin bei Großonkel Russel wohnen, hat Mama entschieden. Weil: Er kann ohne uns die Apotheke nicht mehr führen, das sollen die Leute nicht merken. Außerdem hat Papa keine Arbeit.

* Papa ist so still geworden. Mama dafür umso lebhafter. Sie erzählt ihm viel von uns, wie wir die Jahre ohne hin überstanden haben und dass ich ein tapferes Mädchen war. Sogar von meiner Jagd im Winter hat sie stolz berichtet. Aber Papa hat das nicht gefallen, glaube ich. Er hat mich ganz komisch angesehen. So als wäre ich auf einmal eine Fremde.

* *Manchmal geht Papa mit mir wandern. Wir laufen dann den ganzen Tag durch das Lonely Vale. Er sagt, er erträgt es nicht mehr, in geschlossenen Räumen zu sein, er sehnt sich nach dem freien Himmel. Und dann erzählt er mir von seiner alten Heimat. Von seinen Eltern und der Königin, und dass er früher Soldat gewesen sei. Das macht mir Angst, denn Papa bringt manchmal alles durcheinander mit den Gute-Nacht-Geschichten. Das Gefängnis muss wirklich schlimm gewesen sein, auch wenn er dort malen durfte.*

* *Großonkel Russel hat einen Apotheker als Nachfolger in sein Haus gebracht. Er sagt, er wäre nun zu alt dafür, all die Verantwortung zu tragen. Er wolle seine Ruhe haben. Der Mann ist höflich und sieht gut aus. Er scheint auch klug zu sein. Wir wohnen jetzt wieder in unserem alten Haus.*

* *Ich war wieder wandern mit Papa. Er ist jetzt ganz durcheinander und ich weiß nicht, ob ich Mama das sagen soll. Aber vielleicht hat sie es selber auch schon gemerkt. Papa sagt, er will, dass ich alles über ihn erfahre, die ganze Wahrheit. Meine Gabe des Blumensingens hätte ich durch sein Blut geerbt, sagt er. Ich hätte wie er elbisches Blut in mir. Früher wäre er ein echter Elb gewesen, kein Mensch, und auch Soldat der Hagedornkönigin. Die Gute-Nacht-Geschichten wären alle wahr. Fast alle zumindest, sagt er, manche hätte er sich auch für mich ausgedacht. Nachdem er das erste Mal aus dem Himmel gefallen wäre, hätte er Mama kennengelernt und sich in sie verliebt. Sie hätten bei einer Celia Fraser gewohnt, die als Kind auf einem Wulliwusch geritten sei. Er und Mama* *hätten bei ihr im Wirtshaus gearbeitet. Bis er sich in einen Drachen verwandelt hätte. Und dann hat alles gebrannt. Aber das wäre nicht seine Schuld gewesen. An dem Tag schmiedete er das Schwert, weil er seinen Geist darin einbinden wollte, den er konnte weder in der einen, noch in der anderen Welt leben. Trotzdem musste er zurück in die Anderwelt, weil die Menschen ihn gejagt hätten, aber er wäre dann gleich wieder zur Erde zurückgefallen, weil die Göttin ihn nicht mehr in der Anderwelt duldete. Ob ich noch wüsste, dass ich ihn gefunden hätte? Das wäre hier gewesen, im Lonely Vale. Ich hätte eine Puppe mit blauen Haaren im Arm gehabt. Ob ich das noch wüsste, fragte er immer wieder. Bis ich dann schließlich Ja gesagt habe. Was gelogen war, aber danach war er wieder ruhiger. Ich bin sehr traurig. Mein Papa ist nicht mehr richtig im Kopf!*

* Letzte Nacht ist mir eingefallen, dass ich den Namen Celia Fraser schon einmal gehört habe. In der Hogmanay-Nacht, als Mama betrunken war und den Blödsinn von blauen Haaren erzählte. Und jetzt ist mir schlecht. Weil: Mir ist noch mehr eingefallen. Ich war noch klein und mit Mama draußen im Lonely Vale. Ich war ein Stück vorgelaufen und spielte mit einem Fremden. Der Puppenmann! Ich sagte zu ihm: Du siehst aus wie meine Puppe! Er hatte ein Drachentattoo auf dem Unterarm – genau wie Papa! Ja, es war ja auch Papa! Erst hatte Mama Angst vor ihm gehabt, aber dann haben sie beide geweint und gelacht und sich geküsst. Und dann sind wir alle zusammen nach Hause gegangen. Jetzt verstehe ich ALLES! Großer Gott!

* *Ich bin jetzt vierzehneinhalb Jahre alt. Wir leben immer noch von den verkauften Bildern und Mamas Näharbeiten. Papa findet keine Arbeit. Er hat ja auch die schlimme Hand. Das Geld geht zur Neige, denn wir kaufen lauter so teures Zeug, damit er sich Farbe machen kann für das neue Bild, das er malt. Es wird sehr schön sein, wenn es erst einmal fertig ist. Hoffentlich finden wir einen Käufer dafür. Er malt einen weißen Tempel im See der königlichen Schwäne, bewachsen mit Blauregen. An die Geschichte kann ich mich gut erinnern. Sie handelt von dem Tag, an dem der Wasserkobold die Waldbewohner vor der bösen, weißen Leere warnte. Aber auf dem Bild hat Papa noch mehr skizziert. Da ist auch ein großer Baum mit Gesicht und lauter kleine Leute tanzen drumherum.*

* *Heute bin ich wieder allein in den Bergen gewesen, die das Lonely Vale umschließen. Ich habe mich einfach davongeschlichen. Ich kann das Gezanke nicht mehr ertragen. Einen Hasen habe ich erlegt, dann kommt mal wieder ein guter Braten auf den Tisch in der Apotheke. Großonkel Russel ist ganz alt und dünn geworden. Sein Nachfolger gibt ihm immer einen Stärkungstrank, aber er nimmt die falschen Kräuter. Auf mich hört er nicht! Alasdair Rosehill ist stur wie sonst was. Aber das regt mich nicht so sehr auf wie das, was ich heute erlebt habe. Ich habe endlich einen neuen Eingang zur Mine gefunden! Das Schwert fand ich leider nicht, aber da lag ein schöner roter Stein, den habe ich mitgenommen. Irgendwas ist daran besonders. Als ich ihn hochhob, leuchtete er für einen kurzen Moment auf! Mir war, als könnte ich ein*

Lebewesen spüren. Draußen. Als ich dann aus der Höhle rauskam, stand in einer Art Nebel eine Frau vor mir. Sie sah unheimlich aus und starrte mich an. Ihr eines Auge war weiß wie Mondlicht. Ich fürchtete mich vor ihr. Dann verschwand sie plötzlich und ich war froh, dass sie mich nicht mitgenommen hat. Vielleicht war das eine Unseelie!

* Großonkel Russel ist gestorben. Er liegt jetzt neben Tantchen Maisie auf dem Friedhof. Papa hat so herrlich gesungen bei der Beerdigung. Selbst der Kirchenmann hat sich verstohlen eine Träne aus dem Auge gewischt. Ehrlich gesagt, bin ich nicht wirklich traurig. Ich habe den alten Mann wirklich von Herzen gern gehabt, aber ich gönne ihm seine ewige Ruhe im Himmel sehr. Die letzten Wochen waren wirklich hart für ihn. Die meiste Zeit haben Mr. Rosehill und ich uns um ihn gekümmert. Mama hat nämlich einen Großauftrag erhalten. Die Herrschaften von Glenmoran haben eine komplette Garderobe bestellt für die neue Schwiegertochter. Es heißt, sie kommt aus Italien, wo es immer warm und schön ist. Dort wachsen Zitronen und Orangen an den Bäumen. Was sie hier wohl will? Gab es in Italien keinen Mann für sie?

* Meine Tage sind sehr ausgefüllt. Ich helfe Mama beim Nähen für die Herrschaften von Glenmoran. Jetzt muss nicht nur für die Italienerin was Neues her, auch für die Schlossherrin. Mama hat einen Vorschuss bekommen, damit sie Stoffe kaufen kann. Die Italienerin mag den Tartan derer von Glenmoran nicht besonders, aber die Schwiegermutter war unerbittlich. Ab und an gehe ich auch in die Apotheke. Mr. Rosehill will alles

neu ordnen, nach modernen, wissenschaftlichen Gesichtspunkten, sagte er. Manche Kräuter und Pülverchen kennt er gar nicht und wollte sie wegwerfen. Aber das konnte ich verhindern. Einiges habe ich mit nach Hause genommen. Manches hat er dann doch behalten, nachdem ich ihm die heimischen Namen der Pflanzen erklärt habe. Ich habe eins von Großonkel Russels alten Botanikbüchern zu Hilfe genommen. Ich mag das Rasierwasser, das Mr. Rosehill benutzt, gerne riechen.

* Papas neues Gemälde wird immer schöner. Er hat allerdings jetzt Streit mit Mama, weil er sich vom Stoffgeld was für neue Ölfarben genommen hat. Jetzt muss Mama noch viel sorgfältiger den Stoff zuschneiden und darf keinen Fehler machen!

* Miss Fenella wird heiraten! Der Schreiner aus der Hinterwäldlergegend hat ihr einen Antrag gemacht. Ich weiß nicht, was sie an dem Mann findet, aber ich darf ihr blaues Sonntagskleid abändern, damit daraus ein Brautkleid wird.

* Wir hatten heute ein leichtes Erdbeben! Kurz nach Sonnenaufgang. Papa war leichenblass. Er sagte zu uns, in Magiyamusa gäbe es so etwas nicht, woraufhin Mama ihn angefaucht hat, er solle nicht von Orten und Dingen reden, die nur in seiner Fantasie existieren. Sie ist ihm auch böse, weil er sonntags nicht mehr zur Kirche mitkommt. Er malt immer nur an seinem Bild, oder er geht in die Berge wandern. Mama sagt, die Leute würden über uns reden. Auch, weil ich so oft in der Apotheke wäre.

* *Die Hochzeit von Miss Fenella, jetzt Mrs. Brodie, war schön. Der Priester hat den Knoten gebunden zu den Klängen von Mr. Lockharts Dudelsack. Sie hat alle eingeladen, die sie als Kinder unterrichtet hat. Ich habe ihr viel zu verdanken. Beim Hochzeitsgedrängel habe ich einige Münzen ergattert, dafür war ich mir nicht zu schade. Mr. Brodie hat wirklich großzügig Geld in die Menge geworfen. Ich wünschte, ich hätte auch so ein schönes Kleid.*

* *Papas Bild ist fertig. Als Mama in Glenmoran war, um die ersten fertigen Stücke abzuliefern, hat Papa es mir gezeigt und erklärt. Ich halte zu ihm! Ich weiß ja, dass er früher wirklich ein Elb war. Und ich weiß, dass ich selber anders bin. Mama hat wirklich kein Verständnis dafür, ihr ist es so viel wichtiger, was die Leute von uns denken und so. Habe ihr schon lange nichts mehr von meinen nächtlichen Ausflügen mit Gäa erzählt. Allerdings werden die immer seltener, je älter ich werde. Die letzte gemeinsame Nacht ist nun schon ein halbes Jahr her. Sie sagte mir, ich solle nachsichtig sein mit Mama, sie hätte einfach nur Angst, dass Papa sich wieder zurückverwandeln könne.*

* *Mr. Rosehill arbeitet an einer Enzyklopädie der Heilkunst. Ich helfe ihm bei den Heilpflanzen. Durch mein Singen weiß ich auch viel über Heilerde, Mineralien und tierische Bestandteile in der alten Medizin. Durch Gäa weiß ich auch über die Kraft der Heilgesänge Bescheid, aber das kann ich ihm nicht erklären, woher ich das weiß und ich glaube auch nicht, dass er das ernst nehmen würde. Seit ich meine Monatsblutung habe, ist mein Gesang anders ge-*

worden. Ich singe mit zwei Stimmen gleichzeitig und weiß nicht wieso, ich mache das nicht mit Absicht. Ob die Göttin mitsingt?

* Er hat schöne Hände. Ich mag ihn, und ich habe sogar schon von ihm geträumt. Wir nennen uns jetzt beim Vornamen, wenn wir allein sind.

* Mama ist neuerdings tagsüber meistens in Glenmoran für Anproben und andere Näharbeiten. Papa ist wieder in den Bergen verschwunden, er bleibt immer öfter tagelang weg. Gowan und Amelia waren neulich zu Besuch bei uns und haben auch Kiron und Lachlan mitgebracht. Das war ein lustiger Abend, sogar Mama hat gelacht. Sie haben erzählt, dass Lachlan nach Ullapool gehen wird, sobald er sechzehn Jahre alt ist. Er will nicht Schmied werden, sondern Heringsfischer, er will unbedingt ans Meer. Ich wünschte, ich könnte auch einen Beruf haben! Aber ich bin ja nur ein Mädchen.

* Gestern Nacht habe ich gehört, wie Mama leise geweint hat und Papa immer wieder um Verzeihung gebeten hat. Sie kann es nicht mehr ertragen, dass er sich so verändert hat, seit er aus dem Gefängnis wieder raus ist. Papa hat wohl auch geweint, glaube ich. Auf jeden Fall hat er oft geseufzt. Er sagte zu ihr, dass er sie liebt und dass es ihm Leid tut. Aber er könne seine Vergangenheit nicht vergessen und auch nicht länger leugnen.

* Wir haben schon wieder Herbst, der Sommer kam mir sehr kurz vor. Aber er war schön, ich war nämlich viel draußen in der Natur. Für Alasdair habe ich nach ganz bestimmten Flechten gesucht, sie helfen gegen

einige Hautkrankheiten, nicht gegen alle. Ich habe die Zeit auch dafür genutzt, nach dem Schwert zu suchen. Ich möchte es zu gerne noch einmal sehen. Aber das Erdbeben hat die Höhle, in der ich den roten Stein fand, zusammenfallen lassen. Ich habe den Stein Papa gezeigt, er sagt, er wäre ein Drachenauge für das Schwert. Und dann hat er mit mir über alles gesprochen, was damals mit mir passierte, als Gowan das Schwert ins Haus brachte. Hat mir gesagt, wie er es mit Magie hergestellt hat, damals, als er in Glasgow lebte. Der rote Stein sei eigentlich ein gewöhnlicher Kieselstein, aber er hätte ihn umgewandelt mithilfe seiner Drachennatur, die aus ihm gewaltsam hervorgetreten war. Dann hat er noch von Gowan und Archibald erzählt, dass der Sohn der alte Mann war und Gowan, sein Vater, der junge. Das kam daher, dass Gowan in die Anderwelt geraten war und dort die Zeit anders verläuft. Ich hatte, ehrlich gesagt, ein wenig Mühe, das zu verstehen. Nein, nicht wenig. Viel Mühe. Eigentlich habe ich das gar nicht verstanden. Aber das mit dem Schwert und wie ich in dem blauen Licht verschwunden war, das habe ich sofort geglaubt und verstanden. Ich konnte mich plötzlich auch daran erinnern, dass Onkel Gowan mir große Karamellbonbons mitgebracht hatte, an diesem denkwürdigen Abend.

* *Papa ist auf Wanderschaft gegangen. Er war es leid, dass Mama ihn immer spüren ließ, dass sie und ich das Geld ins Haus brachten. Das neue Bild konnte er nicht verkaufen. Die Ersparnisse sind aufgebraucht. Papa sagte, das Einzige, was er noch gut kann außer*

Malen, ist Geschichten erzählen und Singen. Also will er sein Glück als Barde versuchen. Auf die Idee ist er gekommen, als er im Wirtshaus aus einer Laune heraus ‚Auld Lang Syne' gesungen und Geschichten zum Besten gegeben hatte. Fremde auf der Durchreise haben ihm dafür Geld auf den Teller gelegt und ihm applaudiert.

 * *Alle paar Wochen schickt Papa uns jetzt Geld. Vor dem nächsten Winter will er wieder zuhause sein. Er ist weit rumgekommen. Momentan ist er in Cardiff. Das Walisisch bereitet ihm überhaupt keine Probleme. Seine elbische Sprachbegabung ist ihm offenbar erhalten geblieben, schrieb er. Was genau er damit meinte, hat Mama mir erklärt. Als sie beide noch bei der Celia im Weißen Schwan gelebt haben, hat Papa plötzlich französisch gesprochen mit einer echten Französin, obwohl er das nie zuvor gehört oder gelernt hatte. Da war er noch ein echter Elb. Mittlerweile spricht Mama ja mit mir offen darüber, dass Papa wirklich nicht aus dieser Welt stammt. Aber ich musste ihr hochheilig schwören, dass ich mit niemandem darüber spreche, auch nicht mit Alasdair.*

 * *Ich habe nun so lange nicht mehr in mein Tagebuch geschrieben. Der letzte Eintrag ist schon drei Jahre her. In dieser Zeit ist so viel passiert. Papa ist nicht mehr heimgekehrt. Wir wissen nicht, was aus ihm geworden ist. Ist er tot? Oder hat er uns einfach verlassen? Manchmal stelle ich mir vor, er hätte den Weg zurück gefunden und er würde in Magiyamusa im Schwanensee schwimmen, auf einem Wulliwusch reiten und einer schönen Elbin den Hof machen und ihr*

Lieder der Liebe singen. Aber dann kehre ich aus diesen Träumereien in die Realität zurück. Die Tore zur Anderwelt sind endgültig verschlossen, hatte Papa früher mal gesagt. Also wird er wohl in den Bergen oder sonst wo verunglückt sein. Oder er hat uns wirklich im Stich gelassen. Es bereitet mir Seelenqualen, dass nichts außer Ungewissheit geblieben ist. Mama hat sich sehr verändert in dieser Zeit des Suchens und Wartens. Sie sieht verhärmt aus, arbeitet sich halbtot. Dann wieder hat sie Zeiten, wo sie vor sich hinstarrt und kaum etwas isst. Am schlimmsten sind die Tage, wo sie unruhig hin- und herläuft und vor sich hinmurmelt.

Seit einem guten Jahr bin ich Alasdairs Frau. Wir führen die Apotheke zusammen und sind sehr glücklich. Ich trage mein erstes Kind unter dem Herzen. Das ist der Grund, warum ich wieder zu meinem Tagebuch gegriffen habe.

* *Die Geburt steht nun kurz bevor. Gäa kam zu mir letzte Nacht. Wir sind in ihrem Reich über blühende Wiesen gelaufen und haben neue Lieder gesungen. Ich habe das so sehr genossen! Am liebsten wäre ich dort geblieben, im Land des ewigen Sommers. Gäa sagt, ich würde einen Sohn gebären, später noch einen, und sie würden wieder Söhne haben, bis eines Tages in dieser Blutlinie ein Mädchen geboren würde, das wie ich eine Erdsängerin sei. Sie wäre die Mutter einer neuen Dynastie von Erdsängerinnen, denn in hundert Jahren und mehr wäre die Menschheit an einem Wendepunkt angelangt und bräuchte alle Hilfe, die sie bekommen* *könne. Sie stünde dann vor einer Weggabelung: Gedeih oder Verderb!*

* *Wir schreiben jetzt das Jahr 1901. Es ist für mich ein ganz besonderes Jahr, denn Alasdair hat einen Verleger für die Magiyamusa-Fairytales gefunden! Weil es sich nicht schickt, wenn eine Frau unter die Schriftsteller geht - was ich für einen Skandal halte, aber mich fragt ja keiner - haben wir die Bücher unter dem Pseudonym Jeremiah Midirson herausgeben lassen. Alasdair glaubt, dass ich mir alles selber ausgedacht habe und preist meine überbordende Fantasie. In diesem Glauben will ihn in lassen.*

* *Es ist jetzt 1905. Unsere Söhne Kenny und Carson lieben die Magiyamusa-Bücher, aus denen ich ihnen jeden Abend vorlese. Sie lieben auch das Bild, das ihr Großvater gemalt hat und seit unserer Hochzeit im Wohnzimmer hängt. Die Geschichten, das Bild, der rote Stein und einige Zeichnungen, sind alles, was mir von ihm geblieben ist. Das, und seine Liebe zu mir, die ich wie eine kleine, wärmende Sonne in meinem Herzen trage.*

* *Mutter geht es immer schlechter. Eine Krankheit der Seele zerrüttet zunehmend ihren Geist. Wir haben sie ins Haus aufgenommen. Amelia und Gowan besuchen sie hin und wieder. Die beiden haben auch schon viele graue Haare.*

* *Ich sehe mit großer Sorge die zunehmende Industrialisierung des Landes. Wenn ich Zeit habe, durch Tal und Berg zu wandern und mich der Welt der Naturgeister geistig öffne, dann begegne ich immer öfter kranken, verzerrten Naturgeistern. Sie leiden!*

* *Wir müssen Mutter immer stärkere Beruhigungsmittel verabreichen. Sie hat die Neigung fortzulaufen entwickelt. Sie sucht nach ihm. Die Nachbarn sagen mir, wenn sie sie zurückbringen, dass sie nach einem Soldaten mit blauem Haar suche. Dann schütteln sie mitleidig ihren Kopf und bringen uns einen großen Topf mit Suppe oder Pasteten. Damit ich mehr Zeit habe, mich um Mutter zu kümmern.*

* *Alasdair betreibt jetzt neben der Ortsapotheke eine kleine pharmazeutische Firma. Mit meinen Heilkräuterzusammenstellungen! Wir stellen Pulver und Pillen her und medizinische Weine. Mittlerweile bekommen wir sogar Bestellungen vom Kontinent und aus Übersee! Wir arbeiten hart, aber wir sind auch wohlhabend dadurch. Wenn es so weitergeht, werden wir unsere Söhne studieren lassen können!*

* *Mit Mutter geht es zuende. Sie hat sich eine Lungenentzündung zugezogen. Der Arzt sagt, er könne nichts mehr für sie tun. Auch meine Medizin zeigt keine Wirkung. Wir lassen sie nicht einen Moment allein, einer von uns ist immer bei ihr. Tag und Nacht.*

* *Ich bin dankbar dafür, dass ich es war, die Wache hatte, als ihre Seele sich vom Körper löste. Mutter wurde kurz vor Mitternacht etwas wacher. Mir schien, ihre Augen sahen nicht nur mich und das Schlafzimmer. Mutter musste etwas Schönes gesehen haben, ihre Züge waren entspannt. Das Fieber hatte sie verlassen, doch ihr veränderter Atem zeigte mir, dass ich mir keine Illusionen machen musste. Es war lange nach Mitternacht, als sie zu sprechen anfing. Sie sagte, der Drachenmann wäre gekommen und hätte sie aus*

dem Feuer geholt. Und jetzt wäre er wieder da und hielte ihre Hand. Sein Gesicht wäre so schön. ‚Alles leuchtet so herrlich', sagte sie. Und dann fielen ihr die Augen zu und sie seufzte ganz leise. Sie atmete tief und lange aus. Und dann war es vorbei.

* *Die Italienerin von Glenmoran war schwer krank. Meine Medizin, und nicht zuletzt mein Heilgesang, haben ihr geholfen und ihre Selbstheilungskräfte angeregt. Seit zwei Wochen ist sie wieder auf den Beinen. Der Herr von Glenmoran ist so dankbar, dass er uns ein Stück Land übereignet hat. Alasdair ist jetzt der Laird des Lonely Vale! Dazu gehört auch die kleine Croftersiedlung am Rand des Tales.*

* *Mutter ist jetzt mehr als ein Jahr unter der Erde. Und ich, ich wäre heute fast vor Schreck gestorben. Es war um die Mittagsstunde, als ein Mann die Apotheke betrat – Papa. Nach all den Jahren! Ich hatte ihn längst totgeglaubt. Es kann nicht mit rechten Dingen zugehen, denn er ist um keinen Tag gealtert, seit er uns verlassen hat. Papa ist ganz verwirrt. Er hat mich nicht erkannt. Erst dachte er, Mama stünde vor ihm, mit gefärbten Haaren. „Robena?", hatte er geflüstert. Ich glaube, wir waren beide ganz schön blass um die Nase.*

* *Papas Trauer ist tief. Ihn so leiden zu sehen, verstärkt meine eigene Trauer um Mutter.*

* *Erneut muss ich ein Geheimnis um die Herkunft meines Vaters machen. Unsere Söhne glauben, er wäre irgendein ferner Verwandter, der von einer langen Reise zurückgekehrt ist.*

Alasdair hat gestern mich und Vater zur Rede gestellt. Ihm ist natürlich auch aufgefallen, dass sein Schwiegervater nicht gealtert ist.

Wenn mein Mann nur nicht so erzkatholisch wäre! Er schrie, Fearghas wäre mit dem Teufel im Bunde. Das gäbe es nicht, dass Menschen über so viele Jahre hinweg nicht altern. Und die Geschichte mit dem singenden Steinkreis würde er ihm auch nicht glauben. Zum Glück haben die Jungs das nicht gehört, weil sie mit den Nachbarskindern draußen spielten. Ich aber, ich glaube Papa. Er sagt, er hätte, von einer Melodie angelockt, damals einen Steinkreis betreten. Der Gesang der Steine wäre so schön für ihn gewesen, dass er diesen Ort nicht mehr verlassen wollte. Er hätte sich ein kleines Feuer in der Mitte angezündet und die Nacht dort verbracht. Als er wieder erwachte, hätte er ein Buch in seiner heilen Hand gehalten, und der Gesang wäre langsam verstummt. Ihm war schwindelig, und er hatte wirre Erinnerungen an einen Traum von Drachen, die riesige Feuer zum Erzschmelzen unterhielten. Viele Erinnerungen. Zu viele für nur einen Traum. Auch wäre er im Frühling eingeschlafen und im Spätherbst erwacht. Er sei auf dem Heimweg gewesen, sagte er, als er am Steinkreis vorbeigekommen wäre. Die Sehnsucht nach Frau und Kind hätte ihn zu sehr gequält, als dass er noch länger ein Wanderbarde hätte sein können. Doch müsse er wohl irgendwie aus der Zeit gefallen sein. So viele Jahre würden ihm fehlen, nicht nur eine Nacht, oder eine Jahreszeit. Er könne es nicht verstehen. Das Buch? Ja, das habe er noch.

Alasdair hat letzte Nacht die Magiyamusa-Fairytales gelesen. Er hat wohl die ganze Nacht im Sessel am Kamin verbracht. Ich sah ihn schlummernd, das Buch auf den Knien liegend, als ich weit nach Mitternacht in die Küche ging, um mir ein Glas Wasser zu holen. Eine Whiskyflasche, halb geleert, stand auf dem Fußboden neben dem Sessel. Sein Hemdkragen stand weit offen. Die Haare verzaust. Mein Gatte, sonst die Korrektheit in persona. Beim Frühstück trug er noch dieselbe Kleidung. Er war sehr still.

* Am Sonntag nach der Kirche hat Alasdair mit Vater einen langen Spaziergang gemacht. Als sie zurückkamen, blickte ich ihnen bang entgegen. Aber dann sah ich, dass beide Männer entspannt waren und sich lebhaft unterhielten. Mir fiel ein Stein vom Herzen. Kenny und Carson liefen ihnen entgegen und zogen ihren „Onkel Fearghas" in die Küche, wo ein Kuchen auf dem Tisch stand. Alasdair kam zu mir, gab mir einen Kuss und streichelte über mein Haar. Da wusste ich, alles wird gut.

* Mir ist gleichermaßen zum Lachen und Weinen. Wie konnte ich nur so naiv sein? Ich hatte ihre entspannte Haltung nach dem Spaziergang ganz falsch interpretiert. Alasdair glaubt Papa immer noch kein Wort. Ich kann es ihm nicht verübeln. Singende Steinkreise! Herrje! Aber wenigstens hält er ihn für harmlos. Ein Irrer, das ja. Aber harmlos. So hat er es ausgedrückt. Aber ich bin seine Frau, ich sehe in sein Herz. Und dort lese ich eine leise Furcht heraus, dass es doch wahr sein könne. Letztlich bin ich froh darüber, dass ich Alasdair nie von meinen nächtlichen Ausflügen

mit Gäa erzählt habe. Oder woher ich all mein Kräuterwissen habe. Interessant, dass er es nie hinterfragt hat. Vielleicht denkt er, es ist altes Familienwissen?

* Papa hat mir das Buch gezeigt, das er im Steinkreis vorgefunden hat. Es ist ein seltsames Ding. Kein Papier, aber auch keine Kalbslederhaut. Irgendwas dazwischen? Nein, irgendwas gänzlich unbekanntes. Mir scheint, es sind winzige Goldfäden eingewebt. Auf dem Buchdeckel prangt ein sehr fremdartiges Schriftzeichen. Es ist keine Rune, aber so ähnlich. Sein Anblick löst in mir ein Gefühl der Furcht aus. Die Seiten des Buches sind leer! Papa sagte, sein Pflegevater Gandarel hätte mal etwas Ähnliches in den Sand gemalt, als er ihm über die Altvorderen etwas erzählen wollte. Aber als jemand vorbeiging, löschte er es schnell aus. Verbotenes Wissen? Ich hoffe, Gäa kann mir mehr darüber sagen. Aber unsere letzte Begegnung ist schon lange her. Was, wenn sie nicht mehr zu mir kommt?

*Kenny und Carson profitieren sehr von der Anwesenheit meines Vaters. Alasdair liebt seine Söhne, aber er hat wenig Zeit für sie. Seine Arbeit, mit der er die Familie ernährt, nimmt sehr viel Kraft und Zeit in Anspruch. Für die Apotheke haben wir jetzt einen Helfer angestellt, damit Alasdair sich mehr der Herstellung und dem Vertrieb unserer pharmazeutischen Produkte widmen kann. Die Verpackung und der Versand sind meine Aufgaben, neben dem Führen des Haushaltes. Die Gestaltung der Werbeplakate haben wir Fearghas überlassen. Das war eine weise Entscheidung. Einerseits, weil er somit etwas zu tun hat und zum Erfolg des Familienunternehmens beiträgt – andererseits sind die Umsätze seitdem gestiegen. Kenny und Carson werden täglich von ihm im Zeichnen und Musizieren unterrichtet. Sie sind sehr begabt, sagt Vater.

*Es ist ein Glück, dass die Geschäfte so gut laufen. Wir brauchen viel Leinwand und Ölfarben. Vor allem der kleine Carson zeigt sich für die Malerei begabt. Kenny hingegen ist sehr gut in Mathematik und Musik. Für Heilkräuter, die Natur und Medizin interessieren sie sich beide leider gar nicht. Ich habe wunderbare Söhne, doch manchmal wünsche ich mir ein drittes Kind, vielleicht sogar noch ein viertes. Mir fehlen Töchter, kleine Erdsängerinnen ... ich bin so allein mit meiner Gabe und meinen Interessen. Doch fühle ich auch die Gewissheit, dass dieser Wunsch unerfüllt bleiben wird.

* Vater besucht in letzter Zeit öfter mal Gowan und Amelia. Das tut ihm gut. Auch schaut er in der alten Schmiede vorbei und hilft, die neuen Gesellen auszubilden. Trotz allem, seine Augen sind randvoll mit Trauer. Aber er spricht seltsamerweise nie über Mutter. Innerlich bin ich ihm fern und fremd geworden. Das tut mir weh.

* Ich habe neulich den roten Stein hervorgesucht, weil ich die alten Zeiten heraufbeschwören wollte, um wieder mehr Nähe zwischen uns herzustellen. Aber er hat sich nur aufgeregt. Damals, als ich noch ganz klein war, hätten sie mich fast an das Elbenschwert verloren, und das könne er sich nie verzeihen. Besser wäre es, ich

würde das Drachenauge tief im Meer versenken, damit es niemals wieder das Elemental im Schwert sehend und mächtig machen würde. Ich fragte Vater, wie er das meine, ich verstand es nicht. Er sagte, dass die Erdgöttin den Seelenhunger nicht für immer vom Schwert nehmen konnte, vielleicht für hundert Jahre oder wenig mehr. Danach würde der Stein wieder zum Drachenauge werden, sich erwärmen und das Schwert suchen. Und dann, wieder vereint mit dem Drachenkorpus des Schwertes, würde es das erstbeste Blut lecken und die Seele des bedauernswerten Unschuldigen für sich fordern. Er wolle es sich nicht ausmalen, was mit einer menschlichen Seele passiere, die gegen ihren Willen in ein Elbengrab gezogen würde und sich mit dem Metall-Elemental vereinen müsse.

Aber ich, ich bin mir sicher, dass ich, seiner Warnung zum Trotz, den Stein aufheben muss, weitergeben muss an meine Nachfahrinnen, die neuen Erdsängerinnen. Etwas in mir weiß um das kommende Schicksal, das sich erfüllen muss.

*Ich habe letzte Nacht von Gäa geträumt. Sie zeigte mir ein Kleeblatt und ich hörte eine mir fremde Stimme, die sagte, dass nur die Vier die alte Ordnung wiederherstellen könne. Dann wandelte sich das Kleeblatt und jedes Blattteil sah anders aus: Eins war aus Feuer, eins aus Erde, eines war Luft, dass vierte war Wasser. Zusammen ergaben sie ein Fünftes Element. Ich fragte Gäa nach der Bedeutung, aber sie lächelte nur und wiegte ihre Hüften. Gäa tanzte!

Printed in Poland
by Amazon Fulfillment
Poland Sp. z o.o., Wrocław